Robert B. Parker wurde 1932 in Springfield, Massachusetts, geboren. Er studierte in Boston und unterrichtete dort bis 1979 Literatur. Seit seinem Debüt 1973 sind knapp dreißig Kriminalromane erschienen, zum großen Teil mit dem legendären Schnüffler Spenser. 1976 erhielt er den Edgar Allan Poe Award. Er lebt mit seiner Frau in Boston. *Die Welt* hält ihn für «einen der großen, aber wahrscheinlich auch einen der letzten Krimischreiber vom Schlage eines Dashiell Hammett oder Raymond Chandler».

«Bei Robert B. Parker wird es immer aufregend, wenn Anführungszeichen den Beginn eines Dialogs signalisieren ... Wer diese Wunder aus Knappheit und Lakonie liest, begreift besser, woran es vielen Autoren mangelt, nicht zuletzt den einheimischen. Robert B. Parker muß seine Helden nur sprechen lassen – und der Leseabend ist gerettet.»
(Norbert Klugmann im *BuchJournal*)

Robert B. Parker

DER GRAUE MANN

EIN FALL FÜR SPENSER

Deutsch von Heidi Zerning

rororo
Rowohlt

rororo thriller

Herausgegeben von Bernd Jost

Deutsche Erstausgabe
Veröffentlicht im Rowohlt Taschenbuch Verlag
GmbH, Reinbek bei Hamburg, Mai 1998

Die Originalausgabe unter dem Titel «Small Vices»
erschien 1997 bei G. P. Putnam's Sons, New York

Redaktion Wolfram Hämmerling
Umschlaggestaltung Walter Hellmann
(Foto Claudia Reinhardt)
Satz Bembo PostScript Linotype Library (PageOne)
Gesamtherstellung Clausen & Bosse, Leck
Printed in Germany
ISBN 3 499 43289 7

Für Joan:

Du magst mir Kopfschmerzen bereitet haben,
aber du hast mich nie gelangweilt.

Zerlumptes Kleid bringt kleinen Fehl ans Licht,
Talar und Pelz birgt alles. Hüll in Gold die Sünde,
Und der starke Speer des Rechts bricht harmlos ab;
In Lumpen, und des Pygmäen Halm durchbohrt sie.

KÖNIG LEAR

1. KAPITEL

Bei meiner letzten Begegnung mit Rita Fiore war sie Staatsanwältin gewesen, mit roten Haaren, erstklassigen Hüften und mehr Haltung als eine Panzerechse. Sie hatte in der Bar unten im Parker House mit mir etwas getrunken, sich über die Männer beklagt und mir einen Angeber von der Drogenfahndung namens Fallon vorgestellt, der mir mehr Fragen über den Kokainhandel beantwortete, als ich gestellt hatte. Diesmal waren wir allein, in einem Konferenzraum im 39. Stock des ehemaligen Mercantile Building, mit weitem Blick über die Küste, der im Norden bis Greenland und im Süden bis Tierra del Fuego reichte. Rita Fiore hatte immer noch rote Haare. Sie hatte immer noch die Hüften. Und sie war immer noch härter als Pat Buchanan. Aber sie war nicht mehr Staatsanwältin. Sie war jetzt Erste Prozeßbevollmächtigte bei Cone, Oakes & Baldwin und Kompagnon dieser Anwaltskanzlei.

«Kaffee?» fragte sie.

«Gern.»

Ich hielt mich mit Kaffee für munterer als ohne. Also genehmigte ich mir jeden Tag zwei Tassen, um meinen Puls auf Trab zu bringen. Diese wäre an dem Tag bereits meine dritte, aber mein Puls war immer noch träge. Rita schickte einen weiblichen Laufburschen Kaffee holen, lehnte sich ein wenig in ihrem Sessel zurück und schlug die Beine übereinander. Ihr Rock war ein bißchen zu kurz fürs Büro und ihr Haar ein bißchen zu lang. Ich wußte, daß Rita das wußte, und ich wußte, daß es ihr schnurz war.

«Sie kämpfen immer noch an vorderster Front», sagte ich.

«Ja, und immer noch mit scharfer Klinge.»

«Das hier schlägt die Aussicht aus dem Bezirksgericht von Dedham», sagte ich.

«Und ob. Beruflich bin ich verdammt erfolgreich. Aber bin ich verheiratet?»

«Teufel noch mal», sagte ich. «Wenn ich Ihnen bloß helfen könnte.»

«Sie hatten Ihre Chance.»

Ich grinste.

«Da fällt mir ein alter Witz ein», sagte ich.

«Den Witz kenne ich», sagte Rita. «Machen Sie sich nichts draus.»

Der weibliche Laufbursche kam mit Kaffee in richtigen Tassen, einem Sahnekännchen und einer Zuckerdose, alles auf einem silbernen Tablett. Und alles trug die Initialen der Firma.

«Hält die Klienten davon ab, das Zeug zu klauen», sagte Rita.

Ich tat Zucker und etwas Sahne in meinen Kaffee und trank einen Schluck. Er war lauwarm.

«Ich dachte, Sie hätten geheiratet», sagte ich.

«Habe ich auch. Zweimal. Beides Nieten.»

«Vielleicht sollten Sie damit aufhören», sagte ich.

«Nieten zu heiraten? Ja, sollte ich wohl. Aber wenn ich die Nieten aussortiere, wer bleibt dann zum Heiraten?»

«Eine Frau braucht einen Mann wie der Fisch das Fahrrad.»

«Wieso ist das der einzige feministische Spruch, den Männer zitieren können?»

«Ich weiß noch einen», sagte ich, «irgendwas mit Hure des Ehemannes und Sklavin der Kinder. Richtig?»

Rita lächelte.

«Könnten Sie vielleicht einfach die Klappe halten?»

«Klar.»

Rita trank einen Schluck von ihrem Kaffee und verzog das Gesicht.

«Limoges-Porzellan auf einem Silbertablett, aber sie kriegen's nicht hin, daß der Kaffee heiß ist», sagte sie.

Ich schaute aus dem Fenster. Das Meer war an dem Tag grau, und der weite Himmel hatte die gleiche Farbe, so daß der Horizont schwer auszumachen war und Meer und Himmel sich einfach in der Ferne verloren. Ich konnte die Bugwelle eines unsichtbaren Motorbootes erkennen, das gerade eine der Bojen zur Markierung der Fahrrinne im Außenhafen passierte.

«Vor etwa anderthalb Jahren, als ich noch Staatsanwältin war, hatten wir den Fall eines Burschen namens Ellis Alves. Angeklagt des Mordes an einer Studentin vom Pemberton College namens Melissa Henderson.»

«Ich erinnere mich», sagte ich. «Sie haben damals einen Schuldspruch erreicht.»

«Ja, eine ungeheure Leistung, nicht? Er ist schwarz und hat zwei Vorstrafen wegen Vergewaltigung. Sie ist weiß und studiert am renommierten Pemberton. Vater besitzt acht Banken. Großvater war mal Wirtschaftsminister.»

«Und?»

«Ich habe das getan, wofür ich bezahlt worden bin. Ich habe ihn angeklagt. Ich habe gewonnen. Ellis sitzt jetzt in Cedar Junction. Lebenslänglich.»

«Gut gemacht, Rita.»

«Eine leichte Übung. Er hatte eine Pflichtverteidigerin, die erst ein Jahr vorher Examen gemacht hatte, in Yale, glaube ich. Ein Kid namens Marcy Vance. Ein ernsthaftes Mädchen. Talbots-Kostüme. Nur ein bißchen Lippenstift. Hatte wahrscheinlich mehr Ahnung vom Recht, als ich je haben werde.

Hatte aber null Ahnung von Strafverteidigung. Mit ihr als Verteidigerin hätte ich den Weihnachtsmann eingebuchtet.»

Sie trank ihren Kaffee aus und stellte die Tasse beiseite.

«Sie rauchen nicht mehr», sagte ich.

«Die Nikotinpflaster haben gewirkt. Ich bin jetzt dreieinhalb Jahre davon los.»

«Gut», sagte ich.

«Kann Ihnen doch egal sein», sagte Rita. «Sie lieben Susan.»

«Das ist wahr», sagte ich. «Aber ich bin nicht monomanisch.»

«Gut zu wissen», sagte Rita. «Jedenfalls, mir gefiel der Fall nicht, aber er mußte erledigt werden. Also habe ich ihn erledigt. Während dessen habe ich mich hier beworben, und ein paar Wochen, nachdem ich Ellis ins Cedar Junction gebracht hatte, habe ich hier die Arbeit aufgenommen und angefangen, Kaffee aus Porzellantassen zu trinken.»

«Und?»

«Ja, und wer taucht letztes Frühjahr hier auf, mit mehr Make-up, aber immer noch in Talbots-Kostümen? Meine alte Gegnerin, Marcy Vance. Und sobald wir erneut miteinander Bekanntschaft gemacht haben, setzt sie mir zu wegen Ellis Alves. Ihm ist das alles untergeschoben worden. Sie war zu unerfahren, um ihn angemessen zu verteidigen. Er ist ein Opfer der Rassendiskriminierung geworden.»

«Glauben Sie ihr?»

«Ich glaube, Alves wurde saumäßig verteidigt. Ich glaube, es ist leicht, die Verurteilung eines Schwarzen zu erreichen, dessen Opfer reich, weiß und weiblich ist.»

«Glauben Sie, er war unschuldig?»

«Die meisten Leute, die ich angeklagt habe, waren's nicht.»

«Stimmt», sagte ich.

«Aber Marcy sagt, er hat's nicht getan. Sie gibt offen zu, daß er ein schlimmer Finger und wohl so was wie ein Berufsverbrecher ist und wahrscheinlich viele andere Sachen auf dem Gewissen hat. Aber sie sagt, mit dem Henderson-Mädchen hatte er nichts zu tun.»

«Wenn sie recht hat, heißt das, jemand anders hat's getan. Und ist ungeschoren davongekommen.»

«Ja.»

Wir schwiegen. Das Motorboot war inzwischen außer Sichtweite, irgendwo draußen in der Bucht. Der graue Himmel schien sich herabgesenkt zu haben, und die Sicht hatte während unseres Gesprächs beträchtlich abgenommen.

«Meinen Sie, sie hat recht?»

«Ich bin mir nicht sicher, daß sie unrecht hat.»

«Aha», sagte ich. «Also geht es hier um mehr als nur die Chance, mir Ihre Beine zu zeigen und mich daran zu erinnern, was ich verpaßt habe.»

«Das ist natürlich meine Hauptabsicht, aber die Kanzlei ist außerdem bereit, Sie zu beauftragen, auf unsere Kosten die Angelegenheit Ellis Alves zu untersuchen.»

«Und wenn ich herausfinde, daß er es nicht getan hat?»

«Dann wären wir sehr froh, wenn Sie ermitteln würden, wer es war.»

«Das muß ich wahrscheinlich sowieso», sagte ich. «Es ist der sicherste Weg, zu beweisen, daß er's nicht getan hat.»

«Dazu möchte ich eines klarstellen», sagte Rita. «Die Kanzlei beauftragt Sie nicht damit, den Kerl rauszupauken. Die Kanzlei beauftragt Sie damit, die Wahrheit festzustellen.»

«Sie sind mir eine schöne Anwältin», sagte ich.

Rita lächelte.

«Ich weiß, mir ist dabei auch nicht ganz wohl», sagte sie. «Aber so sieht es nun mal aus.»

«Gut, okay, wenn Sie so dazu stehen», sagte ich.

Rita nahm einen dicken Umschlag von ihrem Schreibtisch und reichte ihn mir.

«Die Prozeßprotokolle», sagte sie.

«Ich werde sie lesen», sagte ich. «Wenn auch ungern. Und wahrscheinlich muß ich mit Marcy reden. Und dann muß ich mit Ellis reden. Was hat Ellis für eine Meinung von den Weißen?»

«Er meint, daß einige von ihnen ihn lebenslänglich ins Zuchthaus gebracht haben.»

Ich nickte.

«Wäre besser, wenn ich hier mit ihm reden kann», sagte ich.

«Wieso?»

«Bringen Sie ihn her, setzen Sie ihn in einen Konferenzraum, stellen Sie ihm ein anständiges Essen hin, lassen Sie Hawk mit dabeisein. Schuldet Ihnen jemand von der Strafvollzugsbehörde einen Gefallen?»

«Hawk?»

«Könnte die Schwarz-weiß-Geschichte ein bißchen entschärfen.»

«Ja, ich kann es so einrichten. Er wird wahrscheinlich gefesselt bleiben müssen.»

«Nur Fußeisen», sagte ich. «Und keine Wärter im Zimmer.»

«Ellis ist ein ziemlich gefährlicher Bursche», sagte Rita.

«Die Wärter können direkt draußen vor der Tür stehen», sagte ich.

«Ja … Ist Hawk eigentlich mit irgend jemandem zusammen?»

«Immer, und nie für lange», sagte ich. «Ich glaube, er ist kein Material für einen Ehemann.»

«Nein», sagte Rita. «Ist er nicht. Aber gut für ein tolles Wochenende.»

«Das habe ich auch über Sie gehört», sagte ich.

«Ist wahr? Wo?»

«Ich glaube, es stand mit Bleistift an der Wand einer Ausnüchterungszelle im Dedham-Gefängnis», sagte ich.

Rita grinste.

«Und das Traurige ist, ich hab's hingeschrieben.»

2. KAPITEL

«Ich muß zugeben», sagte Marcy Vance zu mir, «es war zum großen Teil meine Schuld.»

Wir saßen auf Barhockern an einem Stehtisch in einem Sandwichrestaurant in der State Street und schauten in die Mittagskarte.

«Wie das?» fragte ich.

«Haben Sie die Protokolle gelesen?» fragte sie.

Ich nickte.

«Er wollte mit einem Schuldgeständnis auf ein milderes Urteil hinaus», sagte Marcy. «Ich habe ihm gesagt, nein. Wenn er unschuldig ist, müssen wir kämpfen. Er hat gesagt, die würden ihn sowieso verurteilen. Ich wollte ihm beweisen, daß er unrecht hat, daß das System funktioniert. Ich habe ihn sogar in den Zeugenstand gerufen. Er ist ziemlich einsilbig und kann sich nicht ausdrücken, aber ich habe an seine Unschuld geglaubt und war überzeugt, die Wahrheit kommt immer ans Licht.»

«Alle fangen mal jung an», sagte ich.

Ich zog das Clubsandwich mit viel Mayo in Erwägung.

«Ich habe jünger angefangen als die meisten», sagte sie.

Sie war groß und schlank und immer noch jünger als die meisten. Noch keine dreißig, mit heller Haut, grünen Augen und glatten braunen, praktisch geschnittenen Haaren. In ihrem Gesicht ließen sich Sommersprossen erahnen, die keine Sonnenbräune je zu vollem Licht erweckt hatte. Sie hatte große Hände mit langen Fingern. Sie trug keinen Schmuck, und ihr einziges Make-up war farbloser Lip gloss.

«Außerdem habe ich im Kreuzverhör einem der Detectives eine Frage gestellt, die es ihm ermöglichte, das Vorstrafenregister von Ellis zu erwähnen. Der Richter hat es zugelassen. Er meinte, wenn ich Fragen stelle und mir die Antworten nicht ausmalen kann, dann muß ich mit den Folgen leben.»

«Nur daß es Ellis ist, der damit leben muß.»

«Ja.»

Es gab ein ehernes Gesetz: Wenn ich ein Clubsandwich aß, landete immer ein Teil auf meinem Hemd. Die Frage war nur, ob mir das etwas ausmachte oder nicht. Im Moment hing es damit zusammen, wie ich zu Marcy stand. Was ich noch nicht entschieden hatte.

«Warum glauben Sie, daß er unschuldig ist?»

«Er hat es gesagt. Ich habe ihm geglaubt.»

«Das ist alles?»

«Und die Tat paßt nicht zu ihm. Die Frauen, die er bisher vergewaltigt hat, waren schwarze Frauen aus seinem Viertel. Der Rest seines Vorstrafenregisters ist aus einem Guß. Straßenkriminalität, Nötigung, unerlaubtes Tragen einer Waffe, solche Sachen, alles im Umkreis der Ruggles Station.»

Die Kellnerin hatte es eilig. Sie wollte nicht abwarten, bis ich meine Gefühle für Marcy taxiert hatte. Marcy bestellte Mohrrübensuppe. Ich ging auf Nummer Sicher.

«Schinken auf Roggenmischtoast, Senf», sagte ich. «Als Beilage Coleslaw. Koffeinfreien Kaffee.»

Die Kellnerin stürzte auf flachen Absätzen davon und knallte unsere Bestellung auf den Tresen. Dort lagen ungefähr schon zehn weitere Bestellzettel.

«Hat Ellis ein Auto?» fragte ich.

«Nein.»

«Hat er eine Kreditkarte?»

«Weiß ich nicht. Wieso?»

«Mit Kreditkarten hätte er ein Auto mieten können. Ohne ist es schwer.»

«Daran habe ich nie gedacht …», sagte sie.

Die Kellnerin kam hastig zurück. Stellte einen weißen Becher mit Koffeinfreiem vor mich und eine Cola light vor Marcy auf den Tisch.

«Wäre gut zu wissen, wie er nach Pemberton rausgekommen ist», sagte ich.

«Er sagt, er war nicht da.»

«Wäre gut zu wissen, wo er war.»

«Er sagt, er war bei einer Frau, weiß aber nicht mehr, wie sie heißt oder wo sie wohnt. Er kann sich nicht erinnern. Sie haben getrunken.»

«Ein Wahnsinnsalibi», sagte ich.

«Meinen Sie nicht, wenn er's getan hätte, hätte er ein besseres gehabt?»

«Nicht unbedingt. Nicht jeder im Knast ist ein Intelligenzler.»

Ich trank einen Schluck Kaffee. Er war genauso gut wie koffeinhaltiger. Oder fast genauso. Wenigstens war er heiß.

«Was hat Ellis in dem Fall am meisten belastet?» fragte ich.

«Zwei Augenzeugen erkannten ihn bei einer Gegenüberstellung wieder.»

«Zwei?»

«Ja, eine Pemberton-Studentin und ihr Freund. Sie sagten, sie hätten gesehen, wie er Melissa Henderson unweit vom Campus in ein Auto gezerrt hat.»

«Haben sie die Polizei benachrichtigt?»

«Nein, da noch nicht», sagte Marcy. «Sie hielten das für den Streit eines Liebespärchens, und sie wollten nicht rassistisch wirken, verstehen Sie, ein Schwarzer und eine Weiße.»

«Was eine rassistische Überlegung war», sagte ich.

Marcy runzelte die Stirn, schien befremdet und sah aus, als ob sie widersprechen wollte. Sie begnügte sich mit einem Achselzucken.

«Aber sie haben sich gemeldet, nachdem Melissa ermordet aufgefunden wurde», sagte ich.

«Ja. Sie gingen zur Polizei von Pemberton und berichteten, was sie gesehen hatten.»

«Wie ist die Polizei auf Ellis gekommen?»

«Die Polizei von Pemberton bekam einen anonymen Hinweis.»

«Also haben sie sich Ellis gegriffen und eine Gegenüberstellung durchgeführt, und die beiden Zeugen erkannten ihn.»

«Ja.»

Die Kellnerin hetzte wieder an den Tisch, stellte Mohrrübensuppe für Marcy ab und ein Schinkensandwich für mich. Neben dem Sandwich stand auf dem Teller ein kleiner Pappbecher mit Coleslaw. Marcy bekam zu ihrer Suppe ein Minibrötchen.

«Ich muß Ihnen noch etwas sagen», meinte Marcy. «Irgendwie hat mich Ihr Kommentar getroffen, warum die Augenzeugen nicht die Polizei geholt haben – daß das eine rassistische Denkweise war.»

«Tief in Ihrem Herzen haben Sie Ellis für schuldig gehalten», sagte ich. «Also haben Sie es überkompensiert, weil Sie wußten, daß Sie da einen unreinen, rassistischen Gedanken hegten.»

«Wie sind Sie darauf gekommen?»

«Ich bin ein erfahrener Detektiv», sagte ich.

«Ich hatte Angst vor ihm.»

«Wahrscheinlich aus gutem Grund», sagte ich.

«Vielleicht, aber ich habe mich dafür geschämt. Nein, ich schäme mich immer noch.»

«Sie haben's mir ja gestanden», sagte ich. «Vielleicht hilft das. Haben Sie eine Privatnummer, falls ich Sie außerhalb der Dienstzeit erreichen muß?»

«Ja. Ich habe sie Ihnen aufgeschrieben. Und ich wäre Ihnen dankbar, wenn Sie sich nicht über mich lustig machen würden.»

«Tut mir leid», sagte ich. «Das ist ein Charakterfehler von mir. Ich mache mich über fast alles lustig.»

Sie gab mir ein Stück gelbes liniertes Papier, auf das sie mit zartlila Filzstift ihren Namen, ihre Adresse und ihre Telefonnummer geschrieben hatte. Vielleicht war Marcy aufregender, als sie aussah.

3. KAPITEL

Ich war der einzige Weiße weit und breit und saß auf der Seaver Street, unweit vom Zoo, in einem Streifenwagen mit einem Polizisten namens Jackson, dem Kontaktbereichsbeamten für den zweiten Distrikt. Er war ein langsamer, ruhiger, stämmiger Mann mit grauem Haar. Er hatte eine dieser tiefen Baßstimmen, die allem Gesagten Gewicht verleihen, obwohl er nicht so redete, als wäre ihm das bewußt.

«Ellis hat die gleiche Geschichte wie die meisten Kids, die Sie hier sehen», sagte Jackson. Er machte eine elegante umfassende Handbewegung.

«Seine Mutter ist ungefähr fünfzehn Jahre älter als er. Sie und er wohnen bei ihrer Mutter, seiner Großmutter. Niemand arbeitet. Weiß nicht, wer der Vater ist. Mutter dealt ein bißchen, weil's nichts anderes gibt, was sie kann. Großmutter macht, was sie kann. Was nicht viel ist. Sie hat nichts gelernt. Sie hat kein Geld. Sie weiß nicht, wer der Vater von ihrer Tochter ist. Als Ellis geboren wurde, war seine Großmutter um die zweiunddreißig. Ellis geht nicht oft in die Schule. Niemand zu Hause ist offenbar fähig, morgens früh genug aufzustehen, um ihn hinzuschicken. Er wird Mitglied in einer Gang, sobald sie ihn nehmen. Bleibt eine Weile bei der Hobart-Gang. Als er erwachsen ist, ist seine Laufbahn vorgezeichnet. Körperverletzung, Drogenhandel, kleinere Diebstähle. Zur Entspannung vergewaltigt er Frauen. Jeder, den er in seinem ganzen Leben gesehen hat und der oben bleibt, macht genau das gleiche. Michael Jordan könnte genausogut vom Mars kommen.»

«Meinen Sie, daß er die Frau in Pemberton erledigt hat?»

«Kann sein. Ist mir ziemlich egal. Er ist, wo er hingehört. Von mir aus braucht er nie wieder rauszukommen.»

«Seine Anwältin meint, es wurde ihm angehängt, weil er schwarz ist.»

Jackson zuckte die Achseln.

«Kann gut sein. Kommt oft vor. Weil er schwarz ist. Weil er arm ist. Beides für sich ist schlecht. Beides zusammen ist sehr schlecht.»

Ich sah zu, wie die Kids auf dem Bürgersteig an mir vorbeiliefen. Sie sahen nicht viel anders aus als alle anderen Kids. Sie waren so angezogen, wie es sich unter ihnen gehörte. Die Klamotten in Übergrößen, Sportschuhe, Baseballmützen verkehrt herum oder seitwärts auf. Die meisten versuchten selbstbewußt zu wirken. Die meisten steckten voller Angeberei. Alle waren ein bißchen von der Geschwindigkeit überfordert, mit der die Welt über sie herfiel. Aber diese Kids waren nicht wie andere Kids, und ich wußte es. Diese Kids hatten keine Chance. Und sie wußten es.

Jackson beobachtete mich, wie ich mir die Kids ansah.

«Das stinkt, wie?» sagte er.

«Ja, das stinkt, und zwar schon ziemlich lange», sagte ich.

«Vor ein paar Wochen war ich bei einer Diskussionsveranstaltung», sagte Jackson. «Irgendein Politiker hielt es für eine gute Idee, ein paar einflußreiche Leute zusammenzuholen und darüber zu reden, wie man die Kinder retten kann. Hat mich gebeten, vorbeizukommen und vielleicht ein paar Fragen zu beantworten.»

«Lassen Sie mich raten», sagte ich. «Wie viele von denen waren in einem Sozialsilo aufgewachsen?»

«Nur ich», sagte Jackson. «Alle sind weiß. Alle sind der Meinung, daß die Eltern sich mehr kümmern müssen. Sie sagen, sie hatten in der Schule alle mit Problemen zu kämpfen. In Marblehead haben die Schüler die Pulte bekritzelt, und in Newton haben sie unanständige Wörter an die Toilettenwände geschrieben.»

«Da ist aber dringend polizeiliche Präsenz erforderlich», sagte ich.

«Und den ganzen Abend über benutzt keiner das Wort *schwarz* oder das Wort *Latino*. Als ob da keine Rassengeschichte läuft. Als ob in der Innenstadt nur weiße Kids angelsächsischer Herkunft rumlaufen und die Milchbar suchen. Also sage ich, hören Sie schon auf, von der *Innenstadt* zu reden, wenn Sie schwarz meinen. Und hören Sie bloß endlich auf, von *Eltern* zu reden. Die Kids in der *Innenstadt* haben die üblichen biologischen Angehörigen. Aber meistens haben sie keine *Eltern*. Meistens ist ihre einzige Familie die Gang, und das einzige, was sie sich verschaffen können, ist Respekt. Und das einzige, womit sie sich den verschaffen können, ist Frechheit und eine Wumme.»

«Das Ganze macht müde, wie?»

«Ich bin's gewöhnt.»

«Wenigstens haben sie die richtigen Fragen gestellt», sagte ich.

«Aber sie fragen nicht die richtigen Leute», sagte Jackson.

«Zum Teufel», sagte ich, «selbst wenn ...»

Jackson nickte.

«Ja. Das einzige, was hilft, ist, wenn die Menschen sich ändern.»

«Meinen Sie, die werden sich ändern?»

«Bin jetzt seit vierunddreißig Jahren Polizist», sagte Jackson.

«Ja.»

Wir schwiegen. Es war der zweite Montag nach dem Labor

Day, und die Kids, die zur Schule gingen, mußten wieder hin. Es war ein trockener Sommer gewesen, aber es versprach ein regnerischer Herbst zu werden. Seit fünf Tagen drohte ein Wetterumschwung, und jeder Tag wirkte regenschwerer als der vorherige. Die Fernsehmeteorologen überschlugen sich fast.

«Machen Sie sich über ihn bloß keine romantischen Illusionen», sagte Jackson. «Ellis ist ein übler Typ. Vielleicht hatte er in der Hinsicht keine große Wahl, aber das heißt nicht, daß er kein schlimmer Bursche ist. Wenn Sie ihn frei kriegen, tun Sie ihm vielleicht einen Gefallen. Aber Sie helfen niemandem sonst. Und ihm wahrscheinlich auch nicht. Wenn Sie ihn aus dem Bau holen, geht er irgendwann wieder rein.»

Ich nickte und betrachtete das Laub, das immer noch grün war und sich ahnungsvoll unter dem verhangenen Himmel bewegte.

«Meinen Sie, Sie können das Verbrechen beseitigen?» fragte ich.

Jackson gab nur ein abfälliges Geräusch von sich.

«Was tun Sie hier dann?» fragte ich.

«Ich tue, was ich kann», sagte Jackson langsam mit seiner tiefen Stimme. «Niemand begeht in diesem Moment an dieser Ecke ein Verbrechen. Und zwar deshalb nicht, weil ich hier bin. Irgend jemand begeht vielleicht irgendwo anders eins, aber im Moment ist diese Ecke okay ... Das ist nicht viel. Aber alles, was möglich ist.»

«Ja.»

Jackson sah mich eine Weile an. Dann nickte er langsam.

«Okay», sagte er. «Sie auch. Okay.»

Wir schwiegen wieder. Die Straße war jetzt fast leer, als wären alle in den Häusern und warteten auf das Unwetter.

«Erwarten Sie bloß nicht zuviel von Ellis Alves», sagte Jackson.

«Ich erwarte nichts», sagte ich.

«Wird auch alles sein, was Sie kriegen», sagte Jackson.

4. KAPITEL

Susan und ich saßen in meiner Wohnung zusammen auf der Couch vor dem Apfelholzfeuer im Kamin. Sie war direkt von der Arbeit gekommen, ohne sich umzuziehen, hatte also ein Kleid und hohe Absätze an. Das Kleid war schwarz und schlicht und wurde nur von einer Perlenkette geschmückt. Ihr schwarzes Haar glänzte und roch wie Regen. Ich hatte meinen Arm um sie gelegt, was ich mir nur erlauben konnte, weil Pearl, der Wunderhund, in dem Sessel am Kamin schlief. Pearl lag auf dem Rücken, und die Pfoten standen in die Luft.

«Ich hatte immer das Gefühl, Rita hätte es auf dich abgesehen», sagte Susan.

«Ich auch», sagte ich. «Das mochte ich immer so an ihr.»

«Ich fürchte aber, du bist nicht der einzige.»

«Mann», sagte ich, «du verdirbst einem aber auch alles.»

«Du meinst, ich irre mich? Ich, eine Psychoanalytikerin?»

«Nein», sagte ich, «du hast recht. Das verdirbt es einem ja.»

«Wie oft war sie verheiratet?»

«Zweimal, hat sie gesagt.»

«Kinder?»

«Nicht, daß ich wüßte.»

Das Feuer, fachmännisch errichtet, sank langsam in sich zusammen, während die Scheite herunterbrannten. Pearl zuckte etwas im Schlaf und gab Schnüffelgeräusche von sich.

«Was meinst du, wovon sie träumt?» fragte Susan.

«Alle sagen immer, Hunde träumen von der Kaninchenjagd», sagte ich. «Aber woher wissen sie das? Vielleicht träumt sie ja von Sex.»

«Das Hundebaby Pearl?»

«Kann doch sein», sagte ich.

«Hoffentlich nicht», sagte Susan. «Wirst du versuchen, diesen Ellis aus dem Gefängnis zu holen?»

«Ich werde versuchen, die Wahrheit herauszufinden», sagte ich.

Susans Kopf ruckte ein paarmal an meiner Brust, was Zustimmung zu bedeuten schien.

«Die Wahrheit zu wissen ist fast immer das Beste», sagte sie.

«Diesen Glaubenssatz haben wir alle beide», sagte ich.

«Aber es ist mehr als Wunschdenken», sagte Susan. «Es gibt eine Menge Anschauungsmaterial, um diese Ansicht zu untermauern. Glücklichsein ist nicht die Kunst, sich gut täuschen zu lassen.»

«Soviel zu Alexander Pope», sagte ich.

«Soviel», sagte Susan. «Hast du Champagner?»

«Hab ich», sagte ich.

«Trinken wir doch was.»

Ich erhob mich leise, um Pearl nicht zu wecken, und ging eine Flasche Krug und einen Sektkühler und zwei Gläser zu holen. Aber um an den Champagner und das Eis für den Sektkühler heranzukommen, mußte ich die Kühlschranktür aufmachen. Und Pearl kann hören, wenn irgendwo auf der nördlichen Halbkugel eine Kühlschranktür aufgeht. Bis ich das Eis im Sektkühler hatte, stand sie neben mir und schaute in den offenen Kühlschrank. Ich gab ihr ein Stückchen von dem Brathuhn, das wir nicht aufgegessen hatten, machte die Tür zu und ging zurück zur Couch. Susan hatte die Füße auf den Couchtisch gelegt. Als ich den Sektkühler abstellte, sprang Pearl neben sie auf die Couch, wo ich gesessen hatte, und machte es sich unnachgiebig gemütlich. Ich schenkte uns zwei Gläser ein, stellte den Champagner in den Sektkühler, gab Susan ein Glas und setzte mich neben Pearl, die nun war, wo sie sein wollte, zwischen mir und Susan. Aber sie war nicht groß genug. Ich konnte immer noch über sie hinweg den Arm um Susan legen. Was ich tat. Pearl sah mich an. Ich streckte ihr nicht die Zunge raus. Es ist wichtig, mit Anstand zu gewinnen.

«Hast du je daran gedacht, ein Kind zu haben?» fragte Susan.

«Wie bitte?»

«Ein Kind. Hast du je eins haben wollen?»

«In gewisser Weise ist Paul mein Kind», sagte ich. «Ganz zu schweigen von der Hundeprinzessin.»

«Ich würde gern ein Baby adoptieren», sagte Susan.

Ich trank meinen Champagner aus und griff nach der Flasche und schenkte mir nach. Ich trank noch einen Schluck.

«Du und ich?»

«Ja. Wie lange sind wir jetzt zusammen?»

«Wir haben uns 1974 kennengelernt, gleich nach den großen Ferien, also um diese Jahreszeit», sagte ich. «Natürlich gab es diese Lücke 1984/85 ...»

«Und es wird keine weitere geben», sagte Susan. «Aber ich würde gern ein Baby haben.»

«Ein Baby», sagte ich.

«Ja.»

«Würden wir zusammenziehen und uns beim Aufpassen abwechseln?»

«Nein. Wir könnten so weiterleben wie bisher. Ich glaube, das müssen wir auch. Das Baby würde bei mir leben. Du wärst sein Vater.»

«Was für eine Art Baby würden wir uns holen?»

«Ich weiß nicht. Ich dachte, wir könnten darüber reden.»

«Ah.»

«Es ist nicht so schwer», sagte Susan. «Es stehen nur zwei Sorten zur Auswahl.»

«Ja.»

Ich trank meinen Champagner aus und goß mir noch etwas ein. Susans Glas war leer, also goß ich ihr auch etwas ein, worauf die Flasche leer war. Ich stand auf, holte noch eine und stellte sie in den Sektkühler.

«Also, was meinst du?» fragte Susan.

«Ich weiß nicht. Es kommt ein bißchen plötzlich», sagte ich.

«Ja, ich weiß. Ich wollte das Thema nicht anschneiden, bevor ich mir selbst sicher war.»

«Ein kleines», sagte ich, «ungefähr einen Monat alt?»

«Ja, so klein wie möglich. Ich möchte so viel von der ganzen Erfahrung, wie ich nur kriegen kann.»

«Wieviel wiegen sie in dem Alter?» fragte ich.

«Ach, elf, vierzehn Pfund vielleicht.»

«Ungefähr soviel wie eine kleine Pute», sagte ich.

«Ungefähr», sagte Susan.

Ich nickte. Wir schwiegen. Susan nippte an ihrem Champagner und starrte ins Feuer. Pearls Kopf lag in ihrem Schoß. Ich streichelte Susans Schulter.

«Ich kann die Entscheidung nicht für dich treffen», sagte sie schließlich. «Aber ich will das nicht allein machen.»

«Wäre schwierig allein», sagte ich.

«Mehr als das, es wäre ungerecht dem Kind gegenüber. Ein Kind profitiert davon, einen Vater zu haben.»

«Ja, bestimmt», sagte ich. «Wahrscheinlich besser, nur ein gutes Elternteil zu haben, als gar keine Eltern.»

«Ich glaube nicht, daß ich das ohne dich machen will», sagte sie.

«Ich weiß», sagte ich.

Und sie lehnte den Kopf an meinen Arm, und zu dritt saßen wir da und schauten ins Feuer.

5. KAPITEL

Ein Landespolizist von der Staatsanwaltschaft Norfolk tastete Hawk und mich ab und wies uns in den Konferenzraum von Cone, Oakes & Baldwin im 39. Stock. Zwei Männer von der Strafvollzugsbehörde brachten Ellis Alves in Fußeisen und Handschellen ins Zimmer und setzten ihn in einen Sessel, wo er aus dem Panoramafenster eine grandiose Aussicht auf Orte hatte, die er wahrscheinlich nie aufsuchen würde. Sie nahmen ihm die Handschellen ab und gingen, und Hawk und ich und Ellis waren allein.

Ellis war groß und knochig gebaut, mit hohen Wangenknochen und kurzgeschnittenem Haar. Auf seinen Unterarmen waren Tätowierungen von Knast-Gangs. Er saß kerzengerade im Sessel und sah mir direkt in die Augen.

«Ich bin Spenser», sagte ich.

«Und was haben Sie vor?» fragte er mich.

«Herauszufinden, ob Sie getan haben, wofür Sie im Gefängnis sind.»

«Klar», sagte Ellis. Er sah Hawk an. «Wer ist das? Ihr Butler?»

«Ich weiß nicht», sagte ich. «Er ist mir nachgelaufen.»

Hawk sah Ellis nachdenklich an.

«Wir wissen, daß du schlimm bist, Ellis», sagte Hawk. «Du brauchst es uns nicht ständig zu zeigen.»

«Warst du mal im Bau, Bruder?»

«War fast überall, Ellis.»

«Wenn du im Bau bist, Bruder, dann ist da schwarz und da weiß, und du mußt dich entscheiden.»

«Verdammt», sagte Hawk. «Ich dachte, ich käme so durch.»

«Wie heißt du, Bruder? Vielleicht Tom?»

«Ich heiße Hawk.»

Die Knast-Selbstbeherrschung war zu stark in Ellis, um eingeschüchtert auszusehen. Aber er starrte Hawk einen Moment schweigend an. Dann nickte er leicht und sah wieder mich an.

«Also, was wollen Sie von mir, Spenser?»

«Erzählen Sie mir Ihre Geschichte», sagte ich.

«Ich habe keine Geschichte, bin bloß einer von den Niggern, die von weißen Bullen geleimt wurden.»

«Klar», sagte ich. «Wie ist es passiert?»

«Was glauben Sie?»

«Ich stell mir vor, Sie sind aus der Kirche gekidnappt worden.»

«Quatsch. Die haben meine Bude gestürmt, ungefähr acht Mann, als ich noch im Bett lag. Zehn Uhr morgens. Ich war total verkatert. Bullen von der Landespolizei, glaub ich. Ich hab's nie rausgekriegt. Und die schleppen mich raus nach Pemberton. Und stecken mich in 'ne Einzelzelle nach hinten raus. Ey, Mann, ich war mein ganzes Leben noch nie in Pemberton! Außer zum Absitzen bin ich nie weiter weg als fünf Meilen von der Seaver Street gekommen.»

«Sie haben dieses Mädchen nicht umgebracht.»

«Nein. Hab ich denen auch gesagt, und jedesmal, wenn ich's gesagt habe, hat der Bulle, der die ganze Ermittlung gemacht hat, 'ne Menge Scheiß geredet. Von wegen sie wüßten schon, wie man mit einem Niggerpimmel umgeht, der rumläuft und ihre Frauen vergewaltigt. War einer von der Landespolizei, glaub ich, so'n Großer, Kräftiger, blonde Haare und rote Backen.»

Ellis legte eine Pause ein, dachte darüber nach und zuckte die Achseln.

«Nach ’ner Weile haben mich zwei Leute, von denen ich noch nie was gehört hab, bei ’ner Gegenüberstellung wiedererkannt», sagte er. «Und dann geben sie mir so ’ne grüne Tussi als Verteidigerin, die noch nie einer flachgelegt hat, und die schafft mich direkt in den Bau.»

«Haben Sie eine Theorie, warum das so gekommen ist?» fragte ich.

«Sicher, immer die gleiche alte Weißen-Scheiße. Irgendwas läuft schief, such dir ’n Nigger, und der Fall ist klar.»

«Warum gerade Sie?»

«Die wollten mich sowieso von der Straße runterhaben.»

«Wer die?» fragte Hawk.

«Das müßtest du doch wissen, Bruder.»

«Klar, aber es gibt viele Weiße, Ellis. Wer von denen will dich von der Straße runterhaben?»

«Was macht das für ’n Unterschied?» sagte Ellis. «Die werden dir nicht helfen, mich rauszuholen.»

«Wir suchen nicht nach Hilfe», sagte ich. «Wir suchen nach Informationen.»

«Ich hab alles gesagt, was ich weiß», sagte Ellis.

Ich sah Hawk an. Hawk zuckte die Achseln.

«Er hat keinen Grund, was zu verheimlichen», sagte Hawk.

Ich nickte und sah Alves an.

«Haben Sie uns noch irgendwas zu sagen?»

«Der Bulle, der mich draußen in Pemberton verhört hat, heißt Olson, glaub ich, vielleicht weiß der was.»

«Wir werden mit ihm reden», sagte ich.

Ellis sah wieder Hawk an.

«Hab von dir gehört», sagte Ellis.

«Mh-hm.»

«Du willst mit dem da arbeiten?» Ellis nickte in meine Richtung.

«Mh-hm.»

«Du traust ihm?»

«Mh-hm.»

Ellis, der immer noch kerzengerade im Sessel saß, sah mich an wie einen komischen Vogel. Er schüttelte den Kopf.

«Sie haben null Chance. Die werden auf Ihnen landen wie 'ne LKW-Fuhre Schlamm. Sie werden begraben. Wie ich.»

«Vielleicht auch nicht», sagte ich.

«Die wollen die Sache begraben, und sie werden sie begraben. Selbst wenn Sie 'n Weißer sind – sobald Sie einem Nigger helfen, sind Sie kein Weißer mehr.»

Ich wußte nicht, was ich darauf sagen sollte, also überging ich es.

«Und Sie haben keine Ahnung, wie die darauf gekommen sind, Sie zu verknacken?» fragte ich.

«Keine.»

«Okay», sagte ich.

Ich stand auf und ging zur Tür. Ich machte sie auf und nickte einem der Aufseher zu. Sie kamen herein, legten Alves wieder Handschellen an, tasteten ihn ab und führten ihn hinaus.

Während sie ihn absuchten, stand er vollkommen gerade da, und als sie ihn hinausbrachten, schaute er sich nicht um.

«Wenn du lebenslänglich hast», sagte Hawk, nachdem Alves fort war, «bringt Hoffnung dich um. Wenn du überleben willst, mußt du cool bleiben.»

«Ich weiß.»

«Da drin gibt's nicht mehr als Haß und Macht.»

«Besser als gar nichts», sagte ich.

6. KAPITEL

Der Campus von Pemberton sah aus wie ein Märchen-College in einem Themenpark: imposante Natursteingebäude auf Hügeln, gewundene Fußwege, Rasenflächen, Backsteinhäuser und Baumgruppen, alles so kunstvoll arrangiert, daß es fast zufällig wirkte. Hin und wieder fand sich ein Säulengang, und ich fuhr durch mindestens einen Torbogen. Ich sah viele junge Frauen, fast alle in bester körperlicher Verfassung. Die meisten waren angezogen wie zum Fitneßtraining oder zum Camping. Ich hatte ein T-Shirt und Jeans an. Das Jackett hatte ich ausgezogen. Ich hielt beim Fahren einen Arm aus dem Fenster und ließ die Muskeln spielen. Keine machte einen Versuch, mich anzuhalten und zu verführen. Es war ziemlich kühl, und meine Schulter wurde steif, also nahm ich den Arm wieder rein und kurbelte das Fenster hoch.

Auf einem unauffälligen Straßenschild stand «Campus-Polizei». Ich bog zwischen zwei Büschen ab und fuhr auf einen kleinen Parkplatz hinter dem Wartungskomplex. Die Polizei saß in einem Seitenflügel des Gebäudes, ohne Schild an der Außenseite, versteckt wie eine peinliche Verwandte.

«Mein Name ist Spenser», sagte ich zu dem jungen Polizisten hinter dem Tresen. «Ich untersuche einen Mord, den Sie hier vor anderthalb Jahren hatten.»

«Kann ich mal Ihre Papiere sehen?» fragte er. Auf seinem Namensschild stand Brendan Cooney.

Ich zeigte sie ihm. Er studierte sie langsam und sorgfältig, bevor er sie zurückgab.

«Was brauchen Sie?» fragte er.

«Ich würde gern mit den Beamten reden, die mit dem Fall zu tun hatten», sagte ich.

Der junge Polizist nickte.

«Nehmen Sie Platz», sagte er.

Ich setzte mich auf einen Stuhl neben der Tür und las die Vorschriften für das Parken auf dem Campus, während er in ein anderes Büro verschwand und nach einer Weile zurückkam.

«Der Chief läßt bitten», sagte er und öffnete eine Klappe im Tresen, und ich ging hindurch in das Büro vom Chief.

«Setzen Sie sich», sagte der Chief. «Ich bin Fred Livingston.»

Er war ein blonder Mann mit längerem, zurückgekämmtem Haar und Seitenscheitel. Seine Schneidezähne standen etwas vor. Er schien Mitte Vierzig zu sein.

«Ich arbeite für Cone, Oakes & Baldwin», sagte ich. «Die Anwaltskanzlei. Sie wollen noch einmal den Mordfall untersuchen, den Sie hier vor anderthalb Jahren hatten.»

Livingston nickte. «Melissa Henderson», sagte er.

«Wer leitete die Ermittlungen?»

«Hier bei uns? Aber da gab's nicht viel zu leiten. Wir sind kein großes Revier. Sobald wir sie gefunden hatten, haben wir die Polizei von Pemberton gerufen, und die haben die Landespolizei mitgebracht.»

«Haben Sie den Tatort gesehen?» fragte ich.

«Sicher. Einer von unseren Leuten hat sie gefunden, Danny Ferris. Armer Kerl. Er hat mich angerufen, und ich hab ihm gesagt, er soll nichts anfassen, und bin gleich rübergefahren.»

«Können Sie mir die Stelle zeigen?»

«Klar», sagte Livingston. Er stand auf, nahm ein Walkie-talkie vom Ladegerät, setzte seine Mütze auf und ging mit mir hinaus.

«Sie lag hinter ein paar Sträuchern unterhalb eines der Wohnheime», sagte er im Auto. «Wahrscheinlich die erste Leiche, die Danny je gesehen hat.»

«Wie steht's mit Ihrer Erfahrung?» fragte ich.

Livingston zuckte die Achseln.

«Ich hab schon ein paar gesehen. Vor diesem Job hier war ich Chief in Agawam. Meistens Verkehrsunfälle. Einige davon ziemlich häßlich. Zwei Mordfälle mit Schußwaffengebrauch. Einer davon aus privaten Motiven, am anderen waren Gang-Kids aus Springfield beteiligt. Wahrscheinlich Drogen, wir haben die Täter nie gefaßt.»

Wir fuhren wieder unter dem Torbogen zwischen zwei Gebäuden durch und hielten uns links.

«Parken Sie hier», sagte Livingston, und ich tat es.

Wir waren am Fuß eines Hügels mit langer, sanfter Steigung und einem Fußweg, der hinaufführte und sich unterwegs um Gesträuch schlängelte. Es gab keinen besonderen Grund für die Schlängelei, aber Landschaftsarchitekten hassen gerade Linien. Livingston führte mich auf dem Weg hinauf zum ersten Gebüsch.

«Sie lag hier», sagte er.

Ich schaute zur Fahrbahn zurück, wo wir geparkt hatten.

«Wie hat er sie gesehen?» fragte ich.

Livingston verzog das Gesicht.

«Krähen», sagte er. «Danny hat eine Schar Krähen herumflattern sehen und ist hochgegangen, um zu schauen, was los war.»

Dazu gab es nicht viel zu sagen.

«Sie lag auf dem Rücken», sagte Livingston. «Völlig nackt. Haben Sie schon mal jemanden gesehen, der erwürgt worden ist?»

«Ja.»

«Sah so aus, als ob sie auch Schnittwunden und Prellungen hätte. Einiges davon können natürlich die Krähen gewesen sein.»

«Der Gerichtsmediziner hat das wahrscheinlich geklärt», sagte ich.

«O ja. Hat er. Ich erzähle Ihnen nur, was wir gefunden haben.»

«Klar», sagte ich. «Fahren Sie fort.»

«Das wär's eigentlich auch schon», sagte Livingston. «Ich hab die Polizei von Pemberton benachrichtigt. Die kamen mit ein paar Männern von der Landespolizei rüber, und wir sind aus dem Weg gegangen.»

Ich stand da und betrachtete den Tatort. Er sagte mir, was mir die meisten Tatorte sagten. Nichts. Studentinnen mit Büchern, Taschen, Rucksäcken und Cola light in Pappbechern mit Plastikdeckeln und herausstehenden Strohhalmen gingen an uns vorbei. An zwei Männern in mittleren Jahren, die neben einem Gebüsch herumstanden, war nichts Interessantes. Nichts erinnerte sie daran, daß hier vor anderthalb Jahren die Leiche einer ermordeten Frau gelegen hatte. Die meisten wußten wahrscheinlich, was passiert war, einige hatten die Frau sicherlich gekannt. Aber sie konnten jetzt nichts mehr für sie tun, und sie hatten an die Zwischenprüfungen zu denken und an Jungs und vielleicht an das Volksfest in Dartmouth. Sie waren auf dem Weg irgendwohin, also gingen sie weiter. Und es gab keinen Grund, warum sie es nicht hätten tun sollen.

«Irgendwelche Kleidungsstücke?» fragte ich.

«Keine.»

«Hat irgend jemand ihre Sachen gefunden?»

«Soweit ich weiß, nicht», sagte Livingston. «Der Nigger hat sie in sein Auto gezerrt. Ich nehme an, er hat's da getan und die Sachen später beseitigt.»

«Und sie hierher gefahren und abgeladen.»

«So wurde's mir gesagt.»

Ich schaute hoch zu dem Studentenwohnheim auf dem Hügel.

«Seltsamer Platz, um jemanden abzuladen.»

«Von der Straße aus kann man die Leiche nicht sehen», sagte Livingston.

«Wenn sie auf dieser Seite der Sträucher liegt», sagte ich. «Aber dann kann man sie vom Wohnheim aus sehen.»

«Das hat er wahrscheinlich nicht gemerkt», sagte Livingston.

«Nicht schwer zu merken», sagte ich.

«War wahrscheinlich dunkel. Ich glaube, es wurde nie festgestellt, wann genau er sie abgeladen hat.»

«So wird es wohl sein», sagte ich. «Merkwürdiger Platz für einen Schwarzen aus der City, um eine Leiche abzuladen: der Campus eines fast ausschließlich weißen, sehr renommierten, in einem Vorort gelegenen Colleges für Mädchen aus besseren Kreisen.»

Livingston zuckte die Achseln.

«Er mußte sie schließlich irgendwo abladen», sagte er. «Wollte nicht erwischt werden, wie er sie herumfuhr.»

«Meinen Sie, er ist dafür bis in die Mitte des Campus gefahren?»

«Vielleicht ist er rumgefahren, bis er eine Stelle gefunden hat, wo er allein war. In der Nähe vom Tor kann Verkehr gewesen sein, Leute auf der Straße, was weiß ich? Typen wie er sind nicht immer die Schlauesten auf der Welt.»

«Das sind die wenigsten», sagte ich. «Hat jemand mit den Studentinnen in dem Wohnheim da oben geredet?»

«Zwei Detectives von der Landespolizei waren da. Die haben das wahrscheinlich getan. Das College hat sich große Mühe gegeben, die Studentinnen zu schützen.»

«Vor was?»

Livingston sah überrascht aus.

«Vor Unannehmlichkeiten», sagte er. «Die Leute zahlen dreißig Riesen im Jahr, damit ihre Kids hierher können. Sie haben's nicht gern, wenn ihre Kids von den Bullen ausgequetscht werden, verstehen Sie?»

«Wo kriege ich die Namen der Studentinnen her, die vor anderthalb Jahren in dem Heim gewohnt haben?»

«Von der Dekanin für studentische Angelegenheiten, nehme ich an. Aber die wird sie Ihnen nicht geben wollen.»

«Das ist mir klar», sagte ich.

7. KAPITEL

Hawk und ich saßen in der Bar vom Four Seasons Hotel und tranken Bier. Es war eine geräumige, gemütliche Bar, obwohl einer der Vorteile, mit Hawk etwas zu trinken, darin besteht, daß man auch in überfüllten Bars immer Ellbogenfreiheit hat. Niemand redet laut in Hawks Nähe. Niemand drängelt.

«Hab mit Tony Marcus über Ellis geredet.»

«Marcus ist wieder raus?»

Hawk nickte. Er nahm Blickkontakt mit einer eleganten platinblonden Frau in langem Kleid auf, die mit zwei Geschäftsleuten Cocktail trank.

«Tony hat eine Menge Geld», sagte Hawk.

«Drängen sich die Russen in seine Geschäfte?» fragte ich.

«Nicht, seitdem er draußen ist», sagte Hawk.

«Weiß er irgendwas über Ellis?» fragte ich.

«Er hat ihn in Cedar Junction flüchtig kennengelernt. Sagt er jedenfalls. Tony traut der Wahrheit nicht.»

«Und?»

«Und nichts weiter. Ellis brummt eben. Tony sagt, er ist ein ziemlich übles Arschloch.»

«Irgendwas über den Henderson-Mord?»

«Ellis sagt, er war's nicht. Aber das will nichts heißen. Viele Knackis sagen, sie waren's nicht.»

Die platinblonde Frau trug einen Ehering. Der Geschäftsmann neben ihr war kleiner als sie und wesentlich massiger und etwas älter. Seine Hand ruhte auf ihrem Schenkel, als wäre sie ein Rassehund und er der stolze Besitzer. Dabei redete er mit dem anderen Geschäftsmann über etwas, das ihn interessierte, sie aber zu Tode langweilte. Sie sah immer noch Hawk an.

«Ich kapiere ja, wieso sie keine Augen für ihren Mann hat», sagte ich. «Warum du und nicht ich?»

«Wahrscheinlich mag sie sie groß, dunkel und gutaussehend», sagte Hawk.

Ihr Mann wedelte mit den Händen, während er mit dem anderen redete. Ein Brillantring blitzte an seinem kleinen Finger. Er fing an, irgendwas an den Fingern seiner linken Hand abzuzählen. Die Platinblonde erhob sich graziös und kam zur Bar. Sie blieb vor Hawk stehen und sagte leise: «Ich bin Claire Reston. Ich habe Zimmer 508, und mein Mann ist morgen den ganzen Tag in Geschäften unterwegs.»

Hawk lächelte ihr zu.

«Wie wär's mit einer Stadtrundfahrt?» fragte er.

«Kommt auf die Rundfahrt an», sagte sie.

«Ich melde mich», sagte Hawk.

«Gut», sagte sie und setzte sich zur Damentoilette in Bewegung, wobei sie unter ihrem engen Kleid elegant die Hüften schwenkte.

«Das ist ein gutes Zeichen», sagte ich.

Hawk lächelte gedankenverloren und trank sein Bier aus. Ich bestellte noch zwei. Der Barkeeper brachte sie und stellte noch ein Schälchen mit gemischten Nüssen vor uns auf die Bar. Die Platinblonde kam aus der Damentoilette zurück und glitt an uns vorbei und lächelte. Ihr Mann beugte sich jetzt vor und zeichnete mit dem Zeigefinger etwas auf die Tischplatte. Er schaute nicht auf, als sie sich setzte.

«Wolltest du jemals Kinder?» fragte ich Hawk.

«Ich mag sie ein bißchen älter», sagte Hawk.

«Nein, du Tier, ich habe gemeint, wolltest du jemals Vater werden?»

«Kann mich nicht erinnern», sagte Hawk.

Der Klavierspieler hatte Pause gehabt. Er kam zurück und setzte sich und spielte «Green Dolphin Street». Der Mann der Platinblonden schaute auf die Uhr und sagte etwas zum anderen. Er nickte seiner Frau zu, und alle drei standen auf und gingen. Der Mann griff den anderen am Arm und redete im Hinausgehen auf ihn ein. Die Platinblonde schaute sich ausdruckslos zu Hawk um. Dann folgte sie ihrem Mann und seinem Spezi aus der Bar.

«Susan möchte ein Baby adoptieren», sagte ich.

Hawk zeigte nie eine Reaktion auf irgendwas, und er tat es auch diesmal nicht. Aber er wandte mir seine Aufmerksamkeit zu, und ich spürte deren Gewicht.

«Nur eins?» fragte er.

«Bis jetzt.»

«Was ist mit Pearl?»

«Zu Pearl dazu», sagte ich.

«Das wird Pearl nicht sehr gefallen», sagte Hawk. «Susan will dich als Papa?»

«Sie sagt, sie will es nicht ohne mich machen.»

«Kann ich ihr nicht verdenken.»

«Nein. Ich auch nicht.»

Hawk aß ein paar Erdnüsse und trank einen Schluck Bier.

«Irgendwie herzerwärmend», sagte Hawk. «Du und Windeln wechseln.»

«Herzerwärmend», sagte ich.

«Das tust du ja eigentlich schon von Berufs wegen», sagte Hawk. «Gute Vorbereitung.»

«Ich wußte, es würde mich aufbauen, mit dir darüber zu reden», sagte ich.

«Wozu sind Freunde da, Pappi?»

«Halt die Klappe», sagte ich.

Hawk nickte. Es wurde langsam voll. Der Geräuschpegel nahm zu, aber es wurde nicht laut. Man konnte den Klavierspieler immer noch hören. Er spielte irgendwelche Variationen über «Dream Dancing». Wir tranken Saranac Black and Tan.

«Gutes Bier», sagte Hawk.

«Ja.»

«Sie hat ein Recht auf ein Baby», sagte er.

«Ja.»

«Du hast ein Recht, keins zu wollen.»

«Ja.»

«Hast du ihr erklärt, wie wir Paul Giacomon seit seinem fünfzehnten Lebensjahr aufgezogen haben und daß das genug Vaterschaft für uns ist?»

«Wir?» fragte ich.

«Ist er nicht Tänzer?» fragte Hawk.

«Ja.»

«Den natürlichen Rhythmus hat er bestimmt nicht von deiner Seite», sagte Hawk.

Wir schwiegen. Der Klavierspieler war zu «Memphis in June» übergegangen. Mein Bier war wieder alle. Ich bestellte noch eins. Der Raum war erfüllt von leisen Cocktailgeräuschen. Drinks, die gemixt wurden, Leute, die halblaute Gespräche führten. Hin und wieder Gelächter. Der Geruch von Whisky. Das Klavier.

«Du willst es nicht», sagte Hawk.

«Nein.»

«Du willst es nicht so sehr wie sie?» fragte Hawk.

«Würde ich meinen.»

«Hast du ihr das gesagt?»

«Nein.»
«Schöne Scheiße, wie?» fragte Hawk.
«Ich hätt's nicht besser ausdrücken können», sagte ich.

8. KAPITEL

Die Dekanin für studentische Angelegenheiten vom Pemberton College, die laut einem Schildchen auf ihrem Schreibtisch J. J. Gidden hieß, sagte, daß einzig Präsidentin Evans befugt sei, in Sachen Melissa Henderson Auskunft zu erteilen. Also suchte ich Präsidentin Evans auf. Da gerade Mittagszeit war, hieß es, sie sei nach Tisch wieder da. Also wartete ich. Erstaunlicherweise war sie nach Tisch tatsächlich da.

Die Präsidentin war eine große schlanke Frau mit kurzem aschblondem Haar und humorvollen Augen, gekleidet in eine schwarze Hose mit breitem Bund und eine weiße Bluse mit hochgeschlossenem Kragen. Sie begrüßte mich an der Tür ihres Büros und bot mir einen Stuhl an. Sie trug einen breiten goldenen Ehering an der linken Hand. Ihrem Aussehen nach war sie Mitte Fünfzig. Als sie hinter ihrem Schreibtisch Platz nahm, enthüllte das durch die Bogenfensterfront hinter ihr einfallende Sonnenlicht das Grau in ihrem Haar. Sie hieß Deborah Evans.

«Wie kann ich Ihnen helfen, Sir?»

«Ich untersuche den Mord an Melissa Henderson», sagte ich.

«Verzeihen Sie, aber ich war der Meinung, der ist schon untersucht worden.»

«Es gibt die Ansicht», sagte ich, «daß der Justiz in diesem Fall ein Irrtum unterlaufen ist, und ich bin beauftragt worden, zu überprüfen, ob das stimmt.»

«Sie sind Privatdetektiv?»

«Ja, Madam.»

«Wie wird man Privatdetektiv?» fragte sie.

«Es fällt mir schwer, das zu verallgemeinern», sagte ich. «Ich war Polizist, hatte keine Geduld mit der Hierarchie und entschied mich, Privatdetektiv zu werden. Die Entscheidung wurde mir durch meine Entlassung erleichtert.»

«Sie drücken sich recht gewandt aus», sagte sie.

«Sie auch», sagte ich.

Sie runzelte kurz die Stirn, dann erschien ein Lächeln auf ihrem Gesicht.

«Punkt für Sie», sagte sie. «Ich war herablassend.»

«Ich brauche eine Liste der Studentinnen, die zur Zeit des Mordes in dem Wohnheim wohnten, von dem man Ausblick auf den Leichenfundort hat.»

«Haben Sie irgendeine Art – ich kenne den korrekten Begriff nicht –, eine Art gesetzliche Ermächtigung, die mich verpflichtet, sie Ihnen zu geben?»

«Nein.»

«Dann werde ich es nicht tun.»

«Sie Akademikerinnen antworten immer so ausweichend.»

Sie lächelte. Es war ein freundliches Lächeln, aber unnachgiebig.

«Ich bedaure, so unverblümt zu sein», sagte sie. «Aber ich habe eine ganz klare Haltung, und ich weiß, daß die Kuratoren hinter mir stehen. Das Ereignis war für uns alle hier eine schwere Belastung, und ich möchte nicht, daß es wieder ausgegraben wird.»

«Auch dann nicht, wenn ein Unschuldiger lebenslänglich im Gefängnis sitzt?» fragte ich.

«Wissen Sie, daß er unschuldig ist?»

«Nein.»

«Nach meiner Erinnerung ist der Mann, der dafür verurteilt wurde, ein Berufsverbrecher, der Frauen überfiel.»

«Es schadet also nichts, ihn ins Zuchthaus zu stecken», sagte ich. «Selbst wenn er dieses Verbrechen nicht begangen hat.»

«Mag sein», sagte sie. «Ich denke, daß einiges dafür spricht. Aber das ist nicht mein Anliegen. Mein Anliegen ist dieses College und die jungen Frauen in Vergangenheit, Gegenwart und Zukunft, für deren Erziehung im weitesten Sinne wir verantwortlich sind.»

«Besonders in der Vergangenheit», sagte ich. «Schließlich müssen Sie Spendengelder beschaffen.»

«Ohne Spendengelder», sagte sie, «könnte dieses College nicht überleben. Aber das steht nicht zur Debatte. Bevor ich nicht weiß, daß die Freiheit eines Unschuldigen auf dem Spiel steht, und ich meine ‹unschuldig› im weitesten Sinne, werde ich Ihnen nicht helfen, das Leben auf diesem Campus zu stören.»

«Tja», sagte ich, «dann muß ich mich wohl einfach umhören.»

Präsidentin Evans schien unbeeindruckt.

«Das steht Ihnen natürlich frei. Aber nicht auf diesem Campus. Dieser Campus ist Privatbesitz, und ich bin mir ziemlich sicher, daß ich Ihnen das Betreten untersagen kann.»

«Wie stehen Sie zur Gerechtigkeit?» fragte ich.

«Ich bin für Gerechtigkeit, aber ich bin nicht bereit, dieses College oder meine jungen Frauen Ihrer Definition davon zu opfern.»

Ich grinste sie an.

«Ich hoffe, ich schüchtere Sie nicht ein», sagte ich.

Die Belustigung, die ständig um ihre Augenwinkel spielte, wuchs sich zu einem Lachen aus, das ihr ganzes Gesicht einnahm.

«Nicht so schlimm, daß ich keine Luft kriege», sagte sie.

«Schön», sagte ich. «Ihre Einstellung ist mir nun klar. Jetzt sage ich Ihnen meine. Ich hege nicht den Wunsch, diesem Campus oder seinen jungen Frauen in Vergangenheit, Gegenwart und Zukunft zu schaden. Aber ich werde herausfinden, ob Ellis Alves da ist, wo er hingehört. Und wenn nicht, werde ich ihn herausholen.»

«Da wir offen reden», sagte Präsidentin Evans, «möchte ich Sie auf folgendes hinweisen: Die Mutter des Opfers ist eine ehemalige Studentin von diesem College, die Frau des Gouverneurs ist eine ehemalige Studentin von diesem College, und zwei Senatoren der Vereinigten Staaten gehören unserem Kuratorium an. Niemand von ihnen, einschließlich der Mutter des Opfers, möchte, daß Melissas Tod noch einmal in die Schlagzeilen gerät.»

«Zwei Senatoren der Vereinigten Staaten», sagte ich. «Igitt.»

«Sind Sie eingeschüchtert?»

«Nicht so, daß ich keine Luft kriege», sagte ich.

Präsidentin Evans lachte.

«Also, ich muß sagen, für einen Widersacher sind Sie sehr unterhaltsam», sagte sie. «Eine kleine Dosis Charme.»

«Ich habe festgestellt, daß eine kleine Dosis sicherer ist», sagte ich. «Bei der vollen Wattleistung auf einen Schlag gibt es manchmal Verletzte.»

«Vor allem Frauen, nehme ich an.»

«Sie verletzen sich oft bei dem rasenden Bemühen, sich zu entkleiden.»

«Ich konnte dem Impuls widerstehen», sagte sie. «Sie und ich, wir sind Widersacher, bei aller Sympathie, und werden es wahrscheinlich auch bleiben. Sie kommen mir nicht wie jemand vor, der leicht aufgibt.»

«Oder der jemals aufgibt», sagte ich.

«Sie kommen mir aber auch nicht wie jemand vor, der eine Frau schlagen würde», sagte sie. «Was Sie etwas entwaffnet. Ich kann mir vorstellen, daß Ihre Körpergröße viele Männer einschüchtert.»

«Die Kraft der Schwäche», sagte ich.

«Ja», sagte sie. «Manchmal geht es auf der Welt recht ironisch zu.»

Ich nickte. Wir saßen da und sahen uns an. Ich mochte sie. Sie ruhte in sich. Aus der Art, wie sie sich in ihrem Sessel zurücklehnte, der Schlichtheit ihrer Kleidung, dem zurückhaltenden Make-up sprach ein ausgewogenes Selbstvertrauen. Sie kannte sich und war zufrieden mit dem, was sie kannte. Es machte sie unbezwinglich.

«Gibt es irgend etwas, was Sie mir über den Mord an Melissa Henderson sagen möchten?» fragte ich.

Sie lächelte.

«Sie nehmen, was Sie kriegen können, wie?» fragte sie.

«Was können Sie mir sagen?»

«Der Mord war ein Alptraum für dieses College», sagte sie. «In persönlicher Hinsicht hat er denen die Herzen gebrochen, die Melissa kannten. Uns Frauen hat er angst gemacht, da uns hier, in unserer Umfriedung sozusagen, so etwas angetan werden kann. Er war ebenfalls ein Alptraum hinsichtlich der Publicity, der Zahlen der Neuzugänge und in vielen Fällen auch hinsichtlich der finanziellen Unterstützung durch Ehemalige.»

«Kannten Sie das Opfer?» fragte ich.

«Ja. Ihre Mutter war eine Pemberton-Absolventin, wie auch schon ihre Großmutter. Ich habe hier zusammen mit ihrer Mutter studiert.»

«Was können Sie mir über Melissa erzählen?»

«Nichts.»

«Gute Studentin? Schlechte Studentin?»

Präsidentin Evans schüttelte den Kopf.

«Hatte sie einen Freund? Oder eine Freundin?»

«Wie zeitgemäß», sagte Präsidentin Evans.

«Hatte sie?»

«Ich weiß es nicht.»

«War sie ein Mädchen, das wahrscheinlich einen Freund hatte?» Präsidentin Evans zuckte die Achseln.

«Ich glaube, ich höre endlich auf, Ihre Zeit zu verschwenden», sagte ich.

«Gut», sagte sie.

Ich stand auf. Sie stand auf. Wir gaben uns die Hand.

«Wenn sich einmal etwas ergeben sollte», sagte sie, «was nicht mein College bedroht, so werde ich Ihnen gern behilflich sein.»

«Vielen Dank», sagte ich. «Und wenn Sie jemals einen brutalen Schläger brauchen ...»

«Vielleicht zur Beschaffung von Spendengeldern», sagte sie und lächelte. Und ich lächelte auch. Und sie kam hinter ihrem Schreibtisch hervor und brachte mich zur Tür und öffnete sie. Und ich ging.

9. KAPITEL

Am meisten fürchtete ich mich davor, mit den Eltern des Opfers zu reden, also dachte ich mir: Bring's lieber hinter dich. Sie wohnten in Brookline in einem großen Backsteinhaus mit breiter Terrasse ein paar Querstraßen vom Brookline Reservoir entfernt, dem großen Trinkwassersee. Mr. Henderson war die Henderson Corporation, ein Konzern, der die meisten Etagen vom Mercantile Building einnahm, die Cone, Oakes & Baldwin nicht einnahmen. Die Henderson Corporation besaß Banken und Düngemittelfabriken und eine Firma, die mit Effekten handelte, und eine Firma in der Schweiz, die Wasserhähne herstellte, und noch etliches mehr, woran ich mich nicht erinnern konnte, weil ich mir keine Notizen gemacht hatte, als ich im Handelsregister nachschlug. Er war mittelgroß, mit Vollglatze und Hornbrille. Sein Händedruck war fest, sein Blick direkt. Das Jackett seines Anzugs hatte er abgelegt, er trug ein weißes Hemd und breite Hosenträger mit buntem Muster – der Typ des nüchternen Geschäftsmannes, bei dem man sein Geld gut aufgehoben wußte, wenn auch sein eigenes Geld bei ihm wahrscheinlich noch besser aufgehoben war. Mrs. Henderson war schlank und dunkel und trug ihr schwarzes Haar in einem strengen Herrenschnitt mit Pony. Sie hatte ein mangofarbenes Kleid mit eckigem Ausschnitt und kurzem Rock an. Es sah gut an ihr aus.

«Sie möchten über unsere Tochter reden», sagte Mr. Henderson, als wir auf geblümt gepolsterten Rattanmöbeln in der Glasveranda, die vom Wohnzimmer abging, Platz genommen hatten.

«Ja, Sir», sagte ich.

«Wir hatten gehofft, das läge hinter uns», sagte Henderson.

Er saß zusammen mit seiner Frau auf dem Sofa vor der weiß gestrichenen Rückwand des Wohnzimmerkamins.

«Es tut mir leid», sagte ich, «aber ich bin von Cone, Oakes & Baldwin beauftragt worden, ihren Tod genauer zu untersuchen.»

«Zu welchem Zweck?» fragte Mrs. Henderson.

Sie hatte die Hände im Schoß gefaltet. Rechts von mir stand vor einem der Fenster ein Stereoturm. Darauf stand ein Foto von einer jungen Frau in einem viel zu großen Ehren-Sweater der Taft University, wie man ihn für besonders sportliche Leistungen erhält. Auf dem Sweater war vorn ein großes T aus blauer Chenille aufgenäht. In den Querbalken vom T waren zwei kleine Tennisschläger eingewebt. Unter den Tennisschlägern war das Wort CO-CAPTAIN eingestickt.

«Ist das Melissa?» fragte ich.

«Ja», sagte Henderson.

«Was ist der Zweck Ihrer Ermittlungen?» fragte Mrs. Henderson erneut.

«Sicherzustellen, daß die Justiz den Richtigen hat.»

Beide schwiegen kurz, dann fragte Mrs. Henderson: «Wollen Sie damit sagen, Sie wissen es nicht genau?»

«Ich habe gerade erst angefangen, Madam. Ich weiß noch gar nichts Genaues. Deshalb fahre ich herum und rede mit allen.»

«Diese Anwaltskanzlei, Cone und so weiter, hält Alves für unschuldig?»

«Man ist dort der Meinung, daß er unzureichend verteidigt wurde», sagte ich. «Man möchte sichergehen, daß Alves der Richtige ist.»

Wieder schwiegen sie.

Schließlich sagte Henderson: «Mir ist klar, daß Sie Ihren Job tun ...»

Seine Frau unterbrach ihn.

«Walton ist immer so vernünftig. Er kann nicht anders. Aber mir ist Ihr Job gleichgültig. Mir liegt meine Tochter am Herzen. Und ich werde nicht zulassen, daß der Mörder unseres einzigen Kindes freigelassen wird.»

Henderson sah seine Frau an und dann mich. Er sagte nichts.

«Sie haben keinen Grund, das Urteil in Frage zu stellen?» fragte ich.

«Überhaupt keinen», sagte Mrs. Henderson.

Sie hatte sich auf der Couch vorgebeugt, die Hände immer noch im Schoß gefaltet. Man hätte meinen können, sie zitterte von der Intensität ihrer Gefühle.

«Mr. Henderson?»

Er nickte.

«War Ihre Tochter je an der Taft University?» fragte ich.

«Nein», sagte Henderson.

Sein Tonfall war immer noch sachlich, aber seine Stimme klang ein wenig zittrig.

«Wissen Sie, mit wem sie befreundet war?» fragte ich. «Vielleicht mit ihrer Zimmergenossin am College?»

Mrs. Henderson stand plötzlich auf.

«Raus», sagte Mrs. Henderson. «Raus aus meinem Haus, Sie Schnüffler, Sie verdammter Niggerfreund.»

Ihre Tochter war noch nicht lange genug tot, um mit ihr über Rasse und Gerechtigkeit diskutieren zu können. Oder auch nur über Schnüffelei. Henderson sprang auf und legte ihr eine Hand auf die Schulter, die sie abschüttelte. Die Haut auf ihrem Gesicht spannte, so daß sich die Schädelknochen abzeichneten.

«Und wenn es Ihnen gelingt, dieses Schwein aus dem Gefängnis zu holen, werde ich einen Weg finden, um ihn eigenhändig umzubringen», sagte sie.

«Sie gehen besser», sagte Henderson zu mir. «Wir haben Ihnen nichts zu sagen.»

«Es tut mir leid, daß ich Sie belästigen mußte», sagte ich.

«Verschwinden Sie endlich», sagte Mrs. Henderson.

Was ich tat. Auf der Rückfahrt nach Boston sah ich den Joggern zu, die an dem strahlenden Herbstmorgen ums Reservoir liefen. Mir fiel wieder ein, warum mir vor den Eltern gegraut hatte. Ich hatte nun schon viele Jahre lang mit den nächsten Angehörigen etlicher Opfer geredet und hatte fürs ganze Leben genug Trauer gesehen. Es war schwer, Trauer zu messen. Der Verlust eines Lebenspartners schien ebensoviel Trauer auszulösen wie der Verlust eines Kindes. Aber nichts reichte an die Wut trauernder Eltern heran. Daß Mrs. Henderson mich einen Niggerfreund genannt hatte, bedeutete nicht, daß sie einen Schwarzen fälschlich bezichtigen würde. Auch der Chief der Campus-Polizei hatte Alves einen Nigger genannt. Auch das bedeutete nicht, daß er einen Schwarzen fälschlich beschuldigen würde. Andererseits bedeutete das alles nicht, daß Alves zu Recht angeklagt worden war. Wäre schön, mal was herauszufinden, das irgendwas bedeutete.

Am Cleveland Circle bog ich in die Chestnut Avenue und dann rechts ab in die Commonwealth Avenue Richtung Innenstadt. Beim Präsidium der Landespolizei, Commonwealth 1010, fand ich ein Plätzchen an einer Bushaltestelle und parkte und ging hinein, um mit jemandem zu reden, den ich kannte.

Healy saß an seinem Schreibtisch bei der Landeskriminalpolizei, deren Leiter er war. Ich hatte mit ihm vor zwanzig Jahren an einem Fall in Smithfield zusammengearbeitet, und er hatte mir seitdem hin und wieder ausgeholfen. Er war grauhaarig und drahtig und kleiner als ich, was ihm aber nichts auszumachen schien.

«Was brauchen Sie heute?» fragte Healy, als ich hereinkam.

«Vielleicht schaue ich nur vorbei, um hallo zu sagen.»

«Okay», sagte Healy, «hallo.»

«Und vielleicht, um Sie zu fragen, ob Sie irgendwas über den Mord in Pemberton vor ungefähr anderthalb Jahren wissen.»

«Vielleicht auch deshalb, hm?» fragte Healy. «Collegestudentin?»

«Ja», sagte ich. «Laut Prozeßprotokoll leitete ein Detective namens Miller von der Landespolizei die Ermittlungen.»

«Ja, Tommy Miller.»

«Haben Sie den Fall verfolgt?»

«Nur am Rande. Soweit ich mich erinnere, war er ziemlich klar. Zwei Augenzeugen sahen, wie der Täter sie kidnappte, richtig?»

«So heißt es.»

«Und wieso fragen Sie danach?» wollte Healy wissen.

«Er hatte eine Verteidigerin frisch von der Uni, die meint, daß er unschuldig ist und daß sie die Verteidigung vermasselt hat.»

«Und sie hat Ihnen den Auftrag gegeben, ihn freizukriegen?»

«So ungefähr. Sie arbeitet jetzt für Cone Oakes, und sie hat Cone Oakes dazu gebracht, mir den Auftrag zu erteilen.»

«Muß doch eine nette Abwechslung für Sie sein», sagte Healy, «ein Klient, der zahlen kann.»

«Hab nichts dagegen», sagte ich. «Wie ist Miller?»

«In Ordnung. Vielleicht ein bißchen naßforsch. Glaubt, weil er bei der Landespolizei ist, ist er wichtig.»

«Aus hartem Holz?»

Healy zuckte die Achseln.

«Im Vergleich zu wem?» fragte er. «Im Vergleich zu einem Teenie mit großer Klappe und einer Nase voll Koks ist er härter als Alteisen. Im Vergleich zu Hawk zum Beispiel oder mir … oder Ihnen …» Healy zuckte wieder die Achseln.

«Ehrgeizig?»

«Er buddelt», sagte Healy. «Will wahrscheinlich mal Leiter des CID werden.»

«Glauben Sie, er schafft's?»

«So bald nicht», sagte Healy.

«Wie ist er als Ermittler?»

«Soweit ich weiß, ziemlich gut. Ich mag ihn nicht. Aber er klärt seine Fälle auf, und seine Ermittlungen haben vor Gericht Bestand und führen meistens zu Verurteilungen. Er macht es sich nicht zu leicht.»

«Wie steht er zur Rassenfrage?»

Healy zuckte die Achseln.

«Nicht schlimmer als die meisten», sagte er. «Ist Ihr Mann schwarz?»

«Ja.»

«Meinen Sie, er wurde deswegen geleimt?»

«Ich weiß es nicht», sagte ich. «Überall, wo ich hinkomme, höre ich immer nur Nigger, Nigger. Und überall, wo ich hinkomme, wird gemauert.»

Healy nickte langsam. Er saß in Hemdsärmeln zurückgelehnt in seinem Sessel und hatte einen Fuß auf die Schreibtischkante gelegt.

«Kann schon sein», sagte Healy. «Ich bin weißer Ire, seit fünfunddreißig Jahren bei der Polizei. Hab viel ‹Nigger, Nigger› gehört. Manchmal, weil man es mit einem Haufen primitiver rassistischer Arschlöcher zu tun hat, und manchmal, weil der Schwarze was Schlimmes getan hat und alle auf ihn wütend sind. Aber sie sind nicht wütend auf ihn, weil er schwarz ist, verstehen Sie? Sie sind wütend auf ihn, weil er was Schlimmes getan hat, und ‹Nigger› ist ein bequemes Schimpfwort. Bei Miller weiß ich es nicht. Aber ich weiß, daß Rassenzugehörigkeit den meisten Polizisten viel gleichgültiger ist, als die Medien gerne behaupten. Verstehen Sie? Man verhaftet einen Schwarzen mit einem dreieinhalb Meter langen Vorstrafenregister, und die Medien stellen Fragen. Ist es, weil er schwarz ist? Nein, es ist, weil er ein dreieinhalb Meter langes Vorstrafenregister hat. Für ähnliche Straftaten. Das ist wie die Stuart-Sache vor einiger Zeit. Die Polizei erfährt, daß ein Schwarzer am Rand vom Schwarzen-Ghetto auf einen Weißen und dessen Frau geschossen hat. Sollen die Cops jetzt losgehen und die Leute im Brae Burn Country Club durchsuchen?»

«Ich hätte sofort den Verdacht gehabt», sagte ich, «daß der Weiße seine Frau ermordet und sich selbst schwere Verletzungen beigebracht hat, um das zu vertuschen.»

«Ja», sagte Healy, «passiert andauernd.»

«Würde Miller jemanden fälschlich beschuldigen?»

«He», sagte Healy, «der Kerl arbeitet für mich.»

«Würde er's tun?»

«Viele Cops würden das tun. Die meisten würden keinen Unschuldigen belasten», sagte Healy. «Aber viele würden das Beweismaterial nachbessern, wenn sie meinen, sie haben den Richtigen.»

«Und wenn Mr. Richtig schwarz ist ...?»

Healy schüttelte den Kopf.

«Ich weiß es nicht», sagte er. «Weniger wahrscheinlich wird's dadurch nicht.»

Ich dachte darüber nach, während ich aufstand und mir aus dem Krug auf Healys Aktenschrank etwas Mineralwasser eingoß.

«Ich werde mit Miller reden müssen», sagte ich.

«Er hat heute frei», sagte Healy. «Ich werde ihn bitten, morgen in Ihrem Büro vorbeizuschauen.»

«Danke.»

«Lassen Sie sich von ihm keine Angst einjagen.»

«Ich werde ihn daran erinnern, daß ich Sie kenne», sagte ich.

«Ich wäre Ihnen dankbar, wenn Sie mich nicht vor meinen Männern bloßstellen würden», sagte Healy.

«Selbstverteidigung», sagte ich.

10. KAPITEL

Ich war mit Susan nach ihrem letzten Termin in der Bar vom Rialto verabredet. Das Endlich-Feierabend-Gedränge hatte noch nicht angefangen, und wir bekamen zwei Barhokker an einem Ende der Bar. Susan trank ein Glas Merlot. Ich bestellte Bier. Durch das große Panoramafenster hinter uns konnte man in den Innenhof am Charles Square sehen, der für den Auftritt einer Band herausgeputzt war. Herbsttouristen saßen draußen vor dem Café, schluckten rosa Drinks aus großen Gläsern und warteten auf die Band.

«Wie läuft es?» fragte Susan. «Der Pemberton-Mordfall?»

Sie trank einen mikroskopisch kleinen Schluck Wein.

«Alle, mit denen ich rede, sagen, daß sie mir nicht helfen wollen.»

«Für die Betroffenen ist es wahrscheinlich eine gräßliche Wunde», sagte Susan.

«Nicht mal Ellis will mir helfen», sagte ich. «Hawk sagt, das ist deshalb, weil ein Lebenslänglicher sich keine Hoffnung gestatten darf.»

«Ich glaube fast, Hawk führt ein zweites Leben als Psychiater», sagte Susan.

«Ich weiß nicht», sagte ich, «ob Hawk viel für Blödsinn übrig hat.»

«Wir nennen es anders», sagte Susan.

«Wie nennt ihr es denn?» fragte ich.

«Vermeidung.»

«Ich glaube nicht, daß Hawk dafür mehr übrig hat.»

«Vielleicht nicht.»

Im Hof trafen die Musiker ein und begannen, auf der anderen Seite aufzubauen. Leute schlenderten in den Hof und standen herum. Es war immer noch warm, obwohl es schon Herbst war. Die meisten hatten noch keine Jacken an und gingen in kurzen Ärmeln.

«Hast du über das Baby nachgedacht?» fragte Susan.

«Womit du nicht Pearl meinst, nehme ich an», sagte ich.

«Richtig», sagte Suan.

Ich atmete tief ein und ließ die Luft langsam heraus.

«Ich glaube, es wäre ein Fehler», sagte ich.

«Hmm», sagte Susan.

«Wir haben ohne Kinder die mittleren Jahre erreicht, und ich glaube, ein Baby zu diesem Zeitpunkt würde unsere Beziehung ernsthaft gefährden.»

«Warum glaubst du das?» fragte Susan.

«Ein kleines Kind macht eine Menge Arbeit», sagte ich.

«Du hast keine Angst vor Arbeit», sagte Susan. «Und ich auch nicht.»

«Ach, verdammt, Susan, das weiß ich. Ich will einfach kein Kind, und ich versuche, gute Gründe zu finden, warum ich keins will.»

«Hast du etwas dagegen, mich zu teilen?»

«Ja.»

«Ist es mehr als das?»

«Ja.»

«Weißt du, was es ist?»

«Nein.»

«Vielleicht doch.»

Wie sehr ich sie liebte, war keinen Schwankungen unterworfen. Aber wie gut ich sie leiden konnte, ging durchaus rauf und runter, und runter ging es am meisten, wenn sie ihre berufliche Seite hervorkehrte. Ich trank einen Schluck Bier.

«Wie kommt es, daß du ein Kind willst?» fragte ich.

Sie lächelte.

«Der alte Wechsel-das-Thema-Trick», sagte sie.

Ich nickte.

«Ich glaube, ich möchte die Erfahrung machen», sagte sie. «Ich glaube, es fehlt mir, an dem teilzuhaben, was so viele Frauen getan haben.»

«Das kann ich dir nicht verdenken.»

«Ich weiß, daß sich das in mancher Hinsicht selbstsüchtig anhört, es geht um mich und wie ich mich fühlen werde und nicht um das noch unbekannte Baby und wie es sich fühlen wird.»

«Das trifft auf alle Frauen zu, die ein Kind haben wollen», sagte ich. «Auch wenn sie's auf die altmodische Weise kriegen. Bis es da ist, geht es immer um dich.»

«Wahrscheinlich hast du recht.»

Wir schwiegen. Die Musiker spielten im Hof, aber wir hörten davon so gut wie nichts. Das lag nicht nur an dem Isolierglas der Fenster, sondern auch an dem Gesprächslärm in der Bar, die jetzt voller Feierabendgäste war. Freunde von Susan kamen vorbei. Susan stellte sie vor.

«Bill und Debbie Elovitz.»

Sie sagten hallo. Ich sagte hallo. Sie redeten mit Susan. Ich trank mein Bier. Nachdem sie weitergegangen waren, sagte Susan:

«Sie haben Kinder.»

«Wie schön», sagte ich.

«Ich habe ein bißchen Angst», sagte Susan, «als könnte uns das vielleicht schaden.»

Ich schüttelte den Kopf.

«Wir werden schon einen Weg finden», sagte ich.

«Aber wie soll das gehen?» fragte Susan. «Man kann ein

Baby nicht teilweise adoptieren. Entweder wir tun es, oder wir tun es nicht. Einer von uns verliert. In jedem Fall.»

«Wir sind schon mit Schlimmerem fertig geworden», sagte ich. «Wir werden auch damit fertig werden.»

«Wie?»

«Das weiß ich nicht. Aber ich weiß, daß wir uns lieben. Wir werden uns lieben, wenn wir ein Baby adoptieren, und wir werden uns lieben, wenn wir keins adoptieren.»

Susan schaute eine Weile an mir vorbei zu der Menge im Hof, die so gesittet der Musik lauschte. Dann sah sie mich wieder an und legte ihre Hand auf meine Hand.

«Das werden wir», sagte sie. «Nicht wahr?»

«Ja», sagte ich, «das werden wir.»

11. KAPITEL

Trooper Tommy Miller hatte einen blonden Bürstenschnitt und einen Stiernacken und sah aus, als hätte er für die Footballmannschaft von Iowa gestürmt. Er kam in Zivil in mein Büro, machte die Tür nicht hinter sich zu, setzte sich auf einen meiner Klientenstühle und legte einen mit feinstem Korduanleder beschuhten Fuß auf meine Schreibtischkante.

«Captain Healy sagt, ich soll mit Ihnen reden.»

Ich stand auf und ging um den Schreibtisch herum und an ihm vorbei und machte die Tür zu und drehte mich um und ging wieder hinter meinen Schreibtisch und setzte mich.

«Hat Healy Ihnen gesagt, warum?» fragte ich.

«Irgendwas wegen dem Nigger, der die Tussi in Pemberton erledigt hat», sagte er. «Sie wollen ihn rausholen.»

«Hübsch formuliert», sagte ich.

«Sie haben keine Chance, Alter», sagte Miller. «Das war mein Fall, und er hat's getan.»

«Ich habe die Prozeßprotokolle gelesen», sagte ich. «Also kenne ich Ihre Aussage. Haben Sie noch etwas hinzuzufügen, irgendwas, was Sie wußten, aber nicht beweisen konnten, irgendwas, wonach Sie keiner gefragt hat?»

«Wenn ja, warum sollte ich's Ihnen sagen?»

«Im Interesse der Gerechtigkeit?» fragte ich.

Miller lachte.

«Klar doch», sagte er.

«Sie hatten keinen Augenzeugen», sagte ich.

«Er hat schon mehrere Vergewaltigungen begangen. Er hat kein Alibi. Wir haben zwei Augenzeugen, die gesehen haben, wie er sie ins Auto gezerrt hat. Wir haben vom Absatz seines rechten Schuhs Erde mit Spuren von Kunstdünger. Erde und Dünger entsprechen Bodenproben vom Tatort. Sie verschwenden Ihre Zeit und meine sowieso, verdammt.»

«Der Gerichtsmediziner sagt, sie ist nicht vergewaltigt worden», sagte ich. «Er sagt, ihre Vagina weist Schwellungen auf, aber keine Anzeichen für Penetration, kein Sperma.»

«Weil er ihn nicht hochgekriegt hat. Viele Vergewaltiger kriegen ihn nicht hoch. Deshalb hat er sie wahrscheinlich umgebracht.»

«Aus reinem Frust?» fragte ich.

«Klar.»

«Womit hat er sie erwürgt? Der Gerichtsmediziner sagt, nicht mit den Händen.»

«Mit irgendeinem Kleidungsstück wahrscheinlich, darauf kommt's doch nicht an. Er war's.»

«Wie hieß er noch gleich?» fragte ich.

Miller machte den Mund auf, aber sagte nichts. Er zog die Stirn kraus.

«Ey, Mann. Das ist jetzt wie lange her, anderthalb Jahre? Meinen Sie, ich habe nur einen Fall pro Jahr?»

«Aber Sie wissen doch, daß er Schwarzer war.»

«Ach so», sagte Miller. «Darauf wollen Sie hinaus, hm? Der arme unschuldige Kerl ist geleimt worden.»

«Ist er geleimt worden?»

«Wenn Sie damit losmarschieren, Alter, werden Sie viele Leute gegen sich aufbringen. Auch mich.»

«Ich hoffe, man merkt mir meine Angst nicht an», sagte ich. «Wen werde ich denn außer Ihnen noch aufbringen?»

«Der Vater der Tussi ist Walton Henderson, Himmel noch mal. Glauben Sie, der sitzt rum und sieht zu, wie ein liberales Weichei den Mörder seiner Tochter aus dem Knast holt?»

«Sie und Walton Henderson», sagte ich. «Ziemlich furchterregend.»

«Furchterregend genug, Mann.»

Miller saß immer noch mit dem Fuß auf meinem Schreibtisch da und kippelte mit dem Stuhl, auf die lässig-unverschämte Tour, die heutzutage so beliebt ist.

«Wie sind Sie auf Ellis Alves gekommen?» fragte ich.

«Sie haben die Protokolle gelesen, Sie wissen's doch.»

«Ich weiß, was in den Protokollen steht, ich wollte es von Ihnen hören.»

«Die Polizei von Pemberton hat einen Tip bekommen, einen anonymen Brief, in Boston aufgegeben.»

«Der Ihnen Namen und Adresse von Alves lieferte?»

«Ja. Pemberton hat ihn mir rübergegeben. Die sind kaum was Schlimmeres als Verkehrsdelikte gewohnt, also bin ich hin und hab ihn festgenommen. Hab seinen schwarzen Arsch aus dem Bett gezerrt.»

«Ganz allein», sagte ich.

«Ich hatte Kollegen von unserem Dezernat dabei und ein paar vom dortigen Revier.»

«Kriegen Sie bei so einem Fall viele Briefe? Die den Verdächtigen mitsamt der Adresse nennen?»

«Bei aufsehenerregenden Fällen kriegen wir 'ne Menge.»

«Die meisten gut?»

«Nein, die meisten Mist. Aber der war gut.»

«Sie haben keine Ahnung, wer den Brief geschrieben hat.»

«Nein.»

«Haben Sie versucht, das zu ermitteln?»

«Ermitteln?» fragte Miller. «Jetzt machen Sie aber mal 'nen Punkt, Sie Arschloch. Es war ein Computerausdruck auf normalem Papier, das man in jedem Schreibwarenladen kriegt. Wissen Sie, wie viele Leute Computer haben?»

«Wie viele haben einen in dem Viertel von Alves?» fragte ich.

«Wer sagt, daß der Brief aus seinem Viertel kam?»

«Der Schreiber kannte seine Adresse.»

«Ich kenne Ihre Adresse. Das heißt nicht, daß ich hier wohne.»

«Nur ein Gedanke», sagte ich.

«Ein scheißdämlicher.»

Ich beugte mich über meinen Schreibtisch und stieß seinen Fuß von der Schreibtischkante. Sein Stuhl kippte mit einem Ruck nach vorn.

«Nehmen Sie die Füße von den Möbeln», sagte ich.

Miller stand auf und beugte sich über den Schreibtisch.

«Sie halten sich in meiner Nähe besser ein bißchen zurück, Alter. Ich mag's nicht besonders, wenn Außenstehende daherkommen und in einem meiner Fälle rumwühlen. Kapiert? Wenn Sie so weitermachen, wird was Schlimmes passieren.»

«Werden Sie das Schlimme tun?» fragte ich. «Oder Walton Henderson? Oder werden Sie's tun, weil Walton Henderson es Ihnen befiehlt?»

Millers Gesicht, das von Natur aus die rosige Farbe eines Jungen vom Land hatte, wurde dunkelrot.

«Sie Scheißkerl», sagte er. «Wollen Sie das genauer ausführen?»

«Indem ich Ihnen eins auf die Lippe haue?» fragte ich. «Ist schon 'ne Weile her, daß ich was genauer ausführen mußte.»

Das stimmte nicht ganz, aber es klang überlegen, also ließ ich's stehen.

«Sie machen einen schlimmen Fehler, Mann», sagte Miller. «Sie begeben sich in einen Sumpf.»

«Dann werde ich Ihnen ja wiederbegegnen», sagte ich und erwiderte seinen Blick mit meinem besten eiskalten Bullenblick von früher. So saßen beziehungsweise standen wir eine Minute, dann sagte Miller «Scheiße», drehte sich um und ging hinaus. Er ließ wieder die Tür auf.

12. KAPITEL

Es war ein feuchter Herbsttag mit Nieselregen, nicht sehr kalt. In allen Büros im neuen Gebäude gegenüber von meinem Büro in der Berkeley Street brannte Licht, und obwohl es schon Viertel vor elf war, bildeten die Lichter in dem dunklen Vormittag ein warmes Muster. Ich trank ein bißchen Kaffee und las ein bißchen in den Prozeßprotokollen. In letzter Zeit hatte ich den Kaffee ein wenig zu spüren begonnen, und Susan hatte mich ermahnt, den Konsum einzuschränken. Also bestand mein Kaffee heute zu gleichen Teilen aus koffeinfreiem und koffeinhaltigem. Kompromisse sind nicht immer die Zuflucht von Schurken.

Laut Protokoll hießen die Augenzeugen Glenda Baker und Hunt McMartin. Sie war als Studentin am Pemberton College aufgeführt, er als Student am M.I.T. Nichts ist unkompliziert, besonders bei Akademikern. Deshalb brauchte ich drei Telefonate und eine knappe Stunde, um festzustellen, daß Hunt sein Studium am M.I.T. mit einem Diplom in Elektrotechnik abgeschlossen hatte. Ich brauchte eine weitere halbe Stunde, bis das Büro für ehemalige Studenten mir mitteilte, daß er gegenwärtig in Andover wohnte, wo er bei der McMartin Corporation in Shawsheen Village arbeitete.

Glenda war ein Stückchen schwieriger.

Da mein Name in Pemberton mit dem Anathema belegt war, mußte ich mich einer List bedienen. Ich rief das Büro für ehemalige Studentinnen an und sagte, mein Name sei Anathema und ich sei vom Finanzamt.

«Wir haben eine Einkommenssteuererstattung für Mrs.

Glenda Baker, die von der Post zurückgeschickt worden ist. Haben Sie vielleicht eine neuere Adresse von ihr?»

«Wie, sagten Sie gleich, ist Ihr Name?»

«Anathema», sagte ich. «Pervis Anathema, Erstattungsabteilung.»

«Darf ich Sie zurückrufen, Mr. Anathema?»

«Selbstverständlich. Wenn besetzt ist, versuchen Sie es bitte mehrmals. Ich habe noch etliche Anrufe zu erledigen.»

Dann unterbrach ich die Verbindung, ließ den Hörer ausgehängt und ging über den Flur zu dem Ausstellungsraum der Innenarchitekturfirma gegenüber von meinem Büro. Die Empfangsdame war zwanzig Jahre alt und besuchte die Abendkurse einer Mannequinschule. Als ich sie aufstörte, studierte sie gerade das Cover vom *Cosmopolitan*. Ihr blondes Haar stand steif in die Höhe und hatte einen schmalen rotbraunen Streifen. Sie trug weißes Make-up mit schwarzem Lippenstift und schwarzem Nagellack. Sie war todschick gekleidet, ein kariertes Hemd über einem schwarzen Trikot-Top mit tiefem runden Ausschnitt und ein knöchellanger schwarzer Rock mit Pfauen drauf. Unter dem Rock schauten Schuhe hervor, die bis auf die hohen Absätze wie schwarze Kampfstiefel aussahen. Als ich in Korea war, hatte ich mir an den Seiten Reißverschlüsse anbringen lassen, weil mir die Schnürerei zu lästig war. Ich konnte nicht feststellen, ob Lila mir darin nacheiferte.

«Lila», sagte ich. «Jetzt können Sie sich endlich dafür revanchieren, daß Sie sich durch die Bürotür ständig an mir aufgeilen.»

«Wenn ich mich an Ihnen aufgeile», sagte Lila, «werden Sie's merken.»

«Mein Telefon wird gleich klingeln. Sie nehmen ab und sagen mit Ihrem reizenden Unterton ‹Finanzamt Boston›. Die werden nach Mr. Anathema fragen, und Sie sagen ‹Einen Moment, bitte› und drücken die Halten-Taste. Auch wenn die irgendwas anderes sagen wie ‹Bitte die Erstattungsabteilung› oder so, Sie sagen ‹Einen Moment, bitte› und drücken die Halten-Taste.»

Lila warf noch einen sehnsüchtigen Blick auf das Cover vom *Cosmo* und sagte: «Anathema? Was ist das denn für 'n Name?»

«Das ist griechisch», sagte ich.

Lila zuckte die Achseln und sagte: «Ach so.»

Sie ließ den *Cosmo* liegen und folgte mir in mein Büro. Ich legte den Hörer auf, und wir warteten.

«Ist es nicht verboten, sich fürs Finanzamt auszugeben?» fragte Lila.

«Ich glaube schon», sagte ich.

Das Telefon klingelte, und Lila nahm ab, sagte ihr Sprüchlein auf und drückte die Halten-Taste.

«Danke», sagte ich.

«Bitte schön», sagte Lila. «Sie schulden mir eine Einladung zum Lunch.»

«Geht klar», sagte ich und drückte die Halten-Taste.

«Anathema.»

«Mr. Anathema, hier Catherine Grant vom Pemberton College. Glenda Baker wohnt in Andover, The Trevanion Condominiums.»

«Haben Sie eine genauere Anschrift?»

«Nein, Sir, das ist alles, was wir haben. Sie ist inzwischen verheiratet und heißt Glenda Baker McMartin.»

«Ich danke Ihnen», sagte ich und legte auf.

Im Spiel Spenser gegen Pemberton stand es eins zu null.

13. KAPITEL

Der Merrimack River fließt in New Hampshire an Concord, Manchester und Nashua vorbei. Ein bißchen nördlich von Lowell erreicht er Massachusetts und windet sich durch Lowell und Lawrence und Haverhill zur Küste. Bis zum Zweiten Weltkrieg war an diesem Stück des Flusses Textilindustrie ansässig, der Fluß versorgte die Spinnereien mit Energie, und die billigen, oft weiblichen Arbeitskräfte bildeten den größten Teil der Bevölkerung. Es war eine wohlhabende Region, und hier und dort, in der Nähe der Fabrikstädte, wuchsen Wohnstädte wie Andover aus dem Boden, um die Führungsschicht zu beherbergen. Nach dem Krieg organisierten sich die Arbeiter, ihre Löhne stiegen, die Textilfabriken wanderten nach Süden ab, wo die Arbeitskräfte noch billig waren, und die großen Fabrikstädte wie Lawrence und Lowell verarmten und warteten auf städtische Erneuerung, während die vereinsamten Schlafstädte den Blick nach Boston wandten.

Andover war ein wenig anders. Die Stadt hatte früher eine eigene Textilfabrik besessen, und das Shawsheen-Village-Viertel war größtenteils von der Fabrik errichtet worden. Man hatte die Führungsschicht dazu angehalten, dort zu wohnen und zu Fuß zur Arbeit zu gehen; Garagen waren nicht gebaut worden. Die Bürogebäude der Fabrik befanden sich in unmittelbarer Nähe der Werksanlagen auf der anderen Straßenseite.

Anders als der größte Teil des Merrimack-Tals blieb Andover auch nach der Schließung der Textilfabrik wohlhabend. Die Phillips Academy, eine exklusive Privatschule, hatte dort ihren Sitz. Die Werksanlagen der Textilfabrik wurden von einem Elektronikkonzern übernommen, der McMartin Corporation, und die Verwaltungsgebäude erlebten mehrere Wiedergeburten, bevor sie in einen noblen Eigentumswohnkomplex mit dem für meine Begriffe hochtrabenden Namen The Trevanion umgewandelt wurden. Hunt und Glenda Baker McMartin wohnten in The Trevanion.

Ich brauchte für die Fahrt nach Andover am späten Nachmittag ungefähr eine dreiviertel Stunde, der Regen bespuckte meine Windschutzscheibe, und die Wischer waren auf Intervallschaltung. Das Laub entlang der Route 93 war schon herbstlich und hob sich in Gelbtönen vom Grau des beginnenden Novembers ab. Ich entdeckte auf der Rückseite von The Trevanion einen Parkplatz und stellte mein Auto in eine Lücke für Besucher.

Glenda und Hunt waren so, wie jedes Paar sein möchte. Er groß und athletisch, mit dichtem dunklem Haar in teurem Haarschnitt, am Leib die J.-Crew-Version von Freizeitkleidung, ein Teint, der früher als gesunde Bräune galt. Sie sah so ähnlich aus wie er, nur etwas kleiner und das Haar rotbraun. Auch sie hatte eine gleichmäßige Bräune, die nicht nach Vorkrebsstadium aussah und diskret darauf aufmerksam machte, daß sie es sich leisten konnten, in die Karibik zu fahren. Oder regelmäßig in ein Solarium. Auch sie trug frisch gebügelte Sportkleidung. Beide sahen aus wie beflissene Mitglieder eines Fitneßclubs.

«Hallo», sagte ich. «Ich bin Spenser. Ich habe angerufen.»

«Ja, bitte kommen Sie herein», sagte Glenda.

Sie sah aus wie zweiundzwanzig und benahm sich, als wäre sie ein wenig älter als ich. Beide wirkten, als hätten sie nie eine Kindheit gehabt. Wahrscheinlich waren sie zu beschäftigt damit gewesen, reich zu sein. Die Eigentumswohnung kündete von viel Geld. Die Decken waren sechs Meter hoch, das Schlafzimmer war ein Loft. Die offene Küche hatte einen schwarzweiß gefliesten Tresen, Herd und Kühlschrank waren rubinrot. Die Fenster reichten bis zur Decke. Eine bunte Tiffanylampe hing an einer langen Messingkette über der dicken Glasplatte des Eßtischs. Meine Blicke fielen auf eine antike, lederbezogene Chaiselongue, einen aufgearbeiteten Kutschbock und eine sorgsam zusammengestellte Stereoanlage, die Procol Harum bestimmt bis in die letzte Nuance wiedergab. Alles an ihnen und der Wohnung zeugte von Geld, auch die Art, wie sie redeten. Beide hatten den kieferstarren Nölton der weißen Ostküsten-Oberschicht drauf, der nur von Sprechunterricht oder mehreren Generationen Geld und Privatschulen produziert wird. Mein Gefühl war, daß sie keinen Sprechunterricht genommen hatten.

«Einen Drink?» fragte Hunt. «Kaffee?»

«Bier wäre schön», sagte ich.

«Ich habe Sam Adams», sagte er, «White Buffalo, Red Hook Ale und Saranan Black and Tan.»

«Am liebsten White Buffalo», sagte ich, als wäre es nicht völlig egal.

Wir saßen in einem kleinen Zimmer, das von einem Fernseher beherrscht wurde. Wahrscheinlich benutzten sie es nur, um *Meisterwerke des Welttheaters* zu sehen. Hunt goß mein Bier in ein dünnes schlankes Pilsnerglas und achtete sorgfältig darauf, daß wenigstens zwei Zentimeter Blume entstanden. Glenda trank ein Glas Weißwein und saß mit hochgezogenen Füßen auf dem Sofa. Hunt hielt ein kurzes dickes Glas mit unverschnittenem schottischem Maltwhisky on the rocks in der Hand und klapperte ein wenig mit den Eiswürfeln, während er sich auf die Sofakante setzte und die Unterarme auf die Oberschenkel legte. Ich saß ihnen auf einem marokkanischen

Lederpuff gegenüber und schlürfte ein wenig Bier durch den Schaum und wischte mir mit Daumen und Zeigefinger die Oberlippe ab und lächelte.

«Sind Sie mit der McMartin Corporation verwandt?» fragte ich.

«Mein Urgroßvater war der Firmengründer», sagte Hunt.

«Schön, einen sicheren Arbeitsplatz zu haben», sagte ich.

«Ja.»

«Erzählen Sie mir von Melissa Hendersons Entführung», sagte ich.

Glenda sah Hunt an. Hunt gab sich ruhig, ein Mann, der gewohnt war, das Kommando zu übernehmen, voller Selbstvertrauen und Selbstsicherheit, soweit das ein Fünfundzwanzigjähriger aufbringen kann.

«Offen gestanden, Sir, sind wir es ein wenig müde, den Leuten davon zu erzählen. Es war unangenehm mit anzusehen, und es ist unangenehm, darüber zu reden.»

«Ich bin sicher, Melissa wäre auch der Meinung», sagte ich. «Aber ich muß es noch einmal hören.»

«Sie arbeiten für Cone Oakes?» fragte Hunt.

«Ja.»

«Und Sie oder die Kanzlei oder Sie beide scheinen der Meinung, daß der Mörder zu Unrecht verurteilt wurde?»

«Cone Oakes hätten gern die Gewißheit, daß das nicht der Fall war», sagte ich.

«Es war nicht der Fall», sagte Hunt.

Ich sah seine Frau an.

«Sind Sie so sicher wie Ihr Mann?» fragte ich.

«Oh», sagte Glenda, «ja.»

Sie trug ein teures übergroßes kobaltblaues Sweatshirt mit Waffelmuster über silbrigen Tights. Ihr zweiundzwanzig Jahre alter Körper wirkte unter der Kleidung ruhelos, als sei Nacktheit sein natürlicher Zustand und Bekleidung ein widerwilliges Zugeständnis an den Anstand.

«Was haben Sie gesehen?» fragte ich.

Glenda lächelte und nippte am Wein und sah ihren Mann an.

«Ich kam mit Glenda aus dem Kino», sagte er.

«Eigentlich hatte ich gehofft, das von Ihrer Frau zu hören», sagte ich.

«Ich rede», sagte Hunt bestimmt. «Wir haben beide dasselbe gesehen. Wir kamen aus dem Kino und gingen vielleicht fünfundzwanzig Meter hinter Melissa die Main Street entlang, unweit vom Vordereingang zum Campus. Und ein Auto kam, bremste und hielt neben ihr, und ein Schwarzer sprang raus und zerrte sie hinein und fuhr in hohem Tempo davon.»

«Wo fuhr er in hohem Tempo hin?»

«Auf den Campus.»

«Genau dahin, wo ich hinfahren würde», sagte ich. «Wenn ich eine Studentin kidnappen wollte.»

«Ich bin losgelaufen, um zu sehen, ob ich ihr helfen konnte, aber es war zu spät, und ich war auch unsicher. Ich dachte, vielleicht ist es ein Streit unter Verliebten, verstehen Sie. Viele Mädchen gehen mit Schwarzen, und es hätte ausgesehen, als griffe ich ein, weil er schwarz war ...»

«Klar», sagte ich. «Was für ein Wagen?»

«Großer Wagen, rosa. Vielleicht ein alter Cadillac.»

«Genau das richtige, um in Pemberton herumzuschleichen», sagte ich. «Wie hat er sie gepackt?»

«Verzeihung?»

«Er hat sie gepackt und ins Auto gezerrt. Welchen Körperteil von ihr hat er gepackt?»

«Ich, es war dunkel, wissen Sie, ich glaube, er hielt sie bei den Haaren.»

«War es nach Ihrer Erinnerung auch so, Mrs. McMartin?»

«Ja», sagte sie.

Sie hatte etwas Verträumtes an sich, als sei sie immer ein wenig abwesend, in Gedanken bei ihrem Körper.

«Hat sie geschrien?»

«Ja.»

«Was hat sie geschrien?»

«Sie hat einfach geschrien, verstehen Sie, *aaah.* Ein Schrei.»

Ich nickte.

«Kannten Sie Melissa gut?» fragte ich.

«Aber ja», sagte Hunt. «Sie war sehr eng mit Glenda befreundet.»

«Sie war meine Verbindungstochter», sagte Glenda. «Sie war wie eine jüngere Schwester.»

Hunt sah etwas verärgert aus, als sei er es nicht gewohnt, unterbrochen zu werden.

«Als Glenda meine Freundin wurde», sagte er, «lernte ich Melissa auch gut kennen.»

«Sie sahen also einen Schwarzen in einem alten rosa Auto anhalten, eine Freundin von Ihnen bei den Haaren packen und schreiend ins Auto zerren und in hohem Tempo wegfahren.»

«Ja.»

«Und Sie haben nicht die Polizei benachrichtigt.»

«Ich wollte nicht einer von diesen Country-Club-Liberalen sein, die alle Schwarzen für Verbrecher halten. Ich habe wohl einen Fehler gemacht.»

«Das haben Sie wohl», sagte ich. «Wo sind Sie aufgewachsen?»

«Hier in Andover.»

«Sind Sie auf die Academy gegangen?»

«Ja, dann Williams College und dann M.I.T.»

«Und Sie, Mrs. McMartin?»

«Auch», sagte sie. «Hunt war an der Phillips Academy drei Jahre über mir.»

«Ist der Kidnapper überhaupt aus dem Auto ausgestiegen?» fragte ich.

Wieder antwortete Hunt.

«Ja, er mußte sie einfangen, und als er das tat, war er direkt unter einer Laterne, und ich habe ihn deutlich gesehen.»

«Und als Melissas Leiche gefunden wurde, sind Sie zur Polizei gegangen.»

«Ja.»

«Und die hat eine Gegenüberstellung veranstaltet, und Sie haben unter mehreren Personen Ellis Alves erkannt.»

«Wir haben ihn beide sofort erkannt.»

«Das ist wirklich gut», sagte ich. «Augenzeugen sind sich oft unsicher.»

Hunt lächelte zufrieden. Glenda schaute an mir vorbei ins Leere.

«Hatte sie einen Freund?» fragte ich.

«Einen Freund?»

«Ja. Sie waren mit Melissa befreundet, haben Sie sich auch mal zu viert verabredet?»

«Ja, hin und wieder. Wieso fragen Sie?»

«Weil ich keine anderen Fragen habe», sagte ich, «und irgendwas fragen muß.»

«Also, das ist wirklich Zeitverschwendung», sagte Hunt. «Der Kerl war's, und er ist da, wo er hingehört.»

«War sie mit einem Taft-Studenten zusammen? Einem Tennisspieler?» fragte ich.

«Ich weiß nicht, von welcher Uni er war oder was er gespielt hat. Wir sind nur ein paarmal mit ihnen zusammen ausgegangen. Ich weiß nicht, wie gut sie befreundet waren.»

«Mochten Sie ihn, Mrs. McMartin?»

Sie brauchte eine Minute, um zu uns zurückzufinden.

«Sicher», sagte sie. «Er war süß.»

«Weiß einer von Ihnen noch, wie er hieß?»

Keiner wußte es.

«Ich fürchte, mehr Zeit können wir Ihnen nicht geben, Sir», sagte Hunt. «Wir haben noch nicht zu Abend gegessen, und wir müssen beide morgen früh raus.»

«Schwerer Tag im Werk?» fragte ich.

«Ich habe frühe Termine.»

«Und Sie, Mrs. McMartin? Was machen Sie?»

«Ich trainiere», sagte sie, «im Healthfleet Fitness Center.»

«Sie lernt das Geschäft», sagte Hunt. «Wir möchten selbst irgendwann eine Kette von Fitneßcentern aufmachen.»

«Hervorragende Idee», sagte ich. «Die kommen in Mode.»

«Der Trick ist, sich einen Standortvorteil zu verschaffen, um ein Marktsegment zu erobern, das unterversorgt ist.»

«Das ist auch mein Geheimnis», sagte ich. «Und dann verabschieden Sie sich vom Familienunternehmen?»

«Nein, meine Stellung gebe ich nicht auf. Die Firma ist seit vier Generationen in unserer Familie. Ich werde Glenda natürlich beraten, besonders in der Anfangsphase. Aber sie wird die Fitneßcenter leiten.»

Mein Gefühl war, daß Glenda es genoß, ein Mitglied der Gesellschaftsschicht zu sein, die sich den Müßiggang leisten konnte, und bei dem Gedanken, daß sie eine Kette von Fitneßcentern leiten sollte, mußte ich lächeln, aber ich behielt das Lächeln für mich. Hunt war aufgestanden. Niemand bot mir ein zweites Bier an, was ein Jammer war, denn das White Buffalo war gut. Glenda lächelte mich gedankenverloren an. Hunt wirbelte immer noch den Rest von seinem Whisky über den Rest von seinen Eiswürfeln.

Er sagte: «Wir müssen jetzt wirklich zu Abend essen.»

Ihre Geschichte gefiel mir nicht. Sie kam mir zu glatt vor, und ich fand alle beide mit ihren tadellosen Oberschichtmanieren gänzlich unglaubwürdig. Ich lächelte jedoch höflich, gab beiden die Hand und verabschiedete mich. Spenser, der kultivierte Schnüffler.

14. KAPITEL

Pemberton Inn blickte auf Pemberton Green und lag eine Querstraße vom Pemberton College Campus entfernt. Die Bar war klein, hatte einen richtigen Kamin und mit alten Scheunenbrettern verkleidete Wände. Es wurde Faßbier in kleinen Gläsern ausgeschenkt. Als ich hereinkam, hatte ich das Gefühl, ich müßte sofort ein anfeuerndes Kampflied für ein Collegeteam anstimmen. Am frühen Abend war die Bar voller junger Frauen vom College, die Männer aufreißen wollten, und voller junger Männer aus Bostoner Vororten, die Frauen aufreißen wollten. Ich quetschte mich an die linke Ecke der Bar und bestellte ein Bier. Eine Reihe von College-Studentinnen zu meiner Rechten musterte mich. Eine von ihnen hatte kräftige rote Haare, die ihr über die Schultern fielen. Ich lächelte sie an.

«Kommen Sie oft her?» fragte ich.

«Oh, Mann!» sagte sie.

«Welches Sternzeichen sind Sie?» fragte ich.

Sie sah sich um.

«Ist hier 'ne versteckte Kamera oder so was?»

«Verdammter Mist», sagte ich. «Ich war sicher, der Spruch funktioniert.»

«Kriegen Sie sich ein, Mann», sagte sie.

«Einen Moment», sagte ich. «Ich hab noch einen, der funktioniert immer ... Darf ich Ihnen einen ausgeben?»

Sie zeigte mit dem Finger auf mich und lächelte.

«Getroffen», sagte sie. «Das ist der richtige. Klar dürfen Sie mir einen ausgeben.»

Ich winkte der Barkeeperin, und sie brachte der Rothaarigen einen Tequila Sunrise.

«Ich heiße Sandy», sagte sie. «Und wie heißen Sie?»

«Spenser», sagte ich. «Mit S, wie der englische Dichter.»

«Welcher englische Dichter?»

«Edmund Spenser», sagte ich. «‹Der Kalender des Schafhirten›, ‹Die Feenkönigin›.»

«Ach, der. Ist Spenser Ihr Vor- oder Ihr Zuname?»

«Zuname.»

«Und was ist Ihr Vorname?»

Ich sagte es ihr.

«Ich halt Sie nicht für 'n Studienanfänger am Babson», sagte Sandy.

«Doktorand?»

Sie sah mich nur an.

«Na schön», sagte ich. «Ich bin kein Student, aber meine Freundin hat in Harvard promoviert.»

Sandy lächelte.

«Ganz gut», sagte sie und trank einen Schluck Tequila. «Was machen Sie beruflich, Spenser-wie-der-Dichter?»

Ich zog eine Visitenkarte aus der Hemdtasche und legte sie vor ihr auf die Bar. Sie musterte kurz die Karte, dann sah sie mich prüfend an.

«Ehrlich wahr?» fragte sie.

Ich nickte.

«Haben Sie eine Pistole?»

Ich nickte.

«Das glaub ich Ihnen nicht.»

Ich öffnete ein bißchen das Jackett, damit sie sie sehen konnte.

«Ey, Mann», sagte sie, «Sie brauchen sich nicht zu entblättern.»

Ihr Tequila Sunrise war verschwunden. Ich spendierte ihr noch einen.

«Ist das wie im Fernsehen?» fragte Sandy.

«Genau», sagte ich. «Für die harten Sachen schicke ich immer mein Stuntdouble.»

«Arbeiten Sie an einem Fall oder sind Sie scharf auf Collegegirls?»

«Beides», sagte ich.

Sandy lachte.

«Da sind Sie bei mir richtig», sagte sie.

«Sind Sie ein Fall oder ein Collegegirl?» fragte ich.

«Beides», sagte sie und lachte.

Sie lachte aus vollem Hals, aber niemand außer mir und Sandy hörte es, denn der Raum war voller Menschen, die in größter Lautstärke redeten und lachten. Sandy hatte Jeans an und ein weißes T-Shirt unter einem grauen Blazer. Sie hatte einen üppigen Busen, und sie streifte mich damit beim Reden. Ich gab nicht allzuviel darauf. Es herrschte ein solches Gedränge, daß es versehentlich passieren konnte. Aber ich hatte auch nichts dagegen.

«Kannten Sie Melissa Henderson?» fragte ich.

«Das Mädchen, das ermordet wurde? Ist das der Fall, an dem Sie arbeiten?»

«Ja.»

Sandy starrte mich eine Minute lang an.

«Ich dachte, das ist alles vorbei. Sie haben einen Schwarzen dafür drangekriegt.»

«Ich kläre noch ein paar offene Fragen», sagte ich. «Um sicherzugehen, daß er's wirklich war.»

«Ich kannte sie nicht weiter», sagte Sandy. «Nur vom Sehen.»

«Hatte sie eine Zimmergenossin?»

«Weiß ich nicht.»

«Kennen Sie Glenda Baker?»

«Die, die's gesehen hat? Nein, eigentlich nicht. Sie war im vierten Jahr, als ich im zweiten war. Sie ist inzwischen fertig.»

«Wer könnte Melissa gut gekannt haben?» fragte ich.

«Sie war eine Phi Gamma», sagte Sandy. «Die Mädchen im Verbindungshaus müßten was über sie wissen.»

«Sehen Sie hier welche von denen?»

Sie drehte sich auf ihrem Barhocker um und suchte den Raum ab.

«Nein», sagte sie. «Aber die kommen sowieso nicht hierher.»

«Warum nicht?»

«Die sind nicht so lustig wie ich. Phi Gammas sind alles Erbinnen. Ihre Mütter waren schon hier, verstehen Sie, und ihre Großmütter und ihre Tante Foofy.»

«Haben die Phi Gammas ein Haus auf dem Campus?» fragte ich.

«Na klar. Am anderen Ende vom großen Hof, gegenüber der Kapelle.»

Wir wurden von der Menge zusammengedrängt. Sie studierte mein Gesicht.

«Was ist mit Ihrer Nase passiert?» fragte sie.

«War ein paarmal gebrochen.»

«Und Sie haben so Narben um die Augen.»

«Hab früher gekämpft», sagte ich.

«Geboxt, meinen Sie? Wie ein Berufsboxer?»

«Ja», sagte ich.

Sie streckte die Hand aus und drückte meinen Bizeps. Ich spannte ihn automatisch an.

«Sie müssen ein ziemlich guter gewesen sein», sagte sie.

«War ich.»

«Waren Sie je ein Champion oder so was?»

«Nein.»

«Wieso nicht?»

«Ziemlich gut», sagte ich, «ist nicht das gleiche wie sehr gut.»

Sie trank einen Schluck. Ihre Brüste drückten jetzt ununterbrochen gegen meinen Arm.

«Waren Sie auf dem College?» fragte sie.

«Ja.»

«Was haben Sie studiert?» fragte sie.

«Wie man sich Rückpässe erläuft», sagte ich.

Sie lächelte.

«Sie sind ein komischer Kauz», sagte sie.

«Das sagen alle.»

«Sie sind ein bißchen alt für mich», sagte sie.

«Das sagen auch alle.»

«Aber ich mag Sie», sagte sie, als hätte sie mich nicht gehört.

«Ich mag Sie auch, Sandy.»

Sie sah mich prüfend an.

«Nehmen Sie mich auf den Arm?»

«Ich nehme alle ein bißchen auf den Arm», sagte ich.

Sie dachte darüber nach.

«Wollen Sie woanders hin?» fragte sie.

«Und?» fragte ich.

«Und mit mir schlafen», sagte sie.

«Das ist ein reizendes Angebot», sagte ich. «Aber Susan Silverman und ich sind übereingekommen, nur miteinander zu schlafen.»

In dem überfüllten Raum war Sandys Gesicht plötzlich dicht vor meinem. Sie hatte einen großen Mund und viele Zähne. Sie hatte ihren Barhocker so gedreht, daß ihre Schenkel meine Beine umschlossen. Ihr Busen drückte an meinen

Arm. Noch eine Minute, und wir brauchten nirgendwo anders hin, um miteinander zu schlafen.

«Sie nehmen mich nicht auf den Arm?»

«Nein.»

Sie betrachtete mich prüfend.

«Also echt», sagte sie. «Sie sind wirklich ein komischer Kauz.»

«Ja», sagte ich. «Das sagen alle, und genau auf die gleiche Art.»

15. KAPITEL

Es begann zu dunkeln, als ich über den laubbedeckten Campus ging. Es war ein schöner Herbstabend, gerade kühl genug, damit mein Jackett sich nützlich vorkam. Der Campus war leer, und ich war darauf jämmerlich fehl am Platz. Ich sah mich kurz in einer Vision – ein Mann in mittleren Jahren mit gebrochener Nase und muskulösem Hals und einer Waffe am Gürtel, der einsam unter dem dunkelnden Himmel dahinschritt.

Das Phi-Gamma-Haus war ein rotes Backsteingebäude im georgianischen Stil. Die Haustür führte in eine Diele. Zur Rechten war ein Wohnzimmer. Zur Linken war offenbar die Bibliothek. Vor mir lag die Treppe zum ersten Stock. Im Wohnzimmer war ein halbes Dutzend junger Frauen. Die Bibliothek war leer. Die jungen Frauen wandten sich alle um und sahen mich an, als ich hereinkam.

Ich sagte: «Hallo.»

Mehrere sagten: «Hi.»

Eine fragte: «Suchen Sie jemanden?»

Alle sprachen in dem Tonfall, den junge Menschen benutzen, wenn sie mit der Generation ihrer Eltern reden. Ich ging ins Wohnzimmer und setzte mich auf eine Sofalehne. An einer Wand stand ein großer Fernseher. Die Mädchen guckten *Hard Copy*.

«Ich heiße Spenser», sagte ich. «Ich ermittle in einer Mordsache, und ich würde gerne mit Ihnen über Melissa Henderson reden.»

Eine fragte: «Über Melissa?»

«Ja, kannten Sie sie?»

«Sicher, sie hat ja hier gewohnt.»

Das Mädchen, das mit mir redete, hatte ein schwarzes T-Shirt und eine graue Trainingshose an. Sie hatte dunkle Haare, dunkle Haut und war barfuß, mit rotlackierten Zehennägeln.

Eine blasse blonde junge Frau fragte: «Woher wissen wir, daß Sie von der Polizei sind?»

Das dunkle Mädchen sagte: «Was soll er denn sonst sein, Kim? Kommt hier rein und fragt nach Melissa.»

Kim ließ nicht locker.

«Ich finde, er sollte sich irgendwie ausweisen», sagte sie. «Du weißt, was Mrs. Cameron gesagt hat.»

Mehrere Mädchen stöhnten auf. Kim war offenbar die einzige in der Gruppe, die Wert auf Recht und Ordnung legte.

«Mrs. Cameron?» fragte ich.

Das dunkle Mädchen sagte: «Das ist die Hausmutter. Sie hat uns allen eingeschärft, uns vor Leuten in acht zu nehmen, die hier nach dem Mord an Melissa auftauchen.»

«Wieso?»

«Sie hat gesagt, die stochern in allem rum und machen Ärger.»

«Was für Leute?» fragte ich.

Ein anderes Mädchen sprach. «Leute wie Sie», sagte sie, und wir alle lachten, nur Kim nicht, die streng dreinblickte. Was einer Zwanzigjährigen gar nicht so leichtfällt.

Ich sagte: «Ich möchte Ihnen nicht zu nahe treten, aber was stört Sie an mir?»

«Gar nichts», antwortete das dunkelhaarige Mädchen. «Ich glaube, Mrs. Cameron weiß gar nicht, warum wir uns vorsehen sollen. Sie tut bloß, was Old Lady Corcoran ihr aufgetragen hat.»

«Und wer ist Old Lady Corcoran?»

«Die Dekanin.»

«Ach, die», sagte ich.

Und wieder lachten wir alle bis auf Kim.

«Wie war denn Melissa?» fragte ich.

«Verrückt», sagte das andere Mädchen. Sie hatte ein weißes Männerhemd und blaue Baumwollshorts an. In ihrem Haar steckten zwei große rosa Lockenwickler.

«Wie verrückt?»

Kim stand plötzlich auf und ging aus dem Zimmer. Ich nahm an, daß meine Minuten gezählt waren.

«Total», sagte Rosa Lockenwickler. «Wenn jemand irgendwas ausprobieren wollte, war sie dabei.»

Von der Frau zu reden, die sie gekannt hatten, rief ihnen ins Gedächtnis, was mit ihr geschehen war, und sie schwiegen plötzlich.

«War sie rebellisch?» fragte ich.

«Und ob», sagte die Dunkelhaarige. «Sie ließ nichts unversucht, wenn ihr jemand was verbot.»

«Hatte sie einen Freund?»

«Ich glaube.»

«Wissen Sie, wie er heißt?»

«Nein. Melissa nannte ihn immer den Prinz. Sie war da ziemlich zugeknöpft. Sie hat ihn nie hierher mitgebracht.»

«War er College-Student?»

Keine wußte es.

«Kann es sein, daß er an der Taft studiert hat?»

Keine wußte es.

«Gab es eine, mit der sie enger befreundet war, eine Zimmergenossin, eine, die es vielleicht weiß?»

Keine wußte von solch einer Person. Melissa hatte in einem Einzelzimmer gewohnt. Sie hatte viele Freundinnen gehabt, von denen einige anwesend waren, aber keine, die ihr besonders nahegestanden hatte.

«Erzählen Sie mir mehr über ihre Verrücktheit», sagte ich.

Hinter mir sagte eine Frau: «Was geht hier vor?»

Ich drehte mich halb um und sah über die Schulter eine Frau Ende Sechzig mit silberweißem Haar und randloser Brille. Sie trug ein dunkles geblümtes Kleid mit weißem Kragen und mäßig hohe Absätze und eine Perlenkette. Unverkennbar die Hausmutter.

Ich sagte: «Mrs. Cameron, nehme ich an.»

«Ich bin hier die Hausmutter. Besucher von außerhalb benötigen meine Erlaubnis.»

«Sie können einem wirklich das Gefühl geben, willkommen zu sein», sagte ich.

«Ich muß Sie bitten zu gehen.»

«Woher wissen Sie, daß ich nicht Dozent bin und gekommen bin, um den Mädchen bei ihrer Seminararbeit über provenzalische Dichtung zu helfen?»

«Bitte gehen Sie.»

«Oder der Vater von jemandem. Was würden Sie empfinden, wenn Sie hier hereinkommen und einen Vater rauswerfen, der nur mal vorbeigeschaut hat, um zu sehen, wie Sie seine Dreißigtausend im Jahr ausgeben?»

«Ich weiß, wer Sie sind. Sie sind nicht willkommen.»

Ich sah die jungen Frauen an.

«Ich glaube, Kim hat uns verpetzt», sagte ich.

Alle lachten.

«Ach, kommen Sie, Mrs. Cameron», sagte Rosa Lockenwickler. «Er gefällt uns. Wir haben ihn eingeladen zu bleiben.»

«Machen Sie das mit Dekanin Corcoran ab, Marsha», sagte Mrs. Cameron.

Sie wandte sich an mich. Sehr bestimmt.

«Gehen Sie, oder muß ich die Polizei rufen?»

«Er ist die Polizei», sagte die Dunkelhaarige.

«Das ist er nicht. Er ist Privatdetektiv. Ihm ist bereits mitgeteilt worden, daß er auf dem Campus nicht willkommen ist.»

Rosa Lockenwickler sagte: «Hey, ein Privatdetektiv?»

Ich sagte: «Ich schau dir in die Augen, Kleines.»

«Wow, ist das cool. Ein Privatdetektiv.»

Mrs. Cameron wandte sich ab und verließ das Zimmer.

«Die Polizei wird bald hier sein», sagte ich.

«Die Campus-Bullen?» fragte die Dunkelhaarige spöttisch. «Was werden Sie machen?»

«Ich werde wahrscheinlich keinen Widerstand leisten», sagte ich. «Ich werde mir wohl keine Schießerei mit ihnen liefern.»

«Och, schade», sagte Rosa Lockenwickler wieder, und wir lachten alle.

Ich nahm mehrere Visitenkarten aus der Hemdtasche und verteilte sie.

«Falls eine der hier studierenden, äh, Frauen noch etwas über Melissa hinzufügen möchte oder ihr noch etwas einfällt oder sie auf meine Kosten schön essen gehen möchte ...»

«Sie dürfen uns Mädchen nennen», sagte die Dunkelhaarige. «Kim ist eigentlich die einzige hier, die politisch korrekt ist.»

Das vertraute pulsierende Blaulicht schien durchs Fenster, und eine Minute später ging die Haustür auf, und Chief Livingston kam mit zwei Polizisten herein. Mrs. Cameron empfing ihn an der Tür.

«Ich habe ihn aufgefordert, das Haus zu verlassen, sobald ich von seiner Anwesenheit erfahren habe», sagte sie. «Er hat sich mir widersetzt.»

«Das macht er wahrscheinlich oft», sagte Livingston. «Kommen Sie, Mr. Spenser, Zeit zu gehen.»

«Wie lautet die Anklage?»

«Die Anklage? Himmelarsch … entschuldigen Sie, meine Damen … es verstößt gegen die College-Hausordnung, wenn jemand ohne Genehmigung der zuständigen Aufsichtsperson ein Wohnheim besucht.»

«Ach, *die* Anklage», sagte ich.

Livingston grinste und wies mit dem Kopf zur Tür. Ich erhob mich von der Sofalehne, auf der ich gesessen hatte, und ging zur Tür und drehte mich um. Ich war mit meiner Bogart-Nummer so erfolgreich gewesen, daß ich Arnold Schwarzenegger probierte.

«Iich komm widda», sagte ich.

Keine hatte einen Schimmer, was ich da trieb. Aber sie mochten mich. Alle winkten und riefen mir «Tschüs» nach, als ich mit den Polizisten zur Tür hinausging.

16. KAPITEL

Hawk kam morgens mit Kaffee und einer Tüte Donuts in mein Büro.

«Kaffee von Starbuck's», sagte er. «Hochland-Kenia, spritzig und süß mit einem Hauch schwarze Johannisbeere.»

«Die verkaufen Donuts?»

«Ach was, Starbuck's ist viel zu vornehm für Donuts», sagte Hawk. «Die Donuts sind von Dunkin'.»

«Mit einem Hauch Fritierfett», sagte ich.

Wir teilten uns den Kaffee und die Donuts. Hawk nahm seinen Kaffee und eins von den Donuts und ging ans Fenster und sah auf die Kreuzung Berkeley / Boylston herunter. Er trug gestärkte Jeans und knöchelhohe Nikes und ein blaues Jeanshemd unter einem schwarzen Lederblouson und eine Oakley-Sonnenbrille mit himmelblauem Spiegelglas.

«Findest du meine neue Sonnenbrille cool?» fragte Hawk.

«Galaktisch», sagte ich. «Kannst du hier drin was damit sehen?»

«Nein. Aber sie ist zu cool, um sie abzusetzen.»

Ich trank von dem Kenia-Kaffee. «Spritzig und süß.»

«Sag ich doch», sagte Hawk.

«Hast du irgendwas aufgetrieben, was Ellis Alves entlastet?» fragte ich.

«Nein. Hast du schon ein Baby adoptiert?»

«Nein.»

«Aber du hast jemand verärgert», sagte Hawk.

«Das gehört zu meinem Berufsbild», sagte ich, «machst du mir eine Liste?»

«Hab keine Zeit, alle zu erfassen, aber jemand will dich umbringen lassen.»

«*Moi*?»

«Vinnie hat mich angerufen. Er sagt, einer, der für Gino arbeitet, hat ihm erzählt, daß ein Typ da war, der dich umbringen lassen will.»

«Will er, daß Vinnie es macht?»

«Weiß ich nicht», sagte Hawk. «Mehr hat Vinnie nicht gesagt. Er arbeitet jetzt ganz für Gino. Er würde sowieso nichts nebenbei machen.»

«Wieviel will der Auftraggeber zahlen?» fragte ich.

«Das nenn ich Ego», sagte Hawk.

«Wie komme ich mir denn vor, wenn jemand nur fünfhundert Dollar bietet?»

«Wär echt peinlich, oder?» sagte Hawk.

Er schaute immer noch auf die Straße hinunter. Es war ein herrlicher Herbstmorgen, und viele Menschen hasteten durch die Back Bay, als hätten sie was Wichtiges zu tun.

«Eine Menge hübsche Frauen laufen an deinem Büro vorbei», sagte Hawk.

«In der Hoffnung, einen Blick auf mich zu erhaschen.»

Hawk drehte sich um und kam zurück und setzte sich auf einen meiner Klientenstühle. Seine Jacke war offen, ich sah den Pistolengriff unter seinem linken Arm. Ich spiegelte mich in seiner Sonnenbrille.

«Arbeitest du noch an was anderem als Ellis Alves?» fragte er.

«Nein.»

«Also wühlst du wahrscheinlich was auf, was jemand nicht aufgewühlt haben möchte», sagte Hawk.

«Oder es ist jemand, dem ich früher mal auf die Füße getreten bin und der es erst jetzt gemerkt hat.»

«Ellis Alves liegt näher», sagte Hawk.

«Ja.»

«Und wenn es so ist, dann heißt das, daß wohl was nicht in Ordnung damit war, wie Alves in den Knast gegangen ist.»

«Hat Vinnie angedeutet, wer dahintersteckt?» fragte ich.

«Ich glaube, er weiß es nicht», sagte Hawk. «Falls er's weiß, glaub ich nicht, daß er's sagt. Vergiß nicht, Vinnie ist kein braver Junge. Er hat sich jetzt schon ganz schön weit aus dem Fenster gelehnt. Und er hat nicht dich angerufen. Er hat mich angerufen.»

«Gut zu wissen, daß Vinnie Maßstäbe hat», sagte ich.

«Weswegen wir ihn mögen», sagte Hawk.

«So ist es.»

Ich aß den Rest des Donuts und spülte es mit Kaffee hinunter. Es war guter Kaffee. Zu schade, daß sie keine Donuts verkauften. Das hieß, daß ich zweimal parken mußte, wenn ich zwei der Grundnahrungsmittel einkaufen wollte. Das Leben wurde immer komplizierter. Die Annahme, daß ich jemanden von früher aufgestört hatte, war nicht besonders fruchtbar. Es war möglich, aber es brachte mich nicht weiter. Ich machte den Job schon ziemlich lange. Es gab zu viele Möglichkeiten. Die Annahme, daß ich einen wunden Punkt in der Ellis-Alves-Geschichte getroffen hatte, war wesentlich ergiebiger.

«Kann jemand sein, mit dem ich geredet habe», sagte ich. «Kann jemand sein, der gehört hat, daß ich das untersuche, und, äh, dem vorbeugen möchte.»

«Nicht jeder weiß, wie man einen Mordauftrag vergibt», sagte Hawk.

«Nein. Aber viele Leute in dieser Geschichte haben Geld. Wenn genug Geld da ist, ist auch einer da, der Kontakte zu jemandem hat, der weiß, mit wem man reden muß.»

«Stimmt», sagte Hawk. «Wir könnten den Typ auftreiben, der es Vinnie erzählt hat, und ihn fragen, was er weiß.»

«Der wird es mir ebenfalls nicht sagen wollen», sagte ich.

«Wir könnten ihn davon überzeugen, es uns zu sagen», sagte Hawk.

«Dann steht Vinnie schlecht da», sagte ich.

«Allerdings.»

«Er verläßt sich darauf, daß wir das nicht tun.»

«Gut zu wissen, daß du auch Maßstäbe hast», sagte Hawk.

«Der Auftraggeber wird einen Auftragnehmer finden», sagte ich. «Falls er genug Geld bietet.»

«Außerdem gibt es eine Menge Leute, die bereit sind, es umsonst zu tun», sagte Hawk.

«Also gehen wir am besten so vor: Wir machen einfach weiter und lassen ihn kommen, und wenn er kommt, schnappen wir ihn uns und quetschen ihn aus.»

«Was soll das ‹wir›, Bleichgesicht?»

«Du kannst nicht zusehen, wie ich umgebracht werde», sagte ich. «Niemand sonst mag dich.»

Hawk grinste. Er schluckte seinen letzten Bissen Donut hinunter und trank seinen Kaffee aus. Er warf den Pappbecher in den Papierkorb und ging zum Waschbecken in der Ecke und wusch sich sorgfältig Gesicht und Hände. Er trocknete sich an dem weißen Handtuch ab, das neben dem Becken hing. Auf dem Handtuch stand *‹Holiday Inn›*, in grünen Buchstaben. Es war eins meiner Lieblingshandtücher. Ich hatte es mal in Jackson, Mississippi, mitgehen lassen, als ich mit Pearl dem Wunderhund aus Texas zurückfuhr. Wenn Susan kam, ersetzte sie es jedesmal durch ein rosafarbenes mit blaßrosa Rand und einer eingestickten Rose in der Ecke. Sobald sie ging, hängte ich wieder das Holiday-Inn-Handtuch hin.

«Möchte mal wissen, wen sie dafür kriegen», sagte Hawk. «Und wie gut er ist.»

«Ich auch», sagte ich.

17. KAPITEL

Eine dunkelhaarige Frau namens Elayna Hurley, die alleinerziehende Mutter war und mit Susan zusammen studiert hatte, schaute an einem Sonntagnachmittag bei Susan vorbei, während ich Football guckte und Susan ein Buch von Frederick Crews las, das ihren Beruf entglorifizierte. Elayna brachte ihre neunjährige Tochter mit. Die Tochter hieß Erika.

Pearl hatte sich für Football und gegen Frederick Crews entschieden und sich auf der Couch neben mir ausgestreckt. Ihre Zuneigung wärmte mein Herz, aber eigentlich hatte ich selbst vorgehabt, mich auf der Couch auszustrecken. Als die beiden hereinkamen, setzte Pearl sich kerzengerade auf und beäugte Erika, wie eine Amsel einen Wurm beäugt. Susan nahm ihnen die Mäntel ab und trug sie ins Schlafzimmer und legte sie aufs Bett. Erika kam quer durchs Zimmer und stellte sich vor mich hin und stemmte die Hände in die Hüften wie Shirley Temple. Sie trug ein kastanienbraunes Laura-Ashley-Samtkleidchen mit weißem Spitzenkrägelchen. Sie hatte zuviel lockiges Blondhaar, und sie war ziemlich pummelig. Susan kam aus dem Schlafzimmer zurück.

«Wer bist du?» fragte Erika mich.

Ich sagte es ihr.

«Wieso läßt du deinen Hund auf der Couch sitzen?»

«Es gefällt ihr auf der Couch», sagte ich.

Pearl sah Erika haßerfüllt an. Erika beugte sich dicht zu Pearl vor und pustete ihr ins Gesicht. Pearl schüttelte sich. Das Fell auf ihrem Rücken sträubte sich, und ich legte ihr rasch eine Hand aufs Halsband. Erika lachte laut.

«Erika, Liebling», sagte Elayna. «Nicht den Hund ärgern.»

«Ich will einen Hund», sagte Erika.

«Ich weiß, Liebling, aber du weißt doch, Mami ist allergisch.»

«Das sagst du immer.»

Elayna lächelte liebevoll. «Es stimmt ja auch immer. Komm her und setz dich neben mich, und vielleicht hat Susan ein paar Kekse für uns.»

Erika marschierte unwillig hinüber und setzte sich neben ihre Mutter und starrte Pearl an.

«Was für Kekse?» fragte sie.

«Ach Gott», sagte Susan, «du weißt ja, was ich für eine Hausfrau bin. Ich habe keine Kekse.»

«Ach, das macht nichts», sagte Elayna. «Erika braucht auch eigentlich keine.»

«Ich will einen Keks», sagte Erika. «Du hast gesagt, ich kann einen kriegen.»

«Dann habe ich mich wohl geirrt, Erika.»

«Du hast es aber gesagt.»

«Ich habe V8-Gemüsesaft», sagte Susan mit einem Lächeln, das Jesse Helms bezirzt hätte.

«Den kann ich nicht ausstehen», sagte Erika.

«Einen Mango-Joghurt?» fragte Susan.

«Ich will Kekse. Meine Mutter hat gesagt, ich kann Kekse kriegen.»

Neben mir saß Pearl immer noch aufrecht. Auf dem Rükken hatte sie immer noch eine Bürste. Sie knurrte ganz leise, beinahe im Selbstgespräch. Ich legte meinen linken Arm um sie und streichelte sie.

«Das siehst du ganz richtig», sagte ich zu Pearl.

Susan warf mir einen kurzen Blick zu, fast zu rasch, um bemerkt zu werden. Ich lächelte ihr zu.

«Möchtest du in Susans Schlafzimmer fernsehen?» fragte Elayna.

«Wieso kann ich nicht hier fernsehen?»

«Hier halten sich die Erwachsenen auf, Liebling, und wir möchten uns ohne Fernsehen unterhalten.»

«Er guckt auch Fernsehen», sagte Erika.

Ich griff zur Fernbedienung und stellte den Apparat ab.

Elayna sagte: «Komm in Susans Schlafzimmer fernsehen, Erika. Wir finden bestimmt einen schönen Film für dich.»

«Kann der Hund mitkommen und auch fernsehen?»

«Nein», sagte ich.

Wieder warf Susan mir einen Blick zu.

«Komm, Erika», sagte Susan. «Wir gehen und suchen dir einen Film aus.»

«Warum kann der Hund nicht mit?» fragte Erika.

«Sie ist Kinder nicht gewöhnt», sagte Susan.

«Beißt er?» fragte Erika.

«Nein, nein. Sie ist nur Kinder nicht gewöhnt», sagte Susan.

«Mami, beißt der mich?»

«Nein, natürlich nicht, das ist ein ganz lieber Hund. Komm, wir gehen in Susans Schlafzimmer und stellen den Fernseher an.»

Susan und Elayna und Erika machten sich auf den Weg ins Schlafzimmer.

«Er sieht aus, als ob er mich beißen will», sagte Erika.

«Sie», sagte ich.

«Böser Hund», sagte Erika und stapfte in Susans Schlafzimmer.

Sie brachten eine Weile damit zu, eine richtig tolle Fernsehsendung für Erika zu finden. Meiner Meinung nach lohnte sich der Aufwand nicht. Als sie fort waren, legte Pearl sich wieder hin, behielt aber die Schlafzimmertür im Auge. Schließlich kamen Susan und Elayna heraus und lehnten die Tür hinter sich an. «Nicht die Tür zumachen», sagte Erika aus dem Schlafzimmer.

«Nein, Erika, machen wir nicht», sagte ihre Mutter. «Wir lassen sie angelehnt.»

«Du weißt, ich mag nicht, wenn die Tür zu ist.»

«Ich weiß, Erika.»

«Kann ich dir einen Wein oder was anderes holen?» fragte Susan.

«Ein kleiner Weißwein wäre schön», sagte Elayna.

Susan ging ihn holen.

«Wie steht das Spiel?» fragte Elayna mich.

«Die Patriots kriegen eine Packung», sagte ich.

«Ach. Die arme Erika, sie liebt Tiere. Sie möchte so gern einen Hund, aber ich kann keinen im Haus haben.»

«Sie sind allergisch?» fragte ich.

«Ich kann nicht im gleichen Zimmer mit einem Hund sein. Meine Augen tränen und jucken. Ich fange an zu niesen. Meine Kehle schwillt zu. Es ist scheußlich.»

Ich schaute zu Pearl. Susan kam mit einer Flasche Weißwein, einer Flasche Rotwein, drei Gläsern und einem Korkenzieher zurück. Sie stellte alles vor mich auf den Tisch.

«Männerarbeit», sagte sie.

Ich machte den Wein auf. Susan wollte roten. Elayna wollte weißen. Ich verzichtete.

«Das ist aber eine Prinzessin», sagte Susan.

«Erika?» fragte Elayna. «Wahrscheinlich halten alle Eltern ihr Kind für etwas Besonderes, aber sie ist wirklich ein Schatz.»

«Wo hat sie die blonden Haare her?» fragte Susan. «Von ihrem Vater?»

«Ich nehme es an», sagte Elayna. «Ich kannte ihn ja gar nicht, es ist alles von der Klinik arrangiert worden.»

«Ach ja», sagte Susan. «Es muß schwer sein, ein Kind allein aufzuziehen.»

«Ja. Es ist sehr anstrengend, aber es lohnt sich auch sehr. Ich bin sehr froh, daß ich mich entschieden habe, sie zu bekommen.»

Elayna war groß und schlank, und ihre Haare waren zu lang für ihr Alter. Über der Stirn war eine dramatische weiße Strähne, und im Sonnenlicht vom linken Fenster zeigten sich hier und da Spuren von Grau. Sie war zu emanzipiert, um sich die Haare zu färben.

«Hast du Hilfe?» fragte Susan.

«Ja, meine Mutter und meine Schwester wohnen in der Nähe. Also habe ich fast immer einen Babysitter. Heute waren zufällig beide nicht da, und ich mußte sie mitbringen. Du hast hoffentlich nichts dagegen.»

«Nein, nein», sagte Susan. «Ich freue mich, sie zu sehen.»

«Im ersten Jahr hat sie mein Geschlechtsleben fast vernichtet, sie war so anspruchsvoll, und ich war so müde, ich hatte einfach nicht mehr die Kraft, verstehst du?»

«Ich kann's mir vorstellen», sagte Susan.

«Aber sobald sie von der Brust entwöhnt war, konnte ich sie bei meiner Mutter oder meiner Schwester lassen ... und ich war wieder in Umlauf.»

Sie sah mich an.

«Haben Sie alleinstehende Freunde, die nicht schwul sind?»

Ich schüttelte den Kopf. Die Beschreibung paßte zwar auf Hawk, aber er paßte schlecht zu Elayna. Als ich ihn mir zusammen mit Erika vorstellte, mußte ich lächeln.

«Sehen Sie, Sie lächeln», sagte Elayna, «Ihnen ist gerade jemand eingefallen.»

«Nein», sagte ich. «Das ist nur der innere Friede, der sich Bahn bricht.»

Erika kam aus dem Schlafzimmer, sie schlurfte auf einem Paar von Susans hochhackigen Schuhen und hatte Susans schwarzen Seidenmorgenrock an. Die Weite war nicht schlecht, denn Erika war pummelig und Susan zierlich, also hatten sie etwa den gleichen Umfang. Aber da Erika ungefähr einen Meter maß und Susan einszweiundsiebzig, war die Länge ein Problem. Erika trat andauernd auf die Schleppe, und dem Geräusch nach zu urteilen riß der Stoff. Sie hatte auch Susans Make-up entdeckt und es großzügig, wenn auch etwas kunstlos auf ihrem Gesicht verteilt.

«Erika», sagte ihre Mutter. Ihre Stimme war am Rande eines Aufschreis.

Erika ließ sich nicht aufhalten, sie versuchte zu stolzieren, stolperte in den hochhackigen Schuhen, trat weiter auf den schleifenden Stoff von Susans schwarzem Seidenmorgenrock, der weiter zerriß. Ich hatte ihr diesen Morgenrock letzte Weihnachten geschenkt, und er hatte mich weit mehr gekostet, als ich normalerweise verdiente. Ich schaute Susan an. Sie sah aus, als hätte sie gerade eine Raupe verschluckt.

Ich sagte sehr leise «Auweia» zu Pearl, die sich wieder aufgerichtet hatte, die Muskeln zum Angriff gespannt.

Elayna sprang auf und packte Erika und hob sie hoch.

«Erika, mein Gott, Erika», sagte sie immer wieder, als sie Erika ins Schlafzimmer schleifte. Gleich darauf war Erikas Geheul zu vernehmen.

Während sie heulte, sagte sie immer wieder: «Ich will's anbehalten, ich will's anbehalten.»

Ich lächelte Susan liebenswürdig zu.

«Das ist aber eine Prinzessin», sagte ich.

«Sei still.»

Ich drehte mich zu Pearl und hielt den Mund an ihr Ohr

und flüsterte laut und vernehmlich: «Vielleicht kriegen wir eine genau wie sie, wenn wir klug adoptieren.»

Pearl beachtete mich nicht. Sie sehnte sich mit jeder Faser danach, ins Schlafzimmer zu stürzen und Erika zu beißen. Ich hielt sie mit einer Hand am Halsband fest, um das zu verhindern, obwohl ich zu meiner Schande sehr darauf erpicht war, daß es passierte. Susan sah mich durchdringend an.

«Ich habe das gehört», sagte sie. «Und selbst wenn ich's nicht gehört hätte, weiß ich, was du denkst. Ich wußte es von dem Augenblick an, als sie hereinkamen.»

«Ich habe beruflich mit Beweismaterial zu tun», sagte ich. «Wenn ich welches sehe, registriere ich es.»

«Du kannst ein Beispiel nicht verallgemeinern», sagte Susan.

«Nein, natürlich nicht. Aber ich kann das Beispiel registrieren.»

Ich spürte, wie Pearl leicht zu zittern anfing. Elayna kam mit Erika zurück und hielt sie mit festem Griff am Handgelenk. Erika zerrte heftig, um ihr Handgelenk zu befreien. Aber Elayna war zu stark für sie. Erika hatte wieder ihre eigenen Sachen an, und das Make-up war abgeschrubbt worden. Sie heulte hartnäckig.

«Sag Susan, daß es dir leid tut, Erika.»

Erika heulte. Und zerrte.

«Erika, entschuldige dich.»

Erika heulte. Und zerrte.

«Nicht nötig», sagte Susan. «Den Morgenrock habe ich schon eine Ewigkeit. Den habe ich immer nur zu Hause getragen.»

Sie achtete sorgfältig darauf, mich nicht anzuschauen, während sie das sagte. Ich schwieg und hielt Pearl am Halsband fest. Ich fügte nicht hinzu, daß der Morgenrock aus reiner

Seide war und eigentlich vor dem Kaminfeuer bei einer Flasche Champagner getragen wurde.

«Ich bestehe darauf, dir einen neuen zu kaufen.»

«Unsinn, Elayna, das ist nicht nötig. Es macht wirklich nichts. Ich habe zig Morgenröcke.»

Meines Wissens besaß sie nur einen weiteren, ein gelbes Ding mit bunten Hunden und Katzen drauf. Ich hatte es in ihrem Kleiderschrank gesehen, aber sie trug es nur, wenn ich nicht da war, zusammen mit der Pyjamahose aus Flanell und dem übergroßen T-Shirt.

«Nein, ich bestehe unbedingt darauf», sagte Elayna. «Welche Größe?»

«Nein», sagte Susan. «Wirklich, Elayna. Das macht nichts. Sei nicht albern.»

«Größe sechs», sagte ich. «Wenn er gut gearbeitet ist. Wenn Sie ihr einen billigen kaufen, wo am Material gespart worden ist, muß es unter Umständen eine acht sein.»

Erika heulte ununterbrochen weiter. Elayna und Susan starrten mich beide an. Erika versuchte, ihre Mutter in die Hand zu beißen, um ihr Handgelenk zu befreien. Elayna hob sie hoch und hielt sie fest, obwohl sie sich sträubte und strampelte und heulte, und sagte laut: «Ich muß sie hier rausschaffen. Susan, ich rufe dich an.»

Als sie fort waren, ging Susan ans Wohnzimmerfenster und sah lange hinaus. Schließlich drehte sie sich um und sah mich an.

«Hätte ich Pearl loslassen sollen?» fragte ich.

«Meinst du, sie hätte sie wirklich gebissen?»

«Mit ein bißchen gutem Zureden», sagte ich.

«Gott, war sie schrecklich.»

«Schrecklich», sagte ich.

«Mein schöner seidener Morgenrock», sagte Susan.

«Jetzt wirst du wohl nackt herumsitzen und Champagner trinken müssen», sagte ich.

Susan lächelte mir zu, fast ein wenig traurig.

Dann sagte sie: «So hat doch alles seine guten Seiten.»

18. KAPITEL

Das Städtchen Pemberton mochte die Existenz von Verbrechen nicht öffentlich eingestehen. Die Polizeiwache von Pemberton war so weit wie nur irgend möglich vom Stadtzentrum wegverlegt worden. Sie befand sich knapp innerhalb der Stadtgrenzen an der Route 128, in einem alten Backsteingebäude des Bauministeriums von Massachusetts, das angemietet worden war. Ich stellte meinen Wagen auf den geräumigen Parkplatz davor.

Drinnen waren die Handwerker immer noch dabei, Räume zu unterteilen, und die Schreiner veranstalteten einen Heidenlärm. Ich arbeitete mich vom wachhabenden Polizisten zu dem Detective vor, der den Henderson-Fall bearbeitet hatte, und saß mit ihm an einem Schreibtisch in einem halbfertigen Büro, während die Motorsägen und Elektrohämmer um unsere Aufmerksamkeit wetteiferten. Er sah wie zwanzig aus, obwohl er wahrscheinlich älter war. Bei der Polizei in den Vorstädten gab es viele wie ihn. In der High-School Footballspieler. Nicht gut genug für ein Stipendium. Aufgeweckt. Kein Geld fürs College. Leistete seinen Wehrdienst bei den Marines, kam nach Hause, ging zur Polizei. Der Wehrdienst wurde ihm wahrscheinlich auf die Dienstjahre angerechnet.

«Ich heiße Albrano», sagte er. «Von der Spurensicherung. Ich weiß nicht, inwieweit ich Ihnen helfen kann. Wir haben alles der Landespolizei übergeben, sobald für uns feststand, daß es Mord war. Wir sind nicht so gut für die Aufklärung eines Kapitalverbrechens eingerichtet wie die, Sir.»

«Miller?» fragte ich.

«Ja, Sir.»

«Haben Sie den Brief bekommen?»

«Welchen Brief?»

«Den Brief mit dem Hinweis auf Alves.»

«Der ging hier bei der Wache ein», sagte er. «Nicht bei mir persönlich.»

«Aber Sie haben ihn gelesen?»

«Ja, Sir, und auf Fingerabdrücke untersucht. Nichts Brauchbares.»

«Und dann haben Sie ihn an Miller übergeben?»

«Ja, Sir. Er gab mir deutlich zu verstehen, daß er für den Fall zuständig ist.»

«Das glaube ich Ihnen», sagte ich. «Wer hat ihn wegen des Briefes benachrichtigt?»

«Ich glaube, ich, Sir.»

«Wissen Sie noch, wie Sie ihn benachrichtigt haben?»

«Wie?»

«Ja. Haben Sie ihm den Brief gezeigt? Ihm den Brief vorbeigebracht? Ihn angerufen?»

«Ich glaube, ich habe ihm am Telefon davon erzählt, und dann hat jemand ihn nach Boston gebracht und übergeben.»

«Als Sie ihm am Telefon davon erzählt haben», sagte ich, «hat er Sie da angerufen, oder haben Sie ihn angerufen?»

«Das weiß ich wirklich nicht mehr. Wie lange ist das her, anderthalb Jahre? Was macht das für einen Unterschied?»

«Sie haben völlig recht», sagte ich. «Sie wissen ja, wie das ist. Man stellt einfach Fragen, bis man etwas findet. Welchen Eindruck hatten Sie von Miller?»

«Er hat eine hohe Aufklärungsquote, Sir. Das weiß ich.»

«Weil er es Ihnen gesagt hat?»

Albranos Miene korrekter Auskunftsbereitschaft änderte sich nicht. «Ich glaube, so habe ich es erfahren, Sir.»

Ich nickte.

«Das Opfer hatte einen Freund», sagte ich. «Sind Sie zufällig auf ihn gestoßen?»

«Ich wußte gar nicht, daß sie einen hatte», sagte Albrano. «Sie meinen wirklich, dieser Sowieso, dieser Alves ist unschuldig?»

«Eine Arbeitshypothese», sagte ich.

«Wäre eine ziemlich ausgeklügelte Unterschiebung», sagte Albrano.

«Ja.»

«Aber wenn's eine Unterschiebung war», sagte er, «dann war es ein kluger Zug, einen Verlierer wie diesen Alves zu nehmen.»

«Die Geschworenen würden in jedem Fall denken, selbst wenn er das nicht getan hat, irgendwas hat er getan.» Albrano zuckte die Achseln.

«Von Geschworenen habe ich keine Ahnung», sagte er. «Aber als Verdächtiger macht er sich gut. Wenn ich jemanden wegen Trunkenheit am Steuer verhafte, der schon dreimal dafür dran war, habe ich wenig zu befürchten.»

Ich sagte nichts. Ein Elektrohammer wummerte am anderen Ende des halbfertigen Raumes. Ein uniformierter Pemberton-Polizist steckte den Kopf in den halbfertigen Türrahmen.

«Ich fahr was holen, Charlie», sagte er. «Willst du was?»

«Einen großen Schwarzen ohne Zucker, zwei Cremeschnitten.» Er sah mich an. «Und Sie?»

Ich schüttelte den Kopf. Der Uniformierte ging. Wir saßen gedankenversunken da.

«Wissen Sie», sagte Albrano, «wo Sie mich jetzt gefragt haben und ich darüber nachdenke, Miller hat mich angerufen und gefragt, ob wir was Neues über den Mord an der College-Studentin wüßten.»

Ich nickte.

«Also habe ich ihm von dem anonymen Brief erzählt, und er hat gesagt, schicken Sie ihn mir.»

Ich nickte wieder.

«Kann mir nicht vorstellen, daß das was zu bedeuten hat», sagte Albrano. «Was meinen Sie?»

«Könnte bedeuten, daß er ungeduldig war», sagte ich.

19. KAPITEL

Meine Bürotür stand offen. Hawk saß zurückgelehnt auf einem meiner Klientenstühle und beobachtete Lila in den Ausstellungsräumen auf der anderen Seite vom Flur. Lila sah heute besonders lilaesk aus in einem knöchellangen schwarzen Kleid mit Puffärmeln und einer Baseballmütze von den Chicago White Sox. Ich saß an meinem Schreibtisch und machte eine Liste von den Leuten, mit denen ich über Ellis Alves geredet hatte. Hinter jedem Namen notierte ich kurz, was ich erfahren hatte. Und zwar nicht, weil mein Gedächtnis zu versagen drohte. Sondern weil ich nicht weiterwußte, und wenn ich nicht weiterweiß, mache ich Listen. Das ändert meistens nichts an meiner Ratlosigkeit, aber manchmal nimmt sie dadurch konkrete Formen an.

«Weiß Lila, daß du ihr Augen machst?» fragte ich.

«Mh-hm.»

«Erwidert sie's?»

«Mh-hm.»

«Das könnte der Beginn einer großen Liebe sein», sagte ich.

«Wär toll», sagte Hawk. «Passiert nicht oft.»

«Morgens mit Lila zu plaudern könnte jedoch anstrengend sein», sagte ich.

«Ich sag dir Bescheid.»

Ich sah meine Liste nach denen durch, wo ich nachhaken wollte, als mehrere Männer hereinkamen, ohne anzuklopfen, und Hawk die Sicht auf Lila nahmen, indem sie die Tür hinter sich zumachten. Ich wußte, das würde Hawk ärgern, und das tat es auch. Aber wenn man ihn nicht so gut kannte wie ich, hätte man es nicht gemerkt. Es war eigentlich nur die Art, wie er den Kopf neigte, als er sie ansah.

Sie waren zu viert. Alle offenbar nach Kraft und nicht nach Schönheit ausgesucht. Zwei von ihnen, die verwandt aussahen, stapften auf jede Seite der Tür und lehnten sich an die Wand und sahen Hawk an. Die anderen beiden gingen an Hawk vorbei und lehnten sich an meinen Schreibtisch und sahen mich an. Symmetrie.

«Sind Sie Spenser?»

Der Sprecher trug eine blaue Strickmütze und einen Kolani, eine dunkelblaue Marinejacke mit Messingknöpfen. Der Kolani, der offen stand, war zu lang, wie ihm alle Jacken, in die er hineinpaßte, zu lang sein mußten. Er hatte die Figur eines Bierfäßchens.

«Das bin ich», sagte ich.

Ich sah, wie Hawk lächelte, als er ganz lässig aufstand und ohne jede Eile zu dem olivgrünen Aktenschrank neben dem Kleiderständer ging. Die beiden, die verwandt aussahen, beobachteten ihn sorgfältig.

«Sie arbeiten an dem Ellis-Alves-Fall», sagte Bierfäßchen.

«Tag und Nacht», sagte ich.

«Ich soll Ihnen was klarmachen», sagte Bierfäßchen. «Sie lassen den Fall ab jetzt in Ruhe.»

Hawk machte den Aktenschrank auf und nahm eine abgesägte doppelläufige Schrotflinte aus der obersten Schublade und spannte beide Abzüge. Die Männer an der Tür sahen ihm dabei genau zu, aber bis sie reagierten, war die Schrotflinte gespannt und ausgerichtet. Bei dem Geräusch der zurückschnappenden Hähne drehten die beiden anderen sich um und sahen Hawk an.

«Kaliber zehn», sagte Hawk. «Auf geringe Entfernung ziemlich unfair.»

Hawk lehnte an der Wand, in der rechten Hand die Schrotflinte, die lässig auf seinem linken Unterarm ruhte. Er lächelte sie an. Sie sahen wieder mich an. Während sie sich zu Hawk umgeschaut hatten, hatte ich die Gelegenheit genutzt, meinen Smith & Wesson .357 aus der Schreibtischschublade zu holen. Als sie wieder mich ansahen, spannte ich den Hahn und legte die rechte Hand mit dem Revolver auf die Schreibtischplatte. Ich lächelte sie an.

«Sie hätten auf so was vorbereitet sein müssen», sagte ich. «Auf die leise Chance, daß wir nicht vor Angst und Schrecken gelähmt sind.»

Bierfäßchen machte sich nicht in die Hose.

«Heute ist das sowieso nur eine Warnung», sagte er.

«Könnte aber unser Tag sein, Ihnen eine Ladung zu verpassen.»

Bierfäßchen kümmerte das nicht.

«Der Typ sagt, wir sollen Sie heute nur aufmischen.»

«Welcher Typ?» fragte ich.

Bierfäßchen schüttelte den Kopf. Sein Partner trug eine schwarzrot karierte Joppe. Joppes Kopf war an den Seiten kahl geschoren, oben trug er die Haare lang. Er war größer als Bierfäßchen, darum paßte seine Jacke besser.

«Niemand, den Sie kennen.»

Ich hob den Smith & Wesson und zielte auf Joppes Stirn.

«Vielleicht doch», sagte ich.

«Ich glaube nicht, daß Sie das tun», sagte Joppe und drehte sich um und ging zur Tür. Ich sah, wie Hawk mir einen Blick zuwarf. Ich schüttelte den Kopf. Joppe machte die Tür auf und ging hinaus und ließ die Tür offen. Die anderen drei standen wie erstarrt und warteten, ob ich schoß. Als ich es nicht tat, wurden sie plötzlich lebendig und drängelten zur Tür hinaus.

«Pech», sagte Hawk. «Du hast den Falschen geblufft.»

«Ich weiß», sagte ich.

Hawk ging zu seinem Stuhl zurück und setzte sich so, daß er Lila sehen konnte. Er legte die immer noch gespannte Schrotflinte in seinen Schoß. Ich stand mit dem Revolver in der Hand auf und ging ans Fenster. Nach etwa einer Minute versammelten sich alle vier an der Kreuzung der Berkeley mit der Providence Street, die hinter meinem Gebäude zwischen der Arlington und der Berkeley verläuft. Einen Augenblick später kam ein kastanienbrauner Chevy-Kombi die Providence entlang und hielt. Die vier stiegen ein. Der Kombi bog in die Berkeley und fuhr zum Fluß. Er hatte Massachusetts-Nummernschilder. Ich ging zum Schreibtisch und notierte das Kennzeichen auf meinem Kalender.

«Wenn du ihn erschossen hättest, hätten die andern dir alles gesagt, was sie wissen, und noch mehr.»

«Ich weiß.»

«Bloß gut, daß du mich dabei hast», sagte Hawk. «Sonst hätten sie dich noch zu den Girl Scouts gebracht.»

«Es ist das Körperliche», sagte ich. «Ich habe immer noch Probleme mit dem Körperlichen.»

«Du bist doch irisch?»

«Klar, und ob, Mann.»

«Dann hast du auch keine großen Probleme mit dem Körperlichen», sagte Hawk.

«Mir langt's.»

20. KAPITEL

Die Taft University war in Walford, ungefähr zwanzig Meilen westlich von Boston und zwei Städtchen nördlich von Pemberton. Ich war vor etwa sieben Jahren schon mal da gewesen, als ich versucht hatte, einen Basketball-Punkteschwindel aufzudecken, in den ein Junge namens Dwayne Woodcock verwickelt war. Im Laufe meiner Ermittlungen hatte ich den Basketballtrainer kennengelernt, ein Großmaul und Sprücheklopfer namens Dixie Dunham, der ein phantastischer Basketballtrainer war und gar kein so übler Kerl, wenn man eine hohe Toleranzschwelle für Stuß hatte.

Als ich in sein Büro im Umkleidegebäude kam, erkannte er mich sofort wieder.

«Spenser», sagte er, «Sie Armleuchter.»

«Werden Sie bloß nicht sentimental, Dixie», sagte ich.

Das Büro war so gut wie unverändert. Ein Videorecorder, ein Schrank voller Videobänder, ein großer Schreibtisch, zwei Stühle. Über Dixies Schreibtisch hing immer noch ein Bild vom zentralen Abwehrspieler der Portland Trailblazers, Troy Murphy. Murphy hatte am College bei Dixie gespielt. Daneben hing jetzt ein Bild von Dwayne Woodcock. Dixie war auch so gut wie unverändert. Er hatte ein graues T-Shirt an, blaue Trainingshosen mit weißen Seitenstreifen und darüber graue Shorts, und er trug teure Basketballschuhe, die er – wie ich zufällig wußte – kistenweise umsonst bekam, als Bestandteil eines Beratervertrages.

«Sie sind also gekommen, um mir wieder Ärger bei meinem Programm zu machen?» fragte Dixie.

«Ich habe Ihr blödes Programm gerettet», sagte ich. «Haben Sie was von Dwayne gehört?»

«Meine Spieler bleiben mit mir in Kontakt», sagte Dixie. «Ich höre was von ihnen, oder ich höre was über sie.»

«Und wie macht sich Dwayne?»

«Fünfzehn Punkte, elf Rebounds pro Spiel, für die Nuggets», sagte Dixie. «Aber er spielt immer noch ein bißchen zaghaft. Wenn er härter wird, kann er das verdoppeln.»

«Kann er schon lesen?»

«Mann, er hat das College abgeschlossen», sagte Dixie.

«Hier?» fragte ich.

«Natürlich.»

«Und, kann er schon lesen?»

«Klar», sagte Dixie.

«Ist er noch mit Chantal zusammen?» fragte ich.

«Wie ich höre, haben sie geheiratet.»

«Schön.»

«Also, warum schnüffeln Sie hier rum? Fehle ich Ihnen?»

«Wegen einer jungen Frau drüben in Pemberton», sagte ich. «Ist vor anderthalb Jahren ermordet worden.»

«Ja, hab davon gehört. Ein Schwarzer, stimmt's? Hat sie vergewaltigt und erwürgt.»

«Keine Vergewaltigung», sagte ich. «Ich versuche, ein paar offene Fragen zu klären.»

«Und was wollen Sie dann von mir, Mann? Hab sie' nicht angefaßt.»

«Ich habe ein Foto von ihr gesehen», sagte ich, «in einem Ehren-Tennissweater von der Taft, der ihr offensichtlich viel zu groß war.»

«Also meinen Sie, sie ist mit einem aus dem Tennisteam von Taft gegangen.»

«Ja.»

«Und ich soll Sie zum Tennistrainer führen.»

«Ja.»

Dixie Dunham machte ein leises häßliches Geräusch, das er wahrscheinlich für Gelächter hielt.

«Mit Vergnügen», sagte er. «Der Hurensohn. Hat letztes Jahr versucht, einen meiner Spieler abzuwerben, direkt aus meiner Mannschaft.»

«Tennis ist doch ein Sommersport, oder nicht?» fragte ich.

«Und wann, meinen Sie, finden die Basketballmeisterschaften statt, Sie Witzbold?»

«Ach ja.»

«Der Trainer heißt Chuck Arnold. Ich bringe Sie zu ihm und stelle Sie vor.»

Chuck sah aus wie ein Tennistrainer. Er war groß und beweglich und schlank und trug eine Selbstzufriedenheit zur Schau, wie sie einem nur teure Privaterziehung geben kann. Er hatte einen weißen Tennispullover mit Zopfmuster an, khakibraune Hosen, weiche braune Slipper, aber keine Socken. Die Ärmel vom Tennispullover hatte er hochgeschoben, so daß seine gebräunten Unterarme zur Geltung kamen.

«Das ist er», sagte Dixie. «Hat versucht, mir meinen besten Abwehrspieler für sein Scheiß-Schwuchtelteam zu klauen.»

Arnold lächelte müde.

«Ach, hör endlich auf, Dixie», sagte er und streckte mir eine feste Hand entgegen. «Chuck Arnold, was kann ich für Sie tun?»

«Halten Sie Ihre Brieftasche fest», sagte Dixie zu mir. «Der Kerl zieht sie Ihnen aus der Tasche, wenn Sie nicht aufpassen.»

Er drehte sich um und trottete den öden Korridor entlang zurück in sein Büro. Arnold sah ihm ohne eine Spur von Zuneigung nach. Dann sah er wieder mich an.

«Wie war noch gleich Ihr Name?» fragte er.

«Spenser. Ich ermittle in einem Mordfall. Ich suche einen Jungen, der hier in den letzten Jahren Tennis gespielt hat. Er war mit einem Mädchen am Pemberton College befreundet und hat ihr seinen Ehren-Sweater geschenkt.»

«Soll ich auch noch auf ihr Liebesleben aufpassen?» fragte Arnold.

«Sie hieß Melissa Henderson. Sie wurde vor ungefähr achtzehn Monaten ermordet.»

«Ja, natürlich, ich erinnere mich. Irgendein Schwarzer hat sie vergewaltigt und umgebracht.»

«Es gab keine Anzeichen von Vergewaltigung.»

«Wie auch immer», sagte Arnold. «Ich habe schon mit dem anderen Ermittler geredet.»

«Mit welchem?»

«Weiß ich nicht mehr. Groß, kurze blonde Haare.»

«Miller?» fragte ich.

«Weiß ich nicht mehr.»

«Was wollte er wissen?»

«Er hat mich nach Clint Stapleton gefragt.»

«Melissas Freund?»

«Das hat er gesagt.»

«Wer?»

«Der andere Ermittler, Himmel noch mal. Ich bringe denen Tennis bei. Ich befasse mich nicht mit ihrem Sexualleben.»

«Ist Stapleton der Kapitän vom Tennisteam?»

«Ja.»

«Wo finde ich ihn?»

«Warum wollen Sie das wissen?»

«Weil ich mit ihm über den Mord an seiner Freundin reden möchte.»

«Sind Sie sicher, daß sie seine Freundin war?» fragte Arnold.

«Er hat ihr seinen Ehren-Sweater geschenkt.»

«Woher wissen Sie das?»

«Ich bin ein erfahrener Detektiv», sagte ich. «Wo finde ich ihn?»

«Ich muß es Ihnen wohl sagen, oder?» fragte er.

«Ja.»

«Er müßte an der Übungswand in der Halle trainieren.»

«Danke», sagte ich und wollte gehen.

«Ich, äh, wäre froh, wenn Sie nicht erwähnen würden, daß ich es Ihnen gesagt habe.»

«Gut möglich», sagte ich, «daß ich Ihren Namen nie wieder erwähne.»

21. KAPITEL

Ich ging aus seinem Büro hinaus und den Löschbetonkorridor entlang zur Halle. Die Halle hatte viele hohe Fenster und ein Sportfeld mit Aschebelag, um das eine blaßgrün gummierte Zehn-Runden-pro-Meile-Hallenbahn führte, die in den Kurven überhöht war. Im Feld waren eine Weitsprunggrube und eine Vorrichtung für Stabhochsprung mit dicken Schaumstoffmatten. Auf der anderen Seite war ein Hammerwurfkreis mit einem auf drei Seiten geschlossenen Maschendrahtkäfig darum, damit der Hammer eines ungeübten Werfers nicht in jemandes Visage landete.

Ich ging auf der Bahn zu einer Tür am anderen Ende. Sie führte in die Tennishalle, die fast vollständig von zwei Plätzen mit roten Kunststoffbelägen eingenommen wurde. An der Rückwand hinter den Grundlinien waren grüne Übungswände, gegen die ein großer schlaksiger Junge mit einem blauweißen Tuch um den Kopf Tennisbälle knallte. Er spielte mit einem Graphitschläger. Passend zu dem Kopftuch trug er einen blauweißen Trainingsanzug und weiße Tennisschuhe. Er wechselte die Slice-Rückhand mit der Topspin-Vorhand ab und schlug hart und ohne Anstrengung, ohne zu verfehlen: Rückhand, Vorhand, Rückhand, Vorhand, allein in der riesigen leeren Halle. Das Geräusch des Balls war fast metronomisch, wie er vom Schläger knallte, von der Wand krachte und vom Boden aufsprang. Falls der junge Mann mich bemerkt hatte, so zeigte er es nicht. Ich wartete, bis er eine Pause machte. Er machte keine.

Also sagte ich: «Clint Stapleton?»

Der Ball sprang vom Schlägerrand ab und hoppelte davon. Stapleton sah mich an.

«Verdammt noch mal», sagte er. «Ich versuche mich zu konzentrieren.»

«Und Sie machen das ganz toll», sagte ich. «Ich heiße Spenser. Sind Sie Stapleton?»

«Ja, aber ich hab zu tun.»

«Wir müssen reden.»

«Nein, müssen wir nicht», sagte er. «Ich muß noch eine halbe Stunde schlagen, und Sie müssen verschwinden.»

Er sah mich direkt an, und ich merkte, daß er ... nein, schwarz traf es nicht. Seine Haut hatte etwa die gleiche Farbe wie meine. Afrikanische Herkunft, oder doch teilweise, schien es besser auszudrücken. Wahrscheinlich wäre es mir gar nicht aufgefallen, wenn das Kopftuch mich nicht vorgewarnt hätte.

«Ich kann warten», sagte ich.

«Ich mag nicht, wenn mir jemand zuschaut.»

«Clint», sagte ich. «Unter normalen Umständen würde mich die Sorge, was Sie mögen und was nicht, Tag und Nacht umtreiben. Aber dies sind schwere Zeiten. Und ich werde hierbleiben müssen, bis ich mit Ihnen reden kann.»

«Ich könnte Ihnen zum Beispiel den Schläger um die Ohren hauen», sagte Clint.

«Nein, könnten Sie nicht», sagte ich. «Denn ich würde Ihnen den Schläger wegnehmen und darauf Balalaika spielen.»

Stapleton stand eine Zeitlang da und studierte mich, schlug dabei den Tennisschläger sanft gegen sein Bein und schaute so arrogant drein, wie er nur konnte, damit ich auch ja merkte, daß er sich vor nichts und niemandem fürchtete.

«Was wollen Sie?» fragte er schließlich.

Seine Stimme klang angeödet, als unterdrückte er seine

bösen Triebe und bemühte sich, höflich zu sein. Wäre ich klein und zierlich gewesen, hätte er seinen bösen Trieben höchstwahrscheinlich nachgegeben.

«Ich will von Ihnen etwas über Melissa Henderson hören.»

«Über wen?»

Er sagte es zu schnell und zu laut.

«Melissa Henderson, mit der Sie mal befreundet waren, die ermordet worden ist.»

«Ach, Melissa.»

«Ja, Melissa. Erzählen Sie mir was über sie.»

«Da gibt's nichts zu erzählen. Wir haben uns ein paarmal getroffen. Dann ist sie umgebracht worden.»

«Finden Sie's nicht schlimm, daß das passiert ist?» fragte ich.

Er zuckte die Achseln.

«Wie oft?» fragte ich.

«Wie oft was?»

«Wie oft haben Sie sich mit ihr getroffen?»

«Woher soll ich das wissen? Ich treffe mich mit vielen Mädchen. Ich schreibe mir nicht jede Verabredung auf.»

«Mehr als fünfmal?» fragte ich.

Er zuckte wieder die Achseln.

«Ja, kann sein.»

«Mehr als zehnmal?»

«Herrgott noch mal», sagte er. «Ich hab Ihnen doch gesagt, ich schreib's mir nicht auf.»

Er angelte sich mit dem Schläger einen gelben Tennisball und ließ ihn auf dem Schläger tanzen und schaute zu, als wäre das wichtig.

«Haben Sie eine Freundin?» fragte ich.

«Wer sind Sie denn, etwa Ricki Lake? Ja, ich hab ein Mädchen.»

«Wie heißt sie?»

«Das geht Sie einen Dreck an.»

«Haben Sie ihr Ihren Ehren-Sweater geschenkt?»

«Nein. Wozu fragen Sie solchen Scheiß?»

«Sie haben Melissa Henderson Ihren Ehren-Sweater geschenkt.»

«Woher wissen Sie das?»

«Ich bin klüger, als mein Alter vermuten läßt», sagte ich.

«Ach ja?» sagte er. «Blödsinn.»

Ich hatte keine Ahnung, worauf ich hinaus wollte. Irgend etwas stimmte nicht mit ihm. Ich glaubte einfach nicht, daß ein Junge seinen Ehren-Sweater einem Mädchen schenkte, mit dem er sich nur ein paarmal getroffen hatte. Und ich wollte, daß er weiterredete, um zu sehen, was dabei herauskam.

«Also, wieso haben Sie Melissa Ihren Ehren-Sweater geschenkt?»

Er schaute weiter zu, wie der Tennisball auf der Schlägerbespannung hüpfte. Dann versetzte er dem Ball einen stärkeren Schlag, so daß er hoch in die Luft flog. Er traf den Ball im Niederfallen und drosch ihn über die gesamte Länge der Anlage und sah zu, wie er sich in die Netzabhängung bohrte, die die Tennisplätze umgab.

«Ich habe von Ihnen die Schnauze voll», sagte er. «Ich habe Besseres zu tun, als hier rumzustehen und zu labern.»

«Wie schön für Sie», sagte ich. «Kennen Sie einen Detective von der Landespolizei namens Miller?»

«Nie von ihm gehört», sagte Stapleton.

Er legte den Schläger in die Tasche und zog den Reißverschluß zu.

«Haben Sie überhaupt mit der Polizei über den Fall geredet?»

«Nein, verdammt», sagte er.

Er nahm die Tasche unter den Arm und ging quer über die

Anlage zum Ausgang, hinterließ die Plätze voller gelber Tennisbälle. Ich wollte ihm sagen, daß es ungehörig war, die Bälle nicht aufzusammeln. Ich wollte neben ihm herlaufen und ihm weitere Fragen stellen. Aber seine Beine waren länger als meine, und ich beschloß, auf Würde zu setzen. Ich war schon mit Ricki Lake verglichen worden. Also suchte ich statt dessen das Sportinformationsbüro und fand es in einem Seitenflügel des Umkleidegebäudes.

«Ich bin Peter Parker, der Fotograf», sagte ich zu der jungen Frau am Empfangstresen. «Wir bringen ein Feature über Clint Stapleton, und ich brauche ein paar Infos.»

Die Empfangsdame war offensichtlich eine Collegestudentin, in ihrem anderen Leben wahrscheinlich Cheerleader, niedlicher als das Osterhäschen, aber nicht annähernd so schlau.

«Könnten Sie den Familiennamen buchstabieren, Sir?»

Ich buchstabierte ihn. Sie schrieb ihn auf einen Zettel. Ich sah, wie ihre Zungenspitze beim Schreiben angestrengt auf ihrer Unterlippe ruhte.

Als sie mit dem Aufschreiben fertig war, las sie ihn laut vor. «Stapleton, ja, Sir. Und was wollen Sie über ihn haben?»

«Informationsmaterial», sagte ich.

Sie sah ein wenig ratlos aus.

Ich sagte: «Vielleicht eine Pressemappe?»

Sie lächelte vor Erleichterung.

«Ja, Sir. Ich hole Ihnen eine Pressemappe über Mr. Stapleton, Sir.»

Sie stand auf und strebte zum Aktenschrank an der anderen Wand. Doch dann blieb sie stehen und drehte sich zu mir um.

«Wollen Sie nicht Platz nehmen, Sir? Es dauert einen Moment.»

Ich sagte: «Danke.»

Sie eilte zu dem großen Aktenschrank aus Metall und wühlte sich durch die Schubfächer mit Hängeordnern. Ich wollte mich nicht setzen. Aber ich wollte sie auch nicht kränken, also machte ich einen Kompromiß und lehnte mich an die Wand, während sie wühlte. Sie war mit der absichtlichen Schlampigkeit angezogen, die gerade angesagt war: Doc-Martens-Stiefel, viel zu weite und lange Jeans und ein übergroßes weißes Hemd unter einem Sweater mit Fischgrätmuster, der auch zu groß war. Die weißen Hemdschöße hingen weit unter dem Sweater hervor, und die weiten Hemdmanschetten waren über die Sweaterbündchen gekrempelt. Die Ärmel der Hemd-Sweater-Kombination ließen nur ihre Finger frei. Die Hosenbeine fielen über die Stiefel, so daß sie beim Gehen drauftrat. Ich lehnte mich mit der anderen Schulter an die Wand. Es ging bei Miss Grunge nur langsam voran mit den Hängeordnern. Ich wollte schon sagen: «Nach R und vor T.» Aber womöglich fand sie das herablassend, also ließ ich es. Wie sich herausstellte, brauchte sie meine Hilfe nicht. Nach weiteren fünf oder sechs Minuten kehrte sie vom Aktenschrank zurück und gab mir einen blauen Hefter mit dem Taft-Logo auf der Vorderseite und dem Namen Clint Stapleton auf einem mit schwarzer Tinte von Hand beschrifteten Schildchen.

«Darf ich den behalten?» fragte ich.

«Aber ja, Sir. Dafür haben wir sie zur Verfügung.»

«Danke», sagte ich.

«Gern geschehen, Sir.»

Ich lächelte. Sie lächelte. Ich ging.

22. KAPITEL

Ich saß, um etwas Luft hereinzulassen, bei offenem Fenster in meinem Büro, die Beine auf dem Schreibtisch, und blätterte die Pressemappe von Clint Stapleton durch. Das meiste war Lobhudelei. Es stand drin, daß Clint zweiundzwanzig war, im letzten Studienjahr am College der Taft University. Daß er in New York City aufgewachsen war und die Phillips Academy in Andover besucht hatte, wo er Kapitän des Tennisteams gewesen war.

Ich legte den Hefter einen Augenblick hin. Mit zweiundzwanzig war er drei Jahre jünger als Hunt McMartin, der Ellis Alves identifiziert hatte. Und gleichaltrig mit McMartins Frau, die auch auf der Andover Academy gewesen war. Das roch nach einem Hinweis, aber es war schon so lange her, seit ich einen gefunden hatte, daß ich vorsichtig blieb. Der Rest besagte, daß Clint in diesem Jahr wahrscheinlich in der bundesweiten College-Liga spielen würde und daß er plante, nach dem College-Abschluß unter die Tennisprofis zu gehen. Eine Liste seiner gewonnenen und verlorenen Spiele war da, ein paar fotokopierte Zeitungsausschnitte, alle lobend, ein Porträtfoto und mehrere Sportfotos. Auf allen Sportfotos trug er sein Kopftuch.

Ich saß noch ein bißchen da und dachte über die Andover-Verbindung nach und lauschte auf die Verkehrsgeräusche unter meinem Fenster. Während ich nachdachte, kam Hawk mit dem Mittagessen herein.

«Die Jakobsmuscheln aus der Nantucket Bay sind da», sagte Hawk. «Ich fand, wir müssen welche essen.»

«Was hat dich auf den Gedanken gebracht, daß ich Hunger haben könnte?» fragte ich.

Hawk stieß nur abfällig die Luft aus. Er packte eine Flasche trockenen Riesling aus, Plastikbestecke, zwei Behälter mit gegrillten Jakobsmuscheln und einen Becher Coleslaw. Ich grub in meiner Schreibtischschublade einen Korkenzieher aus, und während Hawk die Flasche öffnete, spülte ich im Waschbecken zwei Wassergläser aus.

«Wein zum Mittagessen macht mich schläfrig», sagte ich.

«Brauchst ja keinen zu trinken», sagte Hawk.

Er schenkte Wein in eines der Wassergläser und sah mich an.

«Ich möchte dich nicht kränken», sagte ich.

Hawk grinste.

«'türlich nicht», sagte er und goß etwas Wein in das zweite Glas.

Wir schwiegen eine Weile, während wir ein wenig Wein tranken und die Jakobsmuscheln kosteten. Der Becher mit Coleslaw war Gemeingut. Wir bedienten uns abwechselnd.

«Schau dir das mal an», sagte ich und gab Hawk den Infohefter. «Das ist der Junge, der Melissa Henderson seinen Ehren-Sweater geschenkt hat.»

Hawk las sich alles durch. Als er zu den Fotos kam, betrachtete er die Porträtaufnahme.

«Ein Bruder», sagte Hawk.

«Ein bißchen», sagte ich.

«Meinst du, er hat sich Melissas Eltern vorgestellt?» fragte Hawk.

«Weiß nicht.»

«Wenn ja», sagte Hawk, «meinst du, er hat dabei sein Kopftuch getragen?»

«Kommt mir wie ein Markenzeichen vor», sagte ich.

«Hat er dir irgendwas Nützliches erzählt?» fragte Hawk.

«Hat anfangs behauptet, Melissa nicht zu kennen», sagte ich.

«Okay, also wissen wir, er ist nicht schlau», sagte Hawk.

«Er ist auch nicht freundlich», sagte ich. «Und er sagt, daß er nie mit der Polizei geredet hat. Aber sein Trainer sagt, ein Detective, der sich nach Miller anhört, der Landespolizist, der Ellis hoppgenommen hat, hätte bald nach dem Mord mit ihm, dem Trainer, geredet und nach Stapleton gefragt.»

«Also wußte jemand gleich nach ihrem Tod von ihm», sagte Hawk.

«Entweder Stapleton lügt», sagte ich, «oder niemand hat mit ihm geredet.»

«Hast du mit dem Bullen geredet?»

«Ja. Der war auch nicht freundlich. Und er hat Stapleton mit keinem Wort erwähnt.»

«Du mußt vielleicht noch mal mit ihm reden», sagte Hawk. «Hört sich an, als ob einer lügt.»

«Mit ziemlicher Sicherheit», sagte ich. «In einem Fall wie diesem reden die Cops immer mit dem Ehemann oder dem Freund.»

«Wer lügt also?»

«Wüßte ich auch gern», sagte ich.

«Und wieso hat der Bulle ... wie heißt er noch?»

«Miller.»

«Wieso hat Miller Stapleton nicht erwähnt?» fragte Hawk. «Und wieso taucht Stapletons Name überhaupt nicht in den Prozeßprotokollen auf?»

Ich wußte nicht mal, daß Hawk eine Kopie der Protokolle hatte. Aber daran war ich gewöhnt. Sogar ich kannte mich nicht immer mit Hawk aus.

«Das wüßte ich auch gern», sagte ich.

«Und wer ist darauf aus, dich von dem Fall wegzukriegen?»

«Das wüßte ich sehr gern.»

Ich drehte meinen Stuhl ein wenig und sah aus meinem Fenster und trank meinen Wein. Es hatte in der Nacht heftig geregnet und dann vor der Morgendämmerung aufgeklart. Die Sonne strahlte, und draußen vor meinem Fenster sah alles in Back Bay sauber und moralisch aus.

«Mir stößt auch auf», sagte ich, «daß Stapleton drei Jahre hinter Hunt McMartin und gleichzeitig mit McMartins Frau in Andover war.»

«Sind das die, die Ellis identifiziert haben?»

«Ja.»

«Stapletons Freundin wird also umgebracht, und durch Zufall identifizieren Leute, die mit ihm auf der Schule waren, den Mörder, und keiner erwähnt das?»

«Jedenfalls nicht mir gegenüber», sagte ich. «Und es steht nicht in den Prozeßprotokollen.»

«Natürlich kennen sich nicht alle, die Andover besuchen», sagte Hawk.

«Stimmt», sagte ich.

«Trotzdem, ein ganz schöner Zufall», sagte Hawk.

«Mh-hm.»

«Magst du Zufälle?»

«Ich hasse sie», sagte ich. «Und du?»

«Hab dazu keine Meinung», sagte Hawk. «Du bist der Detektiv. Ich bin nur der Schläger.»

«Du bist zu bescheiden», sagte ich.

Hawk grinste.

«Ich will damit nicht sagen, daß ich nicht ein Klasseschläger bin», sagte er.

«Außerdem stößt mir auf», sagte ich, «daß es laut Gerichtsmedizin keine Anzeichen einer Vergewaltigung gibt – sie haben zum Beispiel kein Sperma gefunden –, und daß trotzdem jeder von Vergewaltigung und Mord spricht.»

«Das kommt daher, daß der angebliche Täter ein schwarzer Bruder ist», sagte Hawk.

«Und ihr Schwarzen immer nur daran denkt, unsere Frauen zu schänden.»

«Nicht nur», sagte Hawk. «Manchmal denken wir auch daran, Brathühnchen zu essen.»

«Während ihr unsere Frauen schändet?» fragte ich.

«Wenn möglich», sagte Hawk. «Woran ist sie gestorben?»

«Sie wurde erdrosselt.»

«Mit den Händen?»

«Nein, mit einer Art Ligament.»

«Ligament», sagte Hawk. «Jetzt wird mir klar, warum du Detektiv geworden bist. Ich nehme an, dieses Ligament-Dingsbums wurde nie gefunden.»

«Nein.»

«Und hat man ihre Kleidung gefunden?»

«Nein.»

«Hat man jemals eine frühere Verbindung zwischen Ellis und der Verstorbenen nachgewiesen?»

«Nein.»

Auf der anderen Seite der Berkeley Street posierten Touristen mit dem Bär vor FAO Schwarz. Der Coffeeshop im ersten Stock mußte das Fett in der Friteuse gewechselt haben. Es verbreitete aus dem Abzugsschacht einen sauberen Geruch.

«Hat man jemals nachgewiesen, wie Ellis nach Pemberton gelangt ist?» fragte Hawk.

«Die Augenzeugen sagen, er fuhr einen alten rosa Cadillac.»

«Ja, so was fahren wir», sagte Hawk. «Hat man das Auto jemals gefunden?»

«Nein.»

«Ist das Kennzeichen bekannt?»

«Nein.»

«Aber ein Auto war auf Ellis zugelassen?»

«Nein.»

Hawk aß die letzte Jakobsmuschel. Ich drehte meinen Stuhl zum Schreibtisch zurück und nahm einen gesunden Happen Coleslaw.

«Also», sagte Hawk, «Alves borgt oder stiehlt sich eines Abends ein Auto, einen unauffälligen alten rosa Caddy. In diesem unauffälligen Auto fährt er nach Pemberton, wo es keine Schwarzen gibt und wo die Polizei auf jeden Schwarzen achtet, der sich blicken läßt. Er gondelt in seinem unauffälligen Auto herum, bis er ein weißes Mädchen auf einer belebten Straße entdeckt, zerrt sie vor Zeugen in sein unauffälliges Auto, fährt sie irgendwohin, zieht sie aus und erwürgt sie, obwohl er sie nicht vergewaltigt, deponiert ihre Leiche mitten auf dem Pemberton-Campus und fährt mit ihren Sachen und dem besagten Ligament in seinem unauffälligen Auto nach Hause, um, falls die Bullen ihn anhalten, sich selbst zu belasten.»

«Er kann die Kleidungsstücke irgendwo in einen Müllcontainer geworfen haben.»

«Warum sie überhaupt mitnehmen?» fragte Hawk.

«Keine Ahnung», sagte ich. «Ellis hat sein halbes Leben mit Strafverfolgungsbehörden zu tun gehabt. Er ist nicht so dumm, sich wegen so was erwischen zu lassen.»

«Er hätte die Sachen da gelassen, wo sie gefallen sind», sagte Hawk.

«Bestimmt, außer es war etwas daran, was ihn belastete.»

«Was zum Beispiel?» fragte Hawk.

«Blutspuren, falls sie sich heftig genug gewehrt hat.»

«Hat sie aber nicht.»

«Laut Autopsie war kein Blut unter ihren Fingernägeln», sagte ich. «Keine Prellungen oder Druckstellen an ihren Armen. Überhaupt kein Zeichen, daß sie sich irgendwie gewehrt hat.»

«Und Ellis hatte auch keinerlei Verletzungen», sagte Hawk. «Vielleicht hat er sie zu sich nach Hause gebracht und dort ausgezogen.»

«Und sie dann umgebracht und tot im Auto bis nach Pemberton zurückgefahren? Oder sie lebend und nackt im Auto zurückgefahren und dann dort umgebracht?»

«Ergibt keinen Sinn», sagte Hawk.

«Nein.»

«Wer würde denn die Kleidungsstücke beseitigen?» fragte Hawk.

«Jemand, der nicht wußte, was er tat, und dann in Panik geriet.»

«Klingt nicht nach unserem Freund Ellis.»

«Nein.»

Wir schwiegen. Die Jakobsmuscheln und der Coleslaw waren alle. Vom Wein war für jeden noch etwa ein Glas übrig. Hawk nahm die Flasche.

«Hält sich nicht gut, wenn er erst mal offen ist», sagte er.

«Ich weiß», sagte ich.

«Besser, wir trinken ihn aus», sagte Hawk.

«Wir wären dumm, wenn wir's nicht täten», sagte ich.

Hawk verteilte den Wein, und wir saßen in dem stillen Büro und schauten in den hellen Vormittag hinaus und tranken den Wein aus.

23. KAPITEL

Der kastanienbraune Chevy-Kombi, der Bierfäßchen und seine Männer abgeholt hatte, war auf Bruce Parisi zugelassen mit einer Adresse in Arlington, unweit der Winchester-Linie. Ich rief Rita Fiore an.

«Können Sie herausbekommen, ob jemand namens Bruce Parisi, derzeit wohnhaft in der Hutchinson Road in Arlington, vorbestraft ist?»

«Klar.»

«Und falls ja, und ich wette, er ist vorbestraft, besorgen Sie mir bitte alles über ihn, was Sie kriegen können.»

«Geht klar, ich rufe Sie zurück.»

«Nein, ich bin im Auto», sagte ich. «Es ist einfacher, wenn ich Sie wieder anrufe.»

«Oh, ein Autotelefon?»

«Moderne Verbrechensbekämpfung», sagte ich.

Es war ein heller, windiger Tag, und ich befand mich nicht weit von den Mystic Lakes. Ich bog von der Mystic Street in die Hutchinson Road, fuhr über eine Anhöhe hinweg und parkte unterhalb des Hauses auf der anderen Straßenseite. Es war ein weißes Haus im Kolonialstil mit grünen Fensterläden und einer Veranda an der Seite. Es lag oberhalb der Straße am Hang. Eine lange Auffahrt führte an der Veranda vorbei und verbreiterte sich vor einer hinter dem Haus gelegenen Doppelgarage zu einem Wendekreis. Der Chevy-Kombi stand im Wendekreis.

Ich saß bei laufendem Motor im Auto und suchte im Radio nach Musik. Meine Lieblingssendung, *Music America*, war im

Lokalsender von den Dumpfbacken, die ihn leiteten, gekippt worden. Ich hörte manchmal einen der College-Sender, aber die spielten oft Jazzrock, und die DJs waren meistens peinlich. Ich drückte die Suchtaste und sah zu, wie der Zeiger über die Skala wanderte, ohne etwas zu finden, was ich hören wollte. Während ich so dasaß und der Sucher suchte, ging die Haustür auf und ein Mann kam heraus, der aussah, als ginge er zu einem Empfang ins britische Konsulat. Er trug einen blauen Chesterfield-Mantel und einen grauen Homburg. Er stieg in den Chevy-Kombi, fuhr die lange Auffahrt hinunter und an mir vorbei in Richtung Mystic Street. Ich ließ ihn um die Ecke biegen und wendete und fuhr ihm langsam nach. Ich konnte es mir leisten, ihm einen Vorsprung zu lassen. Falls ich ihn aus den Augen verlor, wußte ich immer noch, wo er wohnte. Bei solchem Luxus ist Verfolgen ein Kinderspiel. Wir fuhren die Mystic Street entlang, bogen in die Medford Street und fuhren durch West Medford zum Medford Square. Er bog in eine Einfahrt zwischen zwei Häusern. Ich hielt gegenüber der Einfahrt im Halteverbot und wartete. Ein oder zwei Minuten später kam er aus der Einfahrt und ging in ein Ladenbüro. Auf dem Schild am Fenster stand ‹Parisi Enterprises›. Ich nahm den Hörer von meinem Autotelefon ab und rief Rita Fiore an.

«Ich stehe vor Bruce Parisis Büro am Medford Square», sagte ich. «Was haben Sie über ihn?»

«Er war dreimal in Haft», sagte Rita. «Zweimal wegen Wucherzinsen, einmal wegen Körperverletzung: Er hat einen Schlägertrupp angeheuert, um einen Streik zu brechen.»

«Wo ist Arbeiterführer Eugene Debs, wenn man ihn braucht?» sagte ich.

«Aber da ist was, was vielleicht interessant ist. Als er das letzte Mal hochging, vor zwei Jahren wegen Kreditbetruges, wurde er von einem Detective der Landespolizei namens Miller verhaftet.»

«Tommy Miller?»

«Ja», sagte Rita. «War das nicht der, der Ellis Alves verhaftet hat?»

«Ja», sagte ich. «Genau der.»

«Ist das interessant?»

«Ja, sehr.»

«Wollen Sie mir sagen, was Sie machen?»

«Wenn ich's wüßte, würde ich's sagen. Aber ich weiß es nicht, also bringen Sie mich bitte nicht in Verlegenheit.»

«Ist gut», sagte Rita. «Schönen Tag noch.»

Wir legten auf. Mein Auto konnte da, wo ich stand, keine zehn Minuten bleiben. Ich fuhr über die Straße in die Einfahrt hinter Parisi Enterprises. Dort waren drei Parkplätze. Auf einem Schild an der Rückwand des Hauses stand: ‹Nur für Parisi Enterprises. Andere Fahrzeuge werden abgeschleppt.› Auf jedem Platz stand ein Auto. Ich stellte mich direkt hinter den kastanienbraunen Chevy. Ich wollte sowieso nicht, daß Parisi vor mir wegfuhr. Ich nahm meinen .38er heraus und sah nach, ob alle Kugeln an ihrem Platz waren. Ich wußte, daß sie das waren, aber es schadete nicht, vorsichtig zu sein. Außerdem hatte ich das Clint Eastwood in einem Film so machen sehen. Dann steckte ich die Waffe wieder in den Gürtel, stieg aus dem Auto und schlenderte die Einfahrt entlang zur Vorderfront des Hauses.

Parisi Enterprises hatte keine hohen Betriebskosten. Das Büro war mit zwei grauen Metallschreibtischen ausgestattet, einem grauen Metalltisch und zwei Drehstühlen. Auf dem Tisch stand eine leere Pizzaschachtel, und auf einem der Schreibtische lagen mehrere Tage vom *Boston Herald* verstreut. Auf dem anderen Schreibtisch stand ein großer Fernseher, in dem ein Talkmaster mit mehreren Typen in Frauenkleidern das Problem des Transvestismus diskutierte. Parisi hatte seinen Mantel ordentlich über den leeren Drehstuhl gelegt und seinen grauen Homburg darauf deponiert. Er saß hinter dem Schreibtisch mit den Zeitungen und telefonierte. Seine Haare waren schwarz und zu einer großen Ricky-Ricardo-Schmalztolle zurückgekämmt, die vor Haarspray glänzte. Daß er einen Hut getragen hatte, ohne seine Frisur zu ruinieren, sprach für die Haltbarkeit seines Sprays. Er sah nicht allzu groß aus, aber sein Leibesumfang machte das wett. Unter seinen diversen Doppelkinnen trug er ein blaugestreiftes Hemd mit weißem Kragen. Seine Krawatte war aus blauer Seide, und sein blauer Zweireiher mußte ihn mehr als tausend Dollar gekostet haben, da er ihm fast paßte. Parisi klemmte den Hörer mit der Schulter fest, als ich hereinkam.

«Warte mal», sagte er in den Hörer, «da ist jemand reingekommen.»

Zu mir sagte er: «Was wollen Sie?»

«Sind Sie Bruce Parisi?» fragte ich.

«Sind Sie von der Polizei?» fragte er.

«Nein.»

«Dann schieben Sie ab», sagte er. «Ich telefoniere.»

«Legen Sie auf», sagte ich.

«Sie haben wohl den Arsch offen.»

Ich ging zur Wand und riß das Telefonkabel aus der Anschlußbuchse. Parisi machte ein Gesicht, als konnte er nicht glauben, was er gerade gesehen hatte.

«Sind Sie wahnsinnig, hier in mein Büro reinzuplatzen und mich zu schikanieren?»

Er ließ den Hörer von der Schulter fallen und griff im Aufstehen an seine Hüfte. Ich versetzte ihm einen linken Haken, in den ich alles reinpackte, was ich gerade parat hatte, und schickte ihn rückwärts über den Drehstuhl an die Wand dahinter. Der Drehstuhl tanzte auf seinen Rollen wie etwas Lebendiges, der Sitz rotierte und krachte gegen den Schreibtisch, während Parisi an der Wand heruntergliitt und auf dem Boden landete, einen Fuß unter sich, den anderen im Stuhl verhakelt. Ich packte ihn bei seiner Schmalztolle und zerrte ihn hoch und knallte ihn mit dem Gesicht an die Wand. An der Hüfte trug er eine Beretta .380 in einem schwarzen Lederholster, so einem knappen, wo der Lauf raussteht. Ich nahm die Beretta aus dem Holster und steckte sie in meine Jackentasche und trat einen Schritt zurück. Er regte sich nicht. Er stand mit dem Gesicht an der Wand, die Hände an den Seiten.

«Geben Sie mir einen Tag, höchstens zwei, ich bin da an was dran. Bis morgen habe ich das Geld», sagte er.

«Ich bin nicht wegen Geld hier», sagte ich.

«Was wollen Sie dann?» fragte er die Wand.

«Ich will wissen, warum vier Penner in mein Büro gekommen sind und mich bedroht haben, falls ich die Ellis-Alves-Sache nicht fallenlasse.»

«Das weiß ich nicht», sagte er. «Woher soll ich das wissen?»

Ich trat zu ihm und versenkte eine Linke in seinen Nieren. Er stöhnte auf und sackte an der Wand ein bißchen zusammen.

«Sie haben sie geschickt», sagte ich.

«Ich weiß nicht mal, wer Sie sind», sagte er.

«Ich bin Spenser. Kennen Sie einen Tommy Miller?»

«Ja.»

«Hatte der Auftrag an die Schläger irgendwas mit ihm zu tun?»

«Ich weiß nicht, was Sie ...»

Ich schlug ihn wieder in die gleiche Niere. Er stieß einen spitzen Schrei aus, und seine Knie gaben nach. Er drehte sich zu mir um und glitt an der Wand herunter, bis er auf dem Fußboden saß, die dicken Beine von sich gestreckt. Er hatte Blut am Mundwinkel. Er brauchte mehrere Anläufe, bevor er einen Ton herausbrachte.

«Ja. Tommy hat gesagt, er will, daß Sie die Hucke vollkriegen. Ich war ihm einen Gefallen schuldig und hab ein paar Leute losgeschickt.»

«Wieso waren Sie ihm einen Gefallen schuldig?»

«Er hat mir rausgeholfen, als ich geschnappt worden bin.»

«Wie?»

«Er hat was beseitigt.»

«Beweismaterial?»

«Ja.»

«Wozu hat man Freunde?» fragte ich.

«Ist ja nix passiert», murmelte Parisi. «Sie haben die Hucke nicht vollgekriegt. Wir wollten Sie nur erschrecken.»

«Wenn Sie mich noch mal erschrecken», sagte ich, «komme ich wieder und schlage Ihnen die Zähne ein.»

«Kein Problem», sagte Parisi. «Kein Problem.»

«Gut», sagte ich und ging.

24. KAPITEL

Susan hielt einen Vortrag auf einer Tagung für Frauen in leitenden Positionen im Hotel Meridien. Ich stand etwas ruhelos im Hintergrund und hörte zu, und hinterher gingen wir auf einen Drink in die illustre Bar im zweiten Stock.

«Podiumsmagie», sagte ich zu Susan und prostete ihr mit meinem Bier zu.

«Findest du, ich war gut?»

«Ich dachte, der Ausdruck Podiumsmagie impliziert das», sagte ich.

Sie lächelte. «Okay, ich will's direkter sagen. Rede noch mehr darüber, wie wundervoll ich war.»

«Du warst tiefsinnig, geistreich, elegant ...»

«Und bildschön», sagte Susan.

«Ist ein Urteil über das Äußere einer Frau nicht eine sexistische Taktlosigkeit?» fragte ich.

«Unbedingt», sagte Susan. «Sehe ich in diesem Kleid besonders bildschön aus?»

Das Kleid war schwarz und schlicht, mit kurzem Rock. Sie sah wirklich bildschön darin aus, aber das lag nicht am Kleid. Sie war immer noch in der Illusion befangen, daß es von ihrer Kleidung abhing, wie sie aussah. Ich hatte es schon vor Jahren aufgegeben, ihr klarzumachen, daß sie immer schön war, egal, was sie anhatte, und daß Kleidungsstücke im allgemeinen davon profitierten, von ihr getragen zu werden.

«Besonders bildschön», sagte ich.

Susan trank einen Martini, ohne Eis, mit Oliven. Ich trank Rolling-Rock-Bier.

«Wenn wir ein Kind hätten, wäre es nicht so eklig wie Erika», sagte Susan.

«Nicht für uns», sagte ich.

«Man muß bedenken, daß sie eine ungewöhnliche und schwierige Kindheit hat. Keinen Vater, und Elayna ist eine liebe Freundin, aber sie ist ein bißchen nervig.»

«Mann», sagte ich, «wenn du in deinen Fachjargon verfällst, habe ich manchmal Schwierigkeiten, dir zu folgen.»

«Wir wären wahrscheinlich sehr gute Eltern.»

«Weil?»

«Weil wir alles andere ziemlich gut machen. Warum sollten wir schlechte Eltern sein?»

Wir saßen auf einem kleinen Sofa an einem Tischchen. Auf der anderen Seite des Tischchens standen zwar zwei Stühle, aber für vier Leute wäre es ziemlich eng geworden. Ich aß ein paar Nüsse aus der Schale vor mir. Susan spießte eine ihrer Oliven auf einen Zahnstocher.

«Also, ich sehe das so», sagte ich. «Die meisten kriegen Kinder, wenn sie – sagen wir – fünfundzwanzig sind, und die nächsten achtzehn oder zwanzig Jahre sind sie damit beschäftigt, sie großzuziehen. Und schließlich sind die Kinder alt genug und werden selbständig, und die Eltern lassen die Luft raus, die sie zwei Jahrzehnte lang angehalten haben, und schauen sich um und sind – sagen wir – fünfundvierzig. Sie haben immer noch viel Zeit übrig, um sich aufeinander zu stürzen oder auf Baseball oder ihre Arbeit oder dreifachen Espresso – worauf sie eben anspringen.»

«Aber weil wir spät anfangen, werden wir, wenn wir den Punkt erreichen . . .»

«Kinder sollte man am besten früh bekommen», sagte ich. «Damit man sie in ihrem und seinem eigenen Erwachsenenalter genießen kann.»

«Vielleicht müssen wir uns ja nicht so völlig hineinhängen», sagte Susan.

Ich sah sie an, ohne etwas zu sagen. Einen Augenblick später lächelte sie und nickte.

«Aber das würden wir natürlich», sagte sie.

Ein großer Mann in dunkler Kleidung ließ sich auf einem der leeren Stühle an unserem Cocktailtischchen nieder. Er trug einen anthrazitgrauen Anzug, ein dunkelgraues Hemd und eine graue Seidenkrawatte. Sein anthrazitgraues Haar war ziemlich lang und auf beiden Seiten zurückgekämmt. Sein Gesicht hatte eine graue Blässe, als brächte er nur wenig Zeit im Freien zu. Seine Augenbrauen waren grau und bildeten mitten über jedem Auge einen spitzen Winkel, was ihm einen fragenden Ausdruck verlieh. Im rechten Ohr trug er einen kleinen Smaragd. Seine langfingrigen Hände wirkten kräftig. Seine Fingernägel waren frisch manikürt und schimmerten im Licht der Bar. Seine Augen waren dunkel, und sein Blick schien unergründlich. Wäre ich ein Hund gewesen, hätte mir das Fell auf dem Rücken zu Berge gestanden. Ich spürte Susans Anspannung neben mir.

«Ich muß Ihnen etwas sagen», sagte er.

Seine Stimme war leise und heiser, als wäre mit seinen Stimmbändern etwas nicht in Ordnung. Aber sie trug, und ich hörte ihn deutlich. Ein Schnarren lag in der Stimme, wie das leise Brummen eines Dieselmotors.

«Das dachte ich mir», sagte ich.

«Wie ich höre, haben Sie sich nichts gefallen lassen», sagte er. «Wie ich höre, haben die Ihnen jemanden hier aus der Stadt geschickt, und Sie haben ihn auseinandergenommen wie einen Kohlkopf.»

«Die haben mir sogar vier Kohlköpfe geschickt», sagte ich.

Er beachtete das nicht. Seine tiefen leeren Augen hielten meinen Blick.

«Lassen Sie sich das nicht zu Kopfe steigen», sagte er. «Ich bin nicht von hier.»

Er machte eine Pause und musterte Susan und nickte, als billigte er sie. Dann heftete er seinen Blick wieder auf mich. «Lassen Sie die Ellis-Alves-Sache fallen.»

Es hatte keinen Sinn, mit ihm zu diskutieren. Ich schwieg. Das schien ihn nicht weiter zu stören. Ich hielt seinem Blick stand. Das störte ihn auch nicht. Ich kümmerte ihn so viel wie interstellarer Staub.

Nach einem Augenblick stand er auf, sah Susan an und dann wieder mich. «Es ist Ihnen beiden gesagt worden», sagte er.

Er drehte sich um und ging. Nicht langsam, nicht schnell, er ging einfach wie einer, der ein Ziel hat und sich entschieden hat, dort hinzugehen. Mir wurde mein Herzklopfen bewußt, und mir wurde bewußt, daß ich rascher atmete, als begründet schien. Meine Rückenmuskeln waren straff gespannt, und ich merkte, daß ich die Hände auf dem Tischchen immer wieder ballte. Susan sah mich an und legte mir die Hand auf den Oberschenkel.

«Mein Gott», sagte Susan.

«Ja», sagte ich.

«Ist er so grauenhaft gefährlich, wie er auf mich gewirkt hat?»

«Ich würde denken, ja», sagte ich.

«Hat er auf dich auch so gewirkt?»

«Ja.»

«Ich fand es unerträglich, wie er mich angesehen hat», sagte sie.

«Ja.»

«Hast du Angst?»

«Ich glaube schon», sagte ich. «Ich halte mich nicht lange damit auf, darüber nachzudenken. Ich kenne das Gefühl.»

«Was wirst du tun?»

«Als erstes werde ich dafür sorgen, daß du in Sicherheit bist.»

«Du meinst, er könnte mich überfallen?»

«Ich muß für das planen, was der Feind tun kann, nicht für das, was er meiner Meinung nach tun wird», sagte ich.

Wir kommentierten beide nicht den Blick, den er ihr zugeworfen hatte. Ich hatte diesen Blick sehen sollen, und ich hatte ihn gesehen. Susan war viel zu aufmerksam, um ihn nicht auch gesehen zu haben. Und viel zu schlau, um nicht zu wissen, was er bedeutete. Susan nickte, teils für sich, teils zu mir.

«Er hat mir angst gemacht. Ich werde mich deinen Schutzmaßnahmen nicht widersetzen.»

«Wir sind beide so lange sicher, bis ich einen weiteren Schritt in der Alves-Sache unternehme», sagte ich.

«Kannst du da so sicher sein?»

«Ihn macht so gefährlich, daß er sagt, was er meint, und daß er meint, was er sagt. Wahrscheinlich ist das sein Markenzeichen. Er hat mich vor der Alves-Sache gewarnt. Wenn ich sie fallenlasse, steckt er sein Geld ein und fährt nach Hause. Wenn ich sie nicht fallenlasse, tötet er mich.»

«Weißt du, wer dieser Mann ist?»

«Nicht direkt», sagte ich.

«Aber du kennst Männer wie ihn», sagte Susan.

«Ja.»

Susan dachte kurz darüber nach.

«Er ist wie Hawk», sagte Susan.

«Stimmt», sagte ich.

Wir schwiegen. Susan starrte die Tür an, durch die der anthrazitgraue Mann verschwunden war. Sie schob ihr Glas, von dem sie kaum etwas getrunken hatte, in einem kleinen Kreis langsam auf dem Tischchen herum. Dann sah sie mich plötzlich an.

«Und er ist wie du», sagte sie.

«Ein bißchen vielleicht», sagte ich.

25. KAPITEL

Susan hatte ihre Wohn- und Arbeitsräume in einem 1867 erbauten grauen viktorianischen Haus in der Linnaean Street in Cambridge. Ihr Sprech- und ihr Wartezimmer lagen rechts von der Diele im Erdgeschoß. Ihre Wohnung hatte sie im ersten Stock. Wenn man zur Haustür hereinkam, lag links von der Diele, dem Sprech- und dem Wartezimmer gegenüber, ein Zimmer mit Bad, das Susan das Studierzimmer nannte. Es diente als Gästezimmer und als Ort für berufliche Besprechungen, wenn der Teilnehmerkreis zu groß für ihr Sprechzimmer war. Obwohl sie es eigentlich nie benutzte, hatte sie es natürlich bis auf den letzten Zentimeter eingerichtet und ausgeschmückt.

In diesem Zimmer waren Hawk und ich. Hawk hatte seine Reisetasche auf den Boden gestellt und sah sich um. Sein Blick fiel auf schwere Vorhänge und einen Orientteppich, auf reichverzierte Möbel und mehrere Ölbilder von amerikanischen Landschaften. Vor dem Kamin stand ein großes Messinggitter. Hawk nahm sein Rasierzeug aus der Reisetasche und trug es ins Badezimmer. Er blieb stehen. Der Fußboden des Badezimmers war mit rotbraunen Terracotta-Fliesen ausgelegt, die Armaturen, darunter eine altmodische Brause, waren viktorianisch, auch die Badewanne war viktorianisch und hatte Füße in Form von Vogelkrallen, die eine Kugel umschlossen. Die Wände waren im Ton der Fliesen gestrichen worden und mit einem dünnen Lackfilm überzogen, den eine Riefelung zierte. Über dem mit einem Sockel versehenen Waschbecken hing ein ovaler Spiegel mit vergoldetem Rahmen.

«Das ist so nobel», sagte Hawk, «daß sich unsereins schämt, sein schäbiges Zeug ins Badezimmer zu packen.»

«Oder sonstwohin», sagte ich.

Hawk legte sein Rasierzeug auf den Rand des Waschbekkens und kam zurück ins Studierzimmer. Die Tür stand auf, und wir konnten die Tür von Susans Wartezimmer auf der anderen Seite der Diele sehen. Sie stand angelehnt. Die Tür daneben, die Tür von ihrem Sprechzimmer, war zu. Susan hatte einen Patienten. Daran änderten ungewöhnliche Tageszeiten nichts. Daran änderte schlechtes Wetter nichts. Daran änderten Erkältungen nichts. Daran änderten Meisterschaftsspiele oder die Ankunft von Michael Jackson oder indirekte Morddrohungen nichts. An fünf Tagen in der Woche hatte Susan Patienten.

«Du kennst diesen Burschen nicht?» fragte Hawk.

«Nein. Nie zuvor gesehen.»

«Komisch, ich würde meinen, daß wir inzwischen die meisten Auftragskiller hier kennen», sagte Hawk.

«Er hat gesagt, er ist nicht von hier», sagte ich.

«Ich hab Vinnie von ihm erzählt. Der kennt ihn auch nicht. Tony Marcus kennt ihn auch nicht.»

«Quirk kennt ihn auch nicht», sagte ich. «Und in der Verbrecherkartei ist keiner, der ihm ähnlich sieht.»

Hawk nahm ein Smith & Wesson-Halbautomatikgewehr Kaliber 12 aus seiner Reisetasche und stellte es hinter die Tür. Vier Kugeln im Magazin, eine in der Kammer. Er legte eine große Ziploc-Tasche mit Gewehrmunition daneben auf den Boden. Auf die andere Seite der Tür, aber von der Diele aus nicht zu sehen, legte er eine Beretta Centurion in ihrem Holster auf das Mahagonibüfett, dazu ein Ersatzmagazin und eine Schachtel mit 9-mm-Kugeln. Daneben legte er eine Schachtel mit 44er Magnum-Kugeln für die großkalibrige Waffe in seinem Schulterholster. Dann nahm er Kleidung zum Wechseln aus der Tasche und legte sie neben der Couch auf den Fußboden.

«Kann man das Ding ausziehen?» fragte er.

«Ja. Wenn du die Polster wegnimmst, siehst du den Griff.»

«Ist sie bequem?» fragte Hawk.

«Ich hab noch nie drauf geschlafen. Aber mir ist noch nie eine Klappcouch begegnet, die bequem war.»

«Wir schlafen sowieso umschichtig», sagte er und setzte sich auf die Couch.

«Wie ist es organisiert?» fragte ich.

«Wir haben mich und Vinnie für die erste Schicht. Wir haben Belson und den Schwulen ...»

«Lee Farrell», sagte ich.

«Wir haben Belson und Farrell für die zweite Schicht. Quirk sagt, er kommt vorbei, wenn er kann, und löst mal jemand ab.»

«Schöner Waffenstillstand», sagte ich.

Hawk grinste.

«Zwei Räuber, zwei Gendarmen», sagte er.

«Wieso haben Belson und Farrell die Zeit dafür?»

«Farrell sagt, er will unbedingt mitmachen. Er hat nicht gesagt, warum. Belson sagt, nachdem du seine Frau aus der Scheiße in Proctor geholt hast, steht er in deiner Schuld, und die will er jetzt begleichen. Wenn's Quirk nicht paßt, kann er ihn feuern. Quirk will ihn nicht feuern, also hat er ihn und Farrell zum Sondereinsatz eingeteilt.»

«Sondereinsatz», sagte ich. «Dazu ist Quirk gar nicht befugt.»

«Das kümmert Quirk einen Dreck», sagte Hawk.

«Ja», sagte ich. «So war er schon immer. Und Vinnie?»

«Du weißt ja, niemand versteht Vinnie. Er hat nur gesagt, er wird hier sein, bis es vorbei ist.»

Ich nickte.

«Vielleicht mag er mich», sagte ich.

Hawk grinste. «Vielleicht mag er Susan.»

«Das ist wahrscheinlicher», sagte ich. «Ich will, daß immer zwei Leute bei ihr sind. Dieser Bursche ist kein billiger Schläger.»

«Ich und Vinnie werden da sein oder Belson und Farrell. Henry sagt, er kommt mit einer Wumme vorbei und schiebt Wache, und wenn er's tut, sind wir zu dritt. Aber ich zähle ihn nicht mit. Er ist ein zähes Kerlchen, aber er schießt nur Fahrkarten. Belson ist gut, das wissen wir. Quirk wird auch ab und zu da sein. Was hältst du von dem Schwulen?»

«Von Farrell. Er hat den schwarzen Gürtel im Karate, und Quirk sagt, er schießt besser als alle anderen.»

«Und er wird mir nicht an den Arsch grapschen?»

«Er hat versprochen, sich Mühe zu geben.»

«Was wirst du machen?»

«Ich werde damit weitermachen, Ellis Alves aus dem Knast zu holen.»

«Was wirst du mit dem Mann im grauen Flanellanzug machen?»

«Ich werde ihn hoffentlich töten», sagte ich.

26. KAPITEL

Clint Stapletons Zuhause in New York befand sich in der Fifth Avenue unweit der 68. Straße in einem jener grauen Hochhäuser mit Türsteher und Blick auf den Central Park. Der Türsteher in grüner Uniform mit goldenen Paspeln hielt mir die Tür auf, als wäre ich nicht bloß ein Schnüffler, und der uniformierte Portier musterte mich ohne Mißbilligung, als ich die Eingangshalle aus schwarzem und weißem Marmor durchmaß.

«Donald Stapleton», sagte ich.

«Ihr Name, Sir?»

«Spenser.»

Der Portier rief oben an, berichtete, daß ich unten sei, wartete etwa eine Minute und sagte dann «Ja, Sir» und legte auf.

«Nehmen Sie den Fahrstuhl zum Penthouse», sagte er.

«Wohnt dort sonst noch jemand?» fragte ich.

«Nein, Sir, die Stapletons bewohnen die gesamte Etage.»

«Wie schön für sie», sagte ich.

Der Fahrstuhl entließ mich in einen Vorraum aus schwarzem und weißem Marmor mit einem Oberlicht. Auf dem Boden lag ein dicker weißer Teppich, in den ein Pfau eingewebt war. Die Wohnungstür der Stapletons direkt vor mir glänzte in schwarzem Lack. In der Mitte des oberen Paneels befand sich ein großer Messingtürklopfer in Gestalt eines Löwen, der einen Ring im Maul hielt. Rechts unterhalb davon war ein Messingtürknauf. Neben der Tür stand ein schwarzes Tischchen mit gebogenen Beinen und klauenartigen Füßen. Auf dem Tischchen stand auf einem goldfarbenen Zierdeckchen eine schwarze Lackvase, auf der sich ein goldener Drache ringelte. Aus der Vase entfaltete sich ein Fächer aus Pfauenfedern, und dahinter verbarg sich eine schlichte kleine weiße Türklingel. Der Türklopfer sah zu schwer für mich aus. Ich drückte auf die Klingel.

Ein hinreißendes schwarzes Dienstmädchen in vollem Ornat öffnete die Tür. Sie nahm meinen Ledertrenchcoat. Sie hätte auch meinen Hut genommen, aber ich hatte keinen. Sie führte mich ins Wohnzimmer und ging mit meinem Mantel fort. Ich überprüfte mein Äußeres im Spiegel über dem makellos sauberen Kamin. Der Adresse zu Ehren hatte ich mich in einen blauen Anzug geworfen und Slipper aus schwarzem Korduanleder mit eleganter Quaste angezogen. Ich hatte auch ein weißes Hemd mit hübschem Button-down-Kragen an. Den obersten Knopf hatte ich allerdings offen gelassen. Bei meinem Hals neigte ich sonst zu Erstickungsanfällen. Aber das hatte ich unter dem etwas locker gebundenen Knoten meiner kastanienbraunen Seidenkrawatte versteckt, so daß man es nicht sehen konnte. Susan sagt, man kann es immer sehen, aber was versteht sie schon von Krawatten? Das Zimmer war ganz in Weißtönen gehalten. Eine Reihe von Panoramafenstern gab den Blick auf den Park frei. Ich war von der Aussicht so beeindruckt, wie man es von mir erwartete, aber der Rest des Zimmers schmeckte nach Innenarchitekt. Auf dem Couchtisch stand ein elfenbeinweiß lackiertes Spielzeugfeuerwehrauto. Die schwarzen Tasten eines weißen Klaviers waren vanillegelb gestrichen worden. *Gewöhnliche Dinge ungewöhnlich hergerichtet*, hatte der Innenarchitekt wahrscheinlich gesagt. *Ungewöhnliche Dinge mit neuer, persönlicher Note versehen.* Auf dem Sideboard lagen zwei Spielzeugrevolver mit Perlmuttgriffen und Gene-Autry-Autogrammen exakt im rechten Winkel zueinander. Ich war mir ziemlich sicher, daß in diesem Zimmer noch niemand eine Peperonipizza gegessen oder auf einem der weißen Damastsofas Geschlechtsverkehr gehabt oder in Shorts herumgesessen und die Sonntagszeitung gelesen hatte. Männer in dunklen teuren Anzügen, roten Krawatten und weißen Seidenpopelinhemden mochten gelegentlich mit Eiswürfeln in kurzen dicken Highball-Gläsern geklirrt haben, während sie sich den Kopf nach geeigneter Konversation für dieses Ambiente zerbrachen. Frauen in eng anliegenden langen teuren Kleidern mit Perlen, die zum Dekor paßten, mochten mit Kristallflöten voll Krug-Champagner an den Fenstern gestanden haben und den leeren Blick über das Park-Panorama schweifen lassen. Befrackte Kellner mit schwarzer Fliege mochten kleine Silbertabletts mit Endivien und Lachskaviar umhergetragen haben. Und ein Kindermädchen mochte vielleicht durchs Zimmer gegangen sein, an der Hand ein kleines Kind im bis oben zugezurrten Schneeanzug, um an einem kalten Sonntagnachmittag mit bleichem Licht von der tief am Himmel stehenden Sonne den Parkspaziergang zu absolvieren. Ich hätte alles verwettet, was ich besaß, daß in diesem Kamin noch nie ein Feuer gebrannt hatte.

Ein großer hagerer, edel gebräunter Mann in einem rehbraunen Zweireiher kam mit einer blonden Frau am Arm ins Wohnzimmer. Auch sie trug Edelbräune sowie eine schwarze Hose mit breitem Bund und eine rehbraune Seidenbluse mit Stehkragen, deren oberste drei Knöpfe offen standen. An Hals, Handgelenken, Fingern und Ohren hatte sie goldenen Schmuck, einigen davon mit Diamanten.

«Mr. Spenser», sagte der Mann. «Don Stapleton. Meine Frau Dina.»

Wir gaben uns die Hände. Dina hatte große blaue Augen. Ihr Haar war sehr blond und lang und lockig, so daß es in Kaskaden auf die Schultern fiel. Sie hatte eine Wespentaille und darüber und darunter ausgeprägte Formen. Sie war vielleicht fünfundvierzig, und sie sah aus, als wäre das Leben gut zu ihr gewesen.

«Setzen wir uns doch drüben ans Fenster», sagte Stapleton. «Dann können wir den Blick genießen, während wir plaudern.»

Er zupfte sorgfältig die Hosen hoch, um die Knie nicht auszubeulen, und nahm in einem weißen Ohrensessel Platz, der mit schwerem Brokat bezogen war. Sie setzte sich auf die Kante eines mit weißem Satin bespannten Sessels, faltete die Hände im Schoß und schaute ihren Mann an. An den Füßen trug sie hochhackige Riemchensandaletten in der gleichen rehbraunen Farbe wie ihre Bluse und sein Anzug.

«Wie ich Ihnen schon am Telefon gesagt habe», sagte ich, «untersuche ich noch einmal die Umstände von Melissa Hendersons Tod.»

Beide lächelten höflich.

«Kannten Sie sie?» fragte ich.

«Nein», sagte Stapleton mit fester Stimme.

«Aber Ihr Sohn kannte sie», sagte ich.

«Ich habe keinen Grund, an Ihren Worten zu zweifeln», sagte Stapleton, «aber uns ist davon nichts bekannt.»

«Hat er sie Ihnen gegenüber nie erwähnt? Sie mit nach Hause gebracht? Ihnen ein Foto gezeigt?»

Stapleton lächelte geduldig, ich tat schließlich nur meine Arbeit, und daß ich dämlich war, ließ sich nicht ändern.

«Clint ist ein sehr gutaussehender und beliebter junger Mann», sagte er. «Er hat viele Mädchen. Er macht sich nicht die Mühe, uns jedes einzelne vorzustellen.»

«Diesem hat er seinen Ehren-Sweater geschenkt.»

«Falls das so ist, war das nur einer von vielen, die er errungen hat. Clint ist ein sehr guter Sportler.»

Dina Stapleton schaute ihren Mann an. Gelegentlich nickte sie unterstützend zu seinen Worten. Sie sagte nichts.

«Clint scheint afrikanischer Herkunft zu sein», sagte ich. «Was Sie beide nicht zu sein scheinen.»

«Clint ist ein angenommenes Kind», sagte Stapleton. «Wir haben ihn als Kleinkind adoptiert. Dina konnte keine Kinder bekommen, und wir kamen zu dem Entschluß, wenn wir schon ein Kind adoptierten, dann sollten wir ein kleines schwarzes Baby vor einem elenden Leben des Lasters bewahren.»

«Natürlich», sagte ich. «Kennen Sie Hunt McMartin oder Glenda Baker?»

«Wer ist das?» fragte Stapleton.

Dinas Augen flackerten kurz, dann nahm ihr Gesicht wieder den Ausdruck hingebungsvoller Bewunderung an. Stapleton legte ihr eine Hand aufs Knie. Ich konnte es ihm nicht verübeln. Wäre ich dazu in der Lage gewesen, hätte ich ihr auch die Hand aufs Knie gelegt.

«Hunt und Glenda waren die Zeugen gegen Ellis Alves», sagte ich. «Der Mann, der für den Mord an Melissa Henderson verurteilt worden ist.»

«Also wirklich, Mr. Spenser, woher sollen wir das wissen?»

«Eine exklusive Familie», sagte ich.

Stapleton belächelte traurig die unüberbrückbare Kluft zu mir.

«Wir verbringen unsere Zeit nicht damit, über erbärmliche Sexualverbrechen in einer anderen Stadt zu reden.»

Ich nickte schweigend und gestand damit meine Grobheit ein. Von einem Sexualverbrechen hatte ich nichts gesagt.

«In welcher Branche sind Sie tätig, Sir?» fragte ich.

«CEO, der Stapleton-Konzern. Ich bin an Ölgesellschaften beteiligt, an Banken, am Gewerbe-Immobilienmarkt, am Agrobusineß, solche Dinge.»

Er lehnte sich ein wenig zurück, schlug die Beine übereinander und umklammerte mit den Händen ein Knie. Seine

Socken waren aus Kaschmirwolle, fiel mir auf, und seine mahagonibraunen Schuhe waren fast so elegant wie meine.

«Von Hause aus bin ich Jurist. Mitglied der New Yorker Anwaltskammer, und ich führe natürlich immer noch meine Kanzlei, Stapleton, Brann & Roberts. Clint will nach dem College Jura studieren. Eines Tages wird er das alles leiten.»

«Und Mrs. Stapleton?» fragte ich.

Sie lächelte nur und schaute dann wieder ihren Mann an.

«Dina kümmert sich um die Heimatfront», sagte Stapleton.

«Sie kennen Hunt McMartin oder Glenda Baker nicht?» fragte ich sie.

«Nein», sagte Dina. «Bedaure.»

Sie hatte eine tiefe Stimme wie Lauren Bacall. Ihr Make-up war raffiniert, ihr Gesicht sanft und liebevoll. Und ich wußte, daß sie log. Nach einer weiteren Gesprächsstunde war das alles, was ich wußte.

27. KAPITEL

Ich hielt mich auf Kosten von Cone Oakes in New York auf, also war ich im Carlyle abgestiegen, das bequem zu Fuß zu erreichen war – acht Querstraßen nach Norden und dann eine nach Osten. Wenn ich auf eigene Kosten herkam, schlief ich gewöhnlich im Auto.

Der Central Park auf der anderen Seite der Fifth Avenue war belebt. Schulklassen wurden über die Wege getrieben, viele Dritte-Welt-Frauen schoben Erste-Welt-Kleinkinder in teuren Kinderwagen durch die Gegend oder saßen auf Bänken und hielten ein Schwätzchen. Hunde rannten Stöckchen und Eichhörnchen nach. Alte Männer saßen auf Bänken und fütterten Tauben und mißbilligten die Dritte-Welt-Kindermädchen und warfen den Erste-Welt-Kindern zornige Blicke zu. Es war immer noch Vormittag, und die Sonne schien über die Nobelhochhäuser auf der Ostseite der Fifth Avenue hinweg auf den Park. Es war Spätherbst, also stand die Sonne tiefer am Himmel als in den warmen Monaten. Ich hatte sie im Rücken, und ihre schrägen Strahlen fielen auf eine kleine, von einer Baumgruppe umschlossene Felskuppe tiefer im Park, und von dort blitzte etwas auf und reflektierte einen Augenblick lang das Sonnenlicht. Ein Spiegel? Eher wie ein Vergrößerungsglas. Ich warf mich in den nächsten Hauseingang und rollte bis zur Tür, und im gleichen Moment krachte eine Kugel in das Kalksteinportal. Das Heulen des Querschlägers mischte sich mit dem Knall des Aufpralls. Ich holte den kurzen 38er Smith & Wesson aus dem Gürtel. Auf diese Entfernung war er ungefähr so nützlich wie ein Tennisschläger. Ich wartete einen Moment. Es kam kein zweiter Schuß. Ich rappelte mich auf und lief so geduckt wie nur möglich aus dem Hauseingang. Ich rannte über die Fahrbahn der Fifth Avenue, wurde von den Taxis angehupt und lief so schnell ich nur konnte im Zickzack durch den Eingang des Fußgängertunnels zur 76. Straße. Ich variierte meine Haken, um dem Schützen kein Muster zu liefern. Ein Ziel, das direkt auf den Schützen zukommt und sich dabei unregelmäßig bewegt, ist schwer zu treffen, besonders mit einem Gewehr mit Zielfernrohr, wie es meiner Überzeugung nach dieser Schütze hatte. Meine Hoffnung war, daß ich gerade Zick machte, wenn er auf Zack zielte, und umgekehrt. Ich mußte an Passanten vorbeigerannt sein, und einige davon mußten die Waffe in meiner Hand gesehen haben, aber ich war zu sehr auf die Felskuppe konzentriert, um sie überhaupt wahrzunehmen. Beim Näherkommen bekam ich am Rande mit, daß ein paar Passanten zu der Kuppe hochschauten. Sie wurde von dem zutage tretenden Felsgestein flankiert, das den Park landschaftlich so reizvoll macht, und als ich sie erkletterte, merkte ich, daß ich keuchte und daß mein Herz raste. So geduckt wie möglich bewegte ich mich von Felsnase zu Felsnase und achtete darauf, daß die Felsen zwischen mir und dem Gipfel der Kuppe lagen. Dann war ich oben, hockte hinter dem letzten schützenden Felsblock und schnappte nach Luft. Nach dem ersten Schuß war kein weiterer gefallen. Das konnte bedeuten, daß der Schütze inzwischen fort war. Das konnte aber auch bedeuten, daß der Schütze noch da war und mich nah genug herankommen ließ, um mich aus kürzester Distanz zu erledigen. Dieses Abwarten erforderte viel Selbstdisziplin, aber wenn es der Mann war, von dem ich annahm, daß er es war, dann besaß er wahrscheinlich diese Selbstdisziplin. Ich schnappte weiter nach Luft. *Okay,* dachte ich, *wollen mal sehen.* Ich spannte den 38er, holte tief Luft und warf mich über den Felsbrocken. Ich landete in der Baumgruppe und rollte mich ab und hielt dabei den 38er hoch und schaute mich nach dem Schützen um, aber es war niemand da. Ich stand auf. Unter den Bäumen war es vollkommen still. Ich schaute von der Kuppe hinunter. Ich erblickte nichts Ungewöhnliches. Niemand rannte, niemand hatte ein Gewehr. Kein Passant zeigte auf jemanden oder schien aufgeregt. Ich konnte ein ganzes Stück weit die Fifth Avenue hinuntersehen. An der 74. Straße stieg ein Mann in einem grauen Mantel in ein Taxi. Er trug etwas, was auf die Entfernung wie ein Posaunenkasten aussah. Das Taxi fädelte sich in den Verkehr ein. Ich war zu weit weg, um die Nummer zu erkennen. Ich sah mich auf der bewaldeten Kuppe ein wenig um und stocherte im welken Laub und fand nach einer Weile die Geschoßhülse. Es war eine 458er Magnum. Ich war überrascht, daß sie das Hochhaus stehengelassen hatte. Ich steckte die Hülse in die Jackentasche und meinen 38er an den Gürtel und kletterte die Kuppe hinunter. Ein paar Passanten sahen mich kurz an und beachteten mich nicht weiter. Ich spürte, wie der Schweiß mein Hemd durchnäßte. Aber mein Atem ging etwas regelmäßiger, und mein Puls war wohl inzwischen unter 150 gesunken.

Ich überquerte die Fifth Avenue an der Ampel und wartete diesmal auf Grün und ging zu dem Hauseingang, in den ich mich geworfen hatte. Eine tiefe Pockennarbe war in Brusthöhe in dem Kalkstein an der Stelle, wo ich gewesen wäre, wenn ich nicht den Lichtreflex des Zielfernrohrs gesehen hätte. Die Kugel sah ich nirgendwo, und ich suchte auch nicht nach ihr. Sie hätte mir sowieso nichts gesagt.

Der Türsteher kam heraus. «Was ist los?» fragte er.

«Ich weiß nicht», sagte ich. «Jemand hat Ihrem Hochhaus eine Ecke ausgeschlagen.»

Er schaute auf die Pockennarbe und sah mich an und zuckte die Achseln.

«Was das nun wieder war», sagte er und ging wieder hinein.

«Beinah wär's das gewesen», sagte ich laut zu niemandem und ging weiter zur 76. Straße und zum Carlyle.

Die East Side ging ihren noblen Geschäften nach, ganz so, als hätte niemand gerade versucht, mich zu erschießen. An den winzigen Beeten mit pflanzlichem Leben auf dem Bürgersteig standen säuberliche kleine Schilder. Die Schilder baten die Bürger darum, ihre Hunde zu veranlassen, ihr Geschäft im Rinnstein zu verrichten. Meines Wissens hatte ich noch in keiner Großstadt mit angesehen, wie ein Hund veranlaßt wurde, sein Geschäft im Rinnstein zu verrichten. Trotzdem mochte ich das Aufflackern von urbanem Optimismus, das aus diesen Schildern sprach. Was sind wir ohne Hoffnung?

Ich hatte keine Zweifel, wer der Schütze war, und er war gut. Die Kugel hätte mich mitten in die Brust getroffen, wenn ich mich nicht im richtigen Moment fallen gelassen hätte. Der Graue Mann hatte gewußt, daß ich in New York war, und er hatte gewußt, wo ich in New York war, und er hatte genug Zeit gehabt, sich in New York einzurichten und auf mich zu warten. Und als es nicht geklappt hatte, hatte er in aller Ruhe sein Gewehr eingepackt, die Felskuppe verlassen und ein Taxi bestiegen. Die einzigen, die wußten, daß ich in New York war, waren Susan und Hawk und Don und Dina Stapleton. Nur Don und Dina hatten gewußt, wann ich mit ihnen verabredet war. Das gab ihnen auf der Liste der Verdächtigen Vorrang vor Hawk und Susan.

Obendrein hatten sie mich angelogen. Ich wurde oft angelogen, und wenn Leute mich anlogen, hatten sie meistens einen Grund, und manchmal war dieser Grund wichtig. Don Stapleton hatte gewußt, daß der Mord etwas mit Sex zu tun hatte, obwohl er angeblich gar nichts von dem Mord wußte und ich es auch nicht erwähnt hatte. Dina hatte etwas verstört gewirkt, als Don sagte, Hunt McMartin und Glenda Baker seien ihnen unbekannt. Sie zeigte nicht viel Reaktion, aber genug, um mir das zu verraten. Hunt und Glenda waren beide auf der Andover Academy gewesen, Glenda zur gleichen Zeit wie Clint Stapleton. Clint Stapleton war ein schwarzes Kind weißer Eltern. Bewahrt vor einem elenden Leben des Lasters.

Ich betrat die elegante kleine Halle des Carlyle, und alle waren so nett zu mir, als könnte ich mir das Hotel leisten. Vielleicht glaubten sie es wirklich. Ich hatte meinen blauen Anzug an, ohne Schußlöcher drin.

28. KAPITEL

Ich hatte ein Problem. An der Ellis-Alves-Sache war offensichtlich etwas faul. Ich mußte weiter darin herumstochern, bis klar wurde, was. Auch hatte offensichtlich jemand den Grauen Mann damit beauftragt, mich umzubringen. Und dagegen mußte ich eigentlich was unternehmen. Ich wußte nur nicht genau, was. Ich wußte weder, wer den Grauen Mann beauftragt hatte, noch, wer der Graue Mann war. Was es ziemlich schwierig machte, ihn zu finden. Das Beste war, weiter an der Ellis-Alves-Sache dranzubleiben, in der Hoffnung, daß der Graue Mann mich noch einmal fand, und in der weiteren Hoffnung, daß ich dann schneller war.

Sobald ich zu diesem Entschluß gekommen war, handelte ich. Ich fuhr über den Fluß und holte mir am Harvard Square eine Pizza mit Champignons und Peperoni und brachte sie zusammen mit einer Flasche Merlot zu Susans Haus. Es war halb sechs, und sie hatte den für diesen Tag letzten Patienten. Als ich die Haustür aufschloß, schoß Pearl der Wunderhund aus dem Studierzimmer und tanzte in der Diele herum. Ihre Augen waren ein bißchen zu Schlitzen zusammengezogen, was sie immer waren, wenn Pearl auf einer Couch geschlafen hatte. Ich beugte mich vor und gab ihr einen Kuß. Sie erwiderte ihn feucht, doch dann erschnupperte sie die Pizza und dirigierte ihre Zuneigung darauf um. Ich hielt die Pizza außer Reichweite.

Lee Farrell erschien in der offenen Tür auf der anderen Seite der Diele, wobei sein Körper von der halboffenen Tür zum Teil verdeckt wurde. Als er sah, daß ich es war, ging er von der

Tür weg und steckte eine 9mm-Glock mit dem Griff nach vorn wieder in den Holster am Gürtel.

«Schätze, du bist okay», sagte er.

«Daran bestehen begründete Zweifel», sagte ich. «Aber ich bin keine Bedrohung für Susan.»

Belson erschien hinter Farrell. Er war in Hemdsärmeln, seine Waffe trug er im Holster auf der rechten Hüfte. Er war sehr mager, mit schmalem Gesicht und blauen Bartschatten, die immer da waren, auch wenn er sich gerade erst rasiert hatte.

«Ist die für uns?» fragte er.

Ich ging ins Studierzimmer und legte die Pizza aufs Büfett, direkt neben zwei Schachteln mit Schrotkugeln. Ich beantwortete die Frage gar nicht erst. Pearl begleitete mich und setzte sich vors Büfett und betete die Pizza an.

«Sie war meistens bei uns», sagte Farrell, «solange Susan gearbeitet hat.»

«Falls der Kerl, der einbricht, eine Pizza dabeihat», sagte Belson, «wird sie sich auf ihn stürzen wie ein Barrakuda.»

«Wie geht's Lisa?» fragte ich.

«Bestens», sagte Belson.

«Und wie geht's dir?» fragte ich Farrell. «Was macht das Liebesleben?»

Farrell griente.

«Die meisten Jungs im Einsatzraum sind in mich verliebt», sagte er. «Aber ich stelle mich spröde.»

«Du Herzensbrecher», sagte ich. «Alles ruhig hier?»

«Wie in der Kirche», sagte Belson. «Pearl liegt meistens auf der Couch. Patienten kommen und gehen. Niemand sagt ein Wort. Niemand nimmt Blickkontakt auf.»

«Woher wißt ihr, daß das alles Patienten sind?» fragte ich.

«Wir haben jeden Tag eine Liste ihrer Termine und eine

kleine Beschreibung. Susan war einverstanden, keine neuen Patienten anzunehmen, bis das vorbei ist. Hast du irgendwelche Fortschritte gemacht?»

«Nein.»

«Keine Eile», sagte Belson. «Ich bleibe hier, bis das vorbei ist.»

«Ich auch», sagte Farrell. «Wenn wir Tagschicht haben, kann ich endlich *Sally Jesse* sehen.»

«Das mußt du dir vorstellen, Partner», sagte Belson. «Ich sitze da drüben und versuche, *Die Glücksritter* zu lesen, und er sitzt vor der Glotze und sagt: ‹Wo hat sie bloß die Schuhe her?›»

«Du hast die Schuhe doch gesehen», sagte Farrell. «Waren sie daneben oder was?»

«Verstehst du, was ich meine?» fragte Belson.

Die Tür zu Susans Sprechzimmer ging auf, und ein junger Mann kam heraus und knöpfte seinen Lodenmantel zu. Er sah uns nicht an. Er ging geradewegs zur Haustür und zog sie hinter sich zu. Nach ungefähr zwei Minuten kam Susan heraus und sah mich und kam auf mich zu und legte mir die Arme um den Hals, und wir küßten uns.

«Was ist mit ihren Schuhen?» fragte Belson.

«Rattenscharf», sagte Farrell.

Ich nahm die Pizza und die Weinflasche.

«Wir gehen nach oben und dinieren genüßlich vor dem Kamin», sagte ich, «und danach – wer weiß.»

Susan lächelte.

«Eigentlich weiß ich es», sagte sie.

«Und zwar?» fragte Farrell.

«Das geht dich nichts an», sagte Susan.

«Auch ein Standpunkt», sagte Farrell.

Ich ging mit Susan und Pearl und der Pizza nach oben.

Susan stellte die Pizza zum Aufwärmen in den Herd, während ich Feuer im Kamin machte und den Wein öffnete. Früher, vor Pearl, hätten wir uns zum Essen auf die Couch gesetzt, aber das ging nicht mehr. Also saßen wir an Susans Küchentresen, wo wir noch das Feuer sehen konnten und die Pizza relativ sicher war, wenn man sie nicht unbeaufsichtigt ließ. Susan hatte ihre dunkle, konservative Arbeitskleidung gegen einen lavendelblauen Trainingsanzug und dicke weiße Sportsocken getauscht. Sie hatte ihren Schmuck abgelegt, aber das Make-up draufgelassen, und als sie sich nun neben mich setzte, spürte ich die kleine elektrochemische Entladung der Verzauberung, die sie mir immer gab. Die hatte ich schon gespürt, als ich Susan zum ersten Mal sah, im Büro des Schulpsychologen an der Smithfield High-School, vor über zwanzig Jahren. Und jedesmal, wenn ich Susan seitdem sah, verspürte ich Abarten davon.

«Wie lief es in New York?» fragte Susan.

«Stapletons Eltern haben mich angelogen», sagte ich.

«War es eine Lüge, die dir hilft?»

«Noch nicht. Außer daß ich weiß, daß sie lügen.»

«Hast du irgendwas anderes herausgefunden?»

«Sie sind Weiße», sagte ich. «Das Kind ist adoptiert. Sein Vater sagte, wenn sie schon eines adoptierten, dann konnten sie auch ein kleines schwarzes Baby vor einem elenden Leben des Lasters bewahren.»

«Oje», sagte Susan.

«Ja», sagte ich, «das fand ich auch.»

«Sonst noch was?»

«Der Graue Mann hat mich zu erledigen versucht», sagte ich.

Susan nickte.

«Erzähl es mir», sagte sie.

Es war ärgerlich, daß sie es erfahren mußte. Es beunruhigte sie zwangsläufig. Es beunruhigte ja selbst mich. Aber wir waren vor langer Zeit übereingekommen, daß keiner von uns allein entschied, was der andere erfahren mußte. Ich erzählte es ihr.

Sie schwieg ein Weilchen und sah mich nur ruhig atmend an, dann sagte sie: «Er hat bestimmt nicht damit gerechnet, daß du ihn so angreifst.»

«Er hat wohl nicht damit gerechnet, mich zu verfehlen», sagte ich.

«Aber er hat dich verfehlt, und du hast ihn angegriffen, und jetzt weiß er ein bißchen mehr über dich als vorher.»

«Und umgekehrt», sagte ich.

«Was weißt du von ihm?» fragte sie.

«Er treibt keine Machospielchen», sagte ich. «Er hat einen Schuß auf mich abgegeben, und der ging daneben, also ist er verschwunden. Es wird ein nächstes Mal geben, er wird dafür sorgen. Ihn interessiert nicht, wer besser ist. Ihn interessiert nur, wer tot ist.»

«Was, wenn du den Lichtreflex des Zielfernrohrs nicht gesehen hättest?» fragte Susan. «Oder gedacht hättest, es ist nur jemand, der Vögel beobachtet?»

«Schließlich weiß ich, daß jemand darauf aus ist, mich umzubringen. Wenn ich was aufblitzen sehe und mich in Deckung werfe, und es ist nur jemand, der einen Goldspecht beobachtet, dann bin ich schlimmstenfalls blamiert. Wenn es jemand mit einem Gewehr ist und ich nicht in Deckung gehe, bin ich tot.»

«Kannst du damit leben, dich jedesmal in Deckung zu werfen, wenn du einen Lichtreflex siehst?»

«Hängt davon ab, wie lange es dauert, den Kerl zu erwischen.»

Susan nickte langsam, während ich sprach. Sie nahm ihr Glas und trank einen Schluck Merlot und stellte das Glas wieder hin. Dann lächelte sie langsam, doch in dem Lächeln lag nicht viel Heiterkeit.

«Du bist wirklich ein harter Brocken», sagte sie.

«Dazu wohlgestaltet in jeder Hinsicht», sagte ich.

«Der Graue Mann denkt, er jagt dich –» sie schüttelte kurz den Kopf –, «und du denkst, du jagst ihn.»

«Ich jage ihn tatsächlich», sagte ich. «Allerdings möchte ich nicht, daß er das weiß.»

Susan trank wieder einen Schluck. Für ihre Verhältnisse kam das zügellosem Saufen nahe.

«Vielleicht sollten sie lieber dich rund um die Uhr bewachen», sagte sie.

Ich schüttelte den Kopf.

«Nein. Er benutzt die angedeutete Drohung gegen dich, um mich abzulenken. Solange du unter Schutz stehst, funktioniert das nicht. Wenn ich den Schutz von dir abziehe, werde ich mir ununterbrochen Sorgen um dich machen, und er hat die Runde gewonnen.»

«Bist du sicher, daß das kein Macho-Ding bei dir ist?»

«Nein. Aber bis er nicht aus dem Weg geräumt ist, kann ich meinem Beruf nicht nachgehen, und wir können nicht das Leben führen, das wir führen wollen.»

«Ja.»

«Tut mir leid, daß mein Beruf so über dich hereinbricht.»

«Ich habe immer gewußt, was du machst», sagte sie. «Und ich bin volljährig.»

«Ich könnte davor weglaufen», sagte ich. «Ich lasse die Ellis-Alves-Sache fallen, und all das verschwindet.»

Sie schüttelte sofort den Kopf.

«Nein», sagte sie. «Du kannst nicht davor weglaufen. Du bist vom Talent, vom Temperament und selbst von der Größe her wie geschaffen für den seltsamen Beruf, dem du nachgehst. Du kannst nichts anderes machen.»

«Ich kann fast alle Schnulzen aus der Swing-Ära singen», sagte ich.

«Nur für mich», sagte Susan.

«Du bist die einzige, für die ich sie singen möchte.»

«Ich bin die einzige, die zuhören würde.»

Sie stand auf und ging zum Herd und holte die Pizza heraus. Sie ließ sie aus der Schachtel auf einen großen Glasteller mit Goldrand gleiten. Sie nahm eine große Schere aus einer Schublade und schnitt die Pizza in Tortenstücke. Sie stellte den Teller zwischen uns auf den Tresen und holte für jeden von uns noch einen kleinen Teller, der zu dem großen paßte, sowie Messer, Gabel und Löffel.

«Besteck und Teller, um Pizza zu essen?» fragte ich.

«Benutzung freigestellt», sagte sie.

«Wenn ich allein bin, esse ich sie aus der Schachtel», sagte ich. «Im Stehen an der Spüle.»

«Das bezweifle ich nicht», sagte sie.

Ich nahm mir ein Stück. Als ich es aufgegessen und mit einem Schluck Wein hinuntergespült hatte, hatte Susan erst ein winziges Dreieck von der Spitze ihres Stücks abgeschnitten und führte es mit der Gabel zum Mund. Ich nahm mir ein zweites Stück.

«Du bist mir wichtig», sagte ich, «wichtiger als das, was ich mache, oder als das, was ich bin. Wenn ich deinetwegen aufhören muß, höre ich auf.»

Sie schüttelte wieder den Kopf, während sie ihre Pizza gründlich kaute. Als sie geschluckt und an dem Wein genippt und sich den Mund mit der Serviette abgetupft hatte, sagte sie: «Ja, das würdest du. Aber das darfst du nicht. Du bist eine seltsame Mischung aus Brutalität und Fürsorge. Du hast deine Brutalität sehr gut im Griff, aber sie ist da, und es wäre dumm von mir und dumm von dir zu glauben, daß sie weniger ein Teil von dir ist als die Fürsorge.»

«Du hast recht», sagte ich. «Manchmal wäre mir lieber, du hättest unrecht.»

«Dazu besteht kein Anlaß», sagte Susan. «Du kennst dich, du weißt über deinen Hang zur Gewalt ebensoviel wie über deine Fähigkeit zur Nächstenliebe, vielleicht sogar mehr.»

«Vielleicht weiß ich zwangsläufig mehr darüber», sagte ich.

«Ja, bestimmt», sagte Susan. «Nächstenliebe ist nicht gefährlich. Du hast eine Art zu leben und zu arbeiten gefunden, die es dir erlaubt, deine Brutalität und dein Mitgefühl einzubringen. Wenn du keinen Hang zur Gewalt hättest, wäre dein Mitgefühl nicht so bewundernswert. Wenn du kein Mitgefühl hättest, wäre dein Hang zur Gewalt unerträglich. Du verstehst, was ich sage?»

«Solange ich genau zuhöre», sagte ich.

«Du bist dazu in der Lage, deine Brutalität im Dienste des Mitgefühls einzusetzen. Deine Arbeit erlaubt dir, den Punkt zu erreichen, wo sich Beruf und Berufung treffen. Wenige Menschen schaffen das», sagte sie. «Ich möchte gar nicht, daß du dich änderst.»

Ich schwieg kurz und bewunderte, wieviel Zeit sie damit verbracht hatte, über mich nachzudenken. Dabei dachte ich gleichzeitig darüber nach, wie schön sie war.

«Heißt das, du liebst mich?» fragte ich.

Sie pflückte eine Peperonischote von der Pizza und aß sie langsam, während sie mich nachdenklich ansah. Sie sagte nichts, bis sie die Schote hinuntergeschluckt hatte.

Dann sagte sie: «Darauf kannst du Gift nehmen.»

29. KAPITEL

Es war an der Zeit, noch einmal mit den Augenzeugen zu reden. Glenda schien ein heißerer Tip als Hunt, also fuhr ich an einem kalten sonnigen Nachmittag nach Andover und parkte auf der Main Street vor dem Healthfleet Fitness Center. Ich trug einen Kolani aus Marinebeständen und eine schwarze Baseballmütze von den Chicago White Sox, und als ich in einem Schaufenster mein Spiegelbild erhaschte, fand ich, ich sah fesch und bedrohlich zugleich aus. Auf der Main Street von Andover war nichts von dem Grauen Mann zu sehen, was natürlich nicht hieß, daß er nicht da war. Das Healthfleet Fitness Center befand sich im ersten Stock über einem Coffeeshop und einem Sanitätsgeschäft. Gleich hinter dem Eingang war der unvermeidliche Tresen mit dem unvermeidlichen fröhlichen Teenybopper-Mädchen in Designer-Sportkleidung und mit Pferdeschwanz. Und unvermeidlich wünschte sie jedem, der sich anmeldete, ein tolles Training. Ich war nie dahintergekommen, warum Fröhlichkeit und Leibesertüchtigung in jedermanns Marketingstrategie so unauflöslich miteinander verbunden waren, aber das war die offizielle Haltung aller Fitneßclubs. Ich erinnerte mich wehmütig an die alten Boxschulen, in denen ich trainiert hatte und in die die Leute kamen, um hart und konzentriert zu arbeiten. An der Wand neben dem Tresen hing motivierendes Zeug mit Pluspunkten für die Stunden auf dem Laufband und einer graphischen Darstellung von den Fortschritten der Kunden. Der eigentliche helle Trainingsraum hatte eine Fensterfront zur Straße und Spiegel an den übrigen Wänden. Vor einigen der Fenster standen blitzende Gewichthebegeräte, dahinter war ein Gymnastikboden. Dort sah ich Glenda in schmerzhaft engen schwarzen Shorts und einem leuchtendgrünen Top. Sie leitete eine Gruppe von Frauen, die zu hämmernder Rockmusik auf eine Plastikstufe stiegen und wieder herunter, während Glenda brüllte: «Uuund vor, uuund zurück, uuund neun, acht, sieben … uuund runter.» Der Graue Mann war nirgendwo im Raum.

Ich sagte dem Mädchen am Tresen, daß ich Glenda Baker sprechen wollte und daß ich warten würde, bis sie fertig war. Vor dem Tresen war eine Warteecke, ein niedriges Sofa und ein Rattancouchtisch. An der Wand neben der Tür war eine Reihe von Kleiderhaken, die meisten besetzt. Ich zog meinen Kolani aus und hängte ihn an einen Haken und setzte mich auf das Sofa und legte die Beine auf den Couchtisch. Die Mütze behielt ich auf. Das Teenybopper-Mädchen beäugte verstohlen meine Waffe. Wenn sie sie beim Hereinkommen gesehen hätte, hätte sie mir wahrscheinlich tolles Schießen gewünscht.

Als Glendas Kurs zu Ende war, kam sie mit einer großen Flasche Evian durch den Raum zur Warteecke und trank dabei immer wieder einen gesunden Schluck. Sie ging direkt auf die Kleiderhaken zu, ohne mich zu beachten.

Ich sagte: «Hallo, Glenda.»

Sie blieb stehen und lächelte und sagte vage: «Hallo.»

«Spenser», sagte ich. «Der Detektiv.»

«Ach ja, hallo.»

«Darf ich Sie zu einer Tasse Kaffee einladen?» fragte ich.

Falls sie meine Waffe sah, war sie zu wohlerzogen, um sie zu beachten. Sie lächelte ohne große Begeisterung.

«Ja, sicher, okay.»

«Gut.»

«Ich will mich nur rasch duschen und umziehen», sagte sie. «Zehn Minuten.»

«Keine Eile», sagte ich.

Sie ging in den Umkleideraum, und ich vertrieb mir die Zeit, indem ich die Frauen in Spandex zählte, die kein Spandex hätten tragen dürfen. Bis Glenda in einem knöchellangen Kamelhaarmantel und hohen Stiefeln aus dem Umkleideraum zurückkam, war das Ergebnis des Zählens: alle.

«Donnerwetter», sagte ich. «Es waren wirklich zehn Minuten.»

Glenda lächelte flüchtig. Sie roch nach teurem Duschgel und dem Hauch eines noch teureren Parfüms. Ich stand auf und hielt ihr die Tür auf. Als wir gingen, wünschte ich dem Mädchen am Empfang eine tolle Zeit am Tresen.

Sie lächelte noch flüchtiger als Glenda.

Es war immer angenehm, an einem kalten Tag in einen Coffeeshop zu gehen und den Kaffee und den Frühstücksspeck zu riechen und die Wärme zu spüren. Wir setzten uns in eine Nische an einen Tisch, auf dem Sets aus blaukariertem Papier lagen. Ich wollte mich Glenda gegenübersetzen.

«Setzen Sie sich neben mich», sagte sie. «Dann können wir besser reden.»

Glenda nahm Platz, ich setzte mich neben sie, und eine Kellnerin mit einer weißen Schürze über Jeans und einem grünen Pullover kam und fragte, ob wir Kaffee wollten. Wir wollten. Die Kellnerin schenkte uns ein, während wir in die Speisekarte sahen. Da ich vor dem Grauen Mann ständig auf der Hut sein mußte, fand ich, daß koffeinhaltiger Kaffee eine gesundheitliche Notwendigkeit war. Ich kam sogar zu der Überzeugung, daß ich besser mehr als eine Tasse trank. Sie hatten keine Donuts mehr, aber es gab Maismuffins, und ich bestellte zwei. Glenda nahm koffeinfreien Kaffee, schwarz, und

Vollkornweizentoast ohne Butter. Ich hängte meinen Kolani auf einen Haken in der Ecke unserer Nische. Glenda behielt ihren Mantel an.

«Wie viele Kurse geben Sie am Tag?» fragte ich.

«Verschieden. Heute hatte ich nur den einen.»

«Wo haben Sie das alles gelernt?»

«Mein Hauptfach am College war Sport und Freizeitaktivitäten», sagte sie. «Nach meiner Heirat habe ich noch einen Kurs für die Lizenz gemacht.»

«Besser als zu Hause rumsitzen und *Vogue* lesen?»

«Ich bin ein sehr körperbetonter Mensch», sagte Glenda.

«Das habe ich gleich bemerkt», sagte ich. «Ist Ihr Mann auch so körperbetont?»

«Hunt interessiert sich mehr fürs Geschäft», sagte Glenda.

Die Kellnerin brachte den Toast und die Maismuffins und schenkte Kaffee nach.

«Ist das Koffeinfreier?» fragte Glenda.

«Ja, Ma'am», sagte die Kellnerin. «Man erkennt es immer an dem grünen Griff der Kanne.»

Glenda schien sie nicht gehört zu haben. Sie saß mir zugewandt in der Ecke der Nische und sah mich an. Ihr Blick hatte die meilenweite Ferne von Politikerblicken – die Augen ruhten auf mir, aber der Blickpunkt lag woanders.

«Also ist der Aerobic-Unterricht eine schöne Betätigungsmöglichkeit für Sie», sagte ich.

«Es gibt bessere Betätigungsmöglichkeiten», sagte Glenda abwesend.

«Hm.»

«Aber um die Wahrheit zu sagen, wir können das Geld gebrauchen. Hunt bekommt kein großes Gehalt.»

«Leitet seine Familie nicht das Unternehmen?»

«Ja, und sie sind alle geizig wie des Teufels Großmutter. Ich sage ihm immer, daß sie ihn ausbeuten, einfach weil er zur Familie gehört und sie deshalb damit durchkommen.»

«Eines Tages», sagte ich, «wird vermutlich alles ihm gehören, und dann kann er jemanden ausbeuten.»

«Eines Tages ist noch lange hin», sagte Glenda.

«Und Sie müssen irgendwie die Zeit herumbringen», sagte ich.

Der meilenferne Blick verschwand, und ihre Augen richteten sich ganz konkret auf mich.

«Sie sind sehr verständnisvoll», sagte sie.

Ich senkte ein wenig den Blick und zuckte die Achseln.

«Gehört zum Job», sagte ich.

«Gehöre ich auch zum Job?» fragte sie. «Wollten Sie mich deshalb wiedersehen?»

Ich aß mein zweites Maismuffin auf. Sie sah mich so direkt an, daß ich den meilenfernen Blick fast vermißte.

«Das dachte ich, als ich herfuhr», sagte ich.

«Und jetzt?»

Während wir redeten, hatte sie völlig still gesessen und sich nur bewegt, um ihren schwarzen Kaffee zu trinken. Ihr trockener Toast lag unberührt auf dem Pappteller vor ihr.

«Ich bin froh, daß ich gekommen bin.»

Sie lächelte. In dem Lächeln war nichts Fernes. Es galt mir, und es war elektrisch aufgeladen.

«Es sind da noch ein paar Fragen, die ich Ihnen stellen muß», sagte ich, als wäre mir das nachträglich eingefallen oder als wollte ich das aus dem Weg haben, bevor wir uns ernsthafteren Dingen zuwandten.

«Ja», sagte sie, «aber fahren wir doch in meine Wohnung. Hunt ist im Büro, und wir können es uns gemütlich machen. Ungestörter reden.»

«Gern», sagte ich. «Haben Sie ein Auto?»

«Ich fahre bei Ihnen mit», sagte sie.

Ich bezahlte die Rechnung, und wir gingen zu meinem Auto. Niemand schoß auf mich. Das Auto stand so da, wie ich es verlassen hatte. Keiner von uns sagte viel, als ich den Hügel hinunter zu Glendas Wohnung fuhr. Das Haus lag still. Anscheinend arbeiteten alle, die in The Trevanion wohnten. Die Absätze meiner gummibesohlten Laufschuhe klangen laut auf den Marmorfußböden. Ich hatte das Gefühl, auf Zehenspitzen gehen zu müssen. Glenda schloß die Tür zu ihrer Wohnung auf, und ich ging ihr nach und machte die Tür hinter mir zu. Einer von beiden war eine ordentliche Hausfrau. Die Wohnung sah aus, als wäre sie auf Besuch eingerichtet. Vielleicht war sie immer auf Besuch eingerichtet. Glenda nahm meinen Kolani und trat dabei dicht an mich heran, so daß mir der volle Duft ihres Duschgels und ihres raffinierten Parfüms in die Nase stieg, von dem ich im Health Club nur einen Hauch erhascht hatte. Hinter der Tür stand ein Kleiderständer aus Messing, und Glenda hängte meinen Kolani daran. Dann drehte sie sich um und lächelte mich unendlich schläfrig an und begann ihren Mantel aufzuknöpfen.

«Möchten Sie einen Kaffee?» fragte sie. «Oder etwas Stärkeres?»

«Kaffee wäre gut», sagte ich.

Sie knöpfte den letzten Knopf auf und schüttelte den Mantel ab. Außer den Stiefeln hatte sie nichts darunter an.

«Oder vielleicht doch etwas Stärkeres», sagte ich.

Sie kam langsam auf mich zu, sah mich halb lächelnd an, preßte sich an mich, legte die Arme um mich und sah mit zurückgeworfenem Kopf zu mir auf.

«Wieviel stärker?» fragte sie.

Ihre Stimme hatte jetzt einen heiseren Unterton.

«Vielleicht einen Liter Valium», sagte ich. «Auf Eis?»

Meine Stimme hatte jetzt auch einen ziemlich heiseren Unterton. Sie preßte sich drängender an mich.

«Sonst noch was?» fragte sie.

Ich legte die Arme um sie und sah zu ihr hinunter.

«Ja», sagte ich. «Wie kommt es, daß Sie zur gleichen Zeit wie Clint Stapleton auf der Andover Academy waren und ihn nicht kennen?»

Sie erstarrte. Ich hielt weiter die Arme um sie.

«Können Sie an nichts anderes als diesen blöden Mord denken?» fragte sie.

«Doch, kann ich, aber ich gebe mir Mühe, das zu vermeiden», sagte ich. «Und mit welchem Mord steht Clint in Verbindung?»

Sie versuchte mich wegzustoßen. Ich hielt sie fest an mich gedrückt.

«Lassen Sie mich los», sagte sie.

«Ich habe nur was von Clint Stapleton gesagt. Wieso denken Sie, ich interessiere mich für einen Mord?»

«Na, schließlich war er Melissas Freund, also dachte ich, Sie reden darüber.»

«Als ich neulich mit Ihnen gesprochen habe, sagten Sie, Sie erinnerten sich nicht an den Namen von Melissas Freund», sagte ich.

Sie versuchte mich jetzt heftig wegzustoßen, um loszukommen. Ich hielt sie weiter fest. Sie versuchte, mir das Knie in den Schritt zu rammen. Ich drehte ihr die Hüfte zu, um das zu verhindern.

«Wenn Sie zusammen mit ihm auf der Academy waren und er mit Ihrer Verbindungstochter ausging und Sie ein paarmal zu viert ausgingen, ist es da nicht seltsam, daß Sie sich beim ersten Mal nicht an seinen Namen erinnern konnten und daß er Ihnen jetzt unter dem Ansturm der Leidenschaft einfällt?»

«Lassen Sie mich los», sagte sie. Sie hatte die Zähne zusammengebissen, und die Worte zischten hindurch. «Lassen Sie mich los, verdammt noch mal.»

Sie bekam die Hände an mein Gesicht und fing an zu kratzen. Ich ließ sie los und trat zurück. Sie stand schwer atmend da und stellte ihren absolut sensationellen Körper voll zur Schau. Ich betrachtete ihn mit Wohlgefallen. Ich hatte nur das Geschäftliche im Sinn, aber ich versuchte, nie so beschäftigt zu sein, daß ich nicht stehenbleiben und an den Blumen riechen konnte.

«Das ist ein wahnsinniger Körper», sagte ich.

«Wollen Sie nicht mit mir schlafen?» fragte sie.

«Die Antwort darauf ist ziemlich kompliziert», sagte ich, «aber um stark zu vereinfachen – nein, Ma'am.»

«Aber ich dachte, als Sie mich wiedersehen wollten, allein ...»

Sie runzelte eine Minute die Stirn, und mir wurde klar, daß sie nachdachte oder so was. «Sie wollten gar nicht ... Sie haben nur versucht, Informationen zu bekommen.»

«Das versuche ich immer noch», sagte ich.

«Verdammt», sagte sie und ließ sich auf die Armlehne eines Sessels hinter ihr fallen. Ihr Po glitt über die Lehne in den Sessel, bis sie seitwärts im Sessel saß und ihre Beine über die Lehne baumelten.

«So gründlich irre ich mich selten», sagte sie.

Sie schien sich nackt völlig wohl zu fühlen und unternahm keine Anstrengung, sich zu bedecken. Ihr Kamelhaarmantel lag immer noch als Häufchen auf dem Boden, wo sie ihn fallen gelassen hatte. Die Stiefel betonten nur, wie unbekleidet sie war.

«Sie und Ihr Mann kennen Clint Stapleton», sagte ich.

Sie zuckte die Achseln.

«Und seine Eltern kennen Sie auch», sagte ich.

Sie bewegte einen Fuß in einem kleinen Kreis und beobachtete ihn dabei.

«Sicher», sagte sie schließlich. «Hunt ist ihr Neffe.»

«Dann ist Clint Stapleton der Cousin Ihres Mannes?»

Sie zuckte die Achseln und sah zu, wie ihr Stiefel in der Luft kleine Kreise beschrieb. «Ja», sagte sie.

«Mein Gott», sagte ich.

Wir schwiegen. Es fiel mir schwer, mit diesem Weltklassekörper vor Augen nachzudenken. Ich war ganz Profi und Susan völlig treu, aber ich mußte gegen den Drang ankämpfen, mich aufzubäumen und zu wiehern. Sie malte mit der Stiefelspitze weiter kleine Kreise.

«Weiß die Polizei das?»

«Keine Ahnung.»

«Haben Sie's der Polizei gesagt?»

«Ich weiß nicht mehr genau. Was macht das für einen Unterschied?»

«Haben Sie wirklich gesehen, wie ein Schwarzer Melissa in sein Auto gezerrt hat?»

«Natürlich.»

«Warum haben Sie vorgegeben, Clint nicht zu kennen, als ich Sie das erste Mal gefragt habe?»

«Hunt sagt, es ist besser, Clint nicht hineinzuziehen.»

«Um seine Tenniskarriere zu schützen, richtig?»

«Richtig.»

«Wie sind die Stapletons mit den McMartins verwandt?» fragte ich.

«Dina Stapleton ist die Schwester von Hunts Vater.»

«Sind Sie in der Ehe mit Hunt glücklich?»

Sie zuckte wieder die Achseln.

«Hunt hat eine gute Zukunft», sagte sie.

«Kommen Sie miteinander aus?»

«Er hängt an mir, aber er ist nicht so, äh, körperbetont wie ich.»

«Und Sie lösen das Problem, indem Sie sich, äh, selbständig machen», sagte ich.

«Meistens habe ich mehr Glück als mit Ihnen.»

«Ich glaube, mit Glück hat das nicht viel zu tun», sagte ich.

Sie lächelte ein wenig, sagte aber nichts.

«Lieben Sie Ihren Mann?» fragte ich.

Sie schwieg einen Augenblick und beobachtete die Kreise ihrer Stiefelspitze. «Wir kommen miteinander aus», sagte sie. «Wenn ich ein kleines Abenteuer wie dieses habe, heißt das nicht, daß wir nicht miteinander auskommen.»

«Ach was, Glenda», sagte ich. «Vielleicht heißt es, *daß* Sie miteinander auskommen.»

«Sie können das verstehen?»

«Ich kann verstehen, daß es so sein kann», sagte ich.

«Aber nicht für Sie?»

«Nein, für mich nicht.»

«Warum nicht?»

«Ich liebe meine Freundin», sagte ich.

«Ach so», sagte sie.

Ich stand auf. Ich wußte, sie hatte nicht gesehen, daß ein Schwarzer irgend jemanden in sein Auto gezerrt hatte. Ich wußte auch, daß sie diese Tatsache nie auf eine Art zugeben würde, die sich vor Gericht verwenden ließ, also sah ich keinen Grund, ihr weiter zuzusetzen. Außerdem befand sich mein Es in verbissenem Kampf mit meinem Über-Ich und drohte die Oberhand zu gewinnen, falls ich nicht bald machte, daß ich rauskam.

«Danke, daß Sie mir Ihren Körper gezeigt haben», sagte ich.

«Ich hatte gehofft, mehr tun zu können.»

«Ja», sagte ich und versuchte, nicht wehmütig zu klingen.

Sie stand auf und brachte mich zur Tür.

«Würden Sie mir zum Abschied einen Kuß geben?» fragte sie.

«Aber gern», sagte ich.

Wir küßten uns. Es war ein schöner Kuß, aber ich wußte nicht recht, wo ich meine Hände lassen sollte.

Als der Kuß vorbei war, öffnete ich die Tür hinter mir. Glenda machte keine Anstalten, sich zu verstecken. Wenn jemand im Hausflur sie sehen wollte, hatte Glenda offenbar nichts dagegen. Ich trat in den Flur und zog die Tür zu. Der Hausflur war leer. Auf dem Weg zu meinem Auto atmete ich tief durch, um meinen Blutkreislauf wieder in die richtigen Bahnen zu lenken.

30. KAPITEL

Inzwischen waren an dem Tod von Melissa Henderson ein paar Sachen ziemlich klar. Zum Beispiel, daß es wahrscheinlich nicht Ellis Alves war, der sie umgebracht hatte. Und daß eine Menge Druck ausgeübt wurde, damit er trotzdem der Sündenbock blieb. Ich fand es an der Zeit, diese Ergebnisse meinem Klienten mitzuteilen, also verabredete ich mich mit Rita Fiore im Bostonian Hotel zum Frühstück.

Das Restaurant vom Bostonian befand sich auf dem Dach. Es bestand größtenteils aus Glas, und von unserem Tisch hatten wir einen Blick auf Quincy Market und Faneuil Hall und konnten zusehen, wie die Emporstrebenden mit einem Kaffee und einem Croissant in der Hand an ihren Arbeitsplatz eilten. Rita war inzwischen so weit emporgestrebt, daß sie ihnen dabei zusehen und im Sitzen frühstücken konnte. Ich schaute mich im Restaurant um. Es war voller seriös gekleideter Menschen, die meisten davon männlichen Geschlechts.

«Ist das ein Power-Frühstück?» fragte ich.

«Ja.»

«Ich fühle mich schon ganz aufgeladen», sagte ich.

«Gut», sagte Rita. «Wenn man mit Leuten beim Frühstück Geschäftsbesprechungen abhält, denken sie, man hat zuviel zu tun, um mittags essen zu gehen. Außerdem hat man eine Entschuldigung, um später im Büro zu erscheinen.»

Der Kellner schenkte uns Kaffee ein, bot uns Saft an, den ich annahm und den Rita ablehnte, und gab uns Speisekarten.

«Wenn wir in Charlie's Kitchen essen würden», fragte ich, «wäre es dann auch ein Power-Frühstück?»

«Natürlich nicht», sagte Rita. «Sie haben ja keine Ahnung. Sie müssen das Magazin vom *Boston Herald* lesen, da steht drin, wo es ein Power-Frühstück ist.»

«Oh», sagte ich. «Ein hoher Preis, um das zu erfahren.»

«Umsonst ist der Tod», sagte Rita. «Was haben Sie für mich über Ellis Alves?»

Ich erzählte ihr, was ich wußte und was ich dachte, und unterbrach meinen Vortrag nur, um warmes Corned beef mit einem pochierten Ei zu bestellen, und dann noch ein paarmal, um davon zu essen, als es da war. Ich blieb etwas ungenau, als ich von meinem Gespräch mit Glenda berichtete. Rita hörte schweigend zu, trank ihren Kaffee und aß den Bagel, getoastet, ohne Rahmfrischkäse, den sie bestellt hatte. Das war die Art Frühstück, die Susan auch bestellt hätte, nur daß Rita beide Hälften von dem Bagel aß. Als ich fertig war, lehnte sich Rita zurück, so daß ihre weiße Bluse sich straff über ihrem Busen spannte. Es war ein hübscher Anblick.

«Cone Oakes genießen in dieser Stadt ziemliches Ansehen», sagte Rita, «und die Richter messen uns größeres Gewicht zu als einem Typ, der sein Büro in einem Keller in Weymouth Landing hat, aber nicht mal wir können mit einem Fall vor Gericht gehen, der daraus besteht, daß Sie vor den Richter treten und sagen, die Verurteilung von Alves ergibt keinen Sinn.»

«Verstehe», sagte ich. «Ich wollte Sie nur auf dem laufenden halten.»

«Ich danke Ihnen», sagte Rita. «Und Sie haben recht. Die Verurteilung ergibt keinen Sinn.»

Sie langte herüber und nahm sich eine Gabel voll von meinem Corned beef und aß es.

«Hmm, köstlich!» sagte sie. «Haben Sie nie Probleme mit Ihrem Gewicht?»

«Doch, ich muß aufpassen, daß ich nicht abnehme.»

«Mistkerl», sagte sie.

Wir aßen schweigend weiter. Rita verspeiste ihren trockenen Bagel und spülte ihn mit schwarzem Kaffee hinunter und sah einen Moment lang zerstreut aus.

«Eine Zigarette würde jetzt gut schmecken», sagte sie.

«Irgendwann werden sie Ihnen nicht mehr fehlen», sagte ich.

«Wie lange ist es jetzt bei Ihnen her?»

«Siebenundzwanzig Jahre.»

«Und es fehlt Ihnen nicht?»

«Kein bißchen.»

«Und wie lange hat es gedauert, bis es Ihnen nicht mehr gefehlt hat?»

«Zehn Jahre.»

Rita starrte mich an und sagte: «Oh, Gott!»

Wieder schwiegen wir, während Rita aus dem Fenster schaute und dem Rauchen nachtrauerte. Draußen fiel Schneeregen, und die Straßen ums Quincy Market glänzten wie poliertes Elfenbein.

Schließlich sagte Rita, während sie immer noch hinausschaute: «Sie können mit dem Fall aufhören, das wissen Sie.»

«Ich weiß.»

«Ich möchte nicht, daß Sie für Ellis Alves umgebracht werden. Vielleicht hat er das hier nicht verbrochen, aber er hat eine Menge verbrochen. Sie wären ein größerer Verlust als er.»

«Ich weiß.»

«Will Susan, daß Sie aufhören?»

«Nein.»

Ritas Augen weiteten sich. «Nein?» fragte sie.

«Nein.»

Rita schwieg eine Weile. «Sie ist eine verdammt kluge Frau, wie?» sagte sie schließlich.

«Ja.»

«Ich habe mir gedacht, daß Sie nicht aufhören möchten, aber ich wollte, daß Sie wissen, wie wir dazu stehen.»

«Danke.»

«Okay, wir können ohne weiteres die Verwandtschaftsbeziehungen zwischen den Augenzeugen und Melissas Freund nachweisen. Und ich denke, wir können auch nachweisen, daß Clint Stapleton ihr Freund war. Dazu brauchen wir nur Zeit und Geld. Wir schicken ein paar Anwaltsgehilfen zur Taft und stellen genug Studenten genug Fragen.» Rita machte eine Pause und schaute wieder aus dem Fenster, dann richtete sie den Blick auf mich. «Ich denke, es könnte sich bezahlt machen, erneut mit Trooper Miller zu reden.»

«Falls er redet. Was er, glaube ich, nicht tun wird.»

«Sie können Druck auf ihn ausüben mit der Aussage von ... wie hieß er gleich?»

«Bruce Parisi», sagte ich. «Er wird sie nur wiederholen, wenn ich ihn in die Nieren boxe.»

«Okay, also können Sie damit nicht vor Gericht. Aber Sie können drohen, damit vor Gericht zu gehen, und abwarten, was passiert. Ich habe übrigens einigen Einfluß auf den hiesigen Leiter der Drogenfahndung.»

«Phil Fallon?» fragte ich.

«Mein Gott, was für ein Gedächtnis.»

«Was kann Fallon für mich tun?»

«Er könnte Medford dazu kriegen, Parisi hopszunehmen und ein Weilchen festzuhalten, wenn Ihnen das was nützt», sagte Rita. «Und dafür sorgen, daß Miller es erfährt.»

«Nur, weil Sie ihn darum bitten?»

«Klar», grinste Rita. «In verzweifelten Momenten zwischen meinen Ehen habe ich ihm ein paarmal einen Gefallen getan.»

«Das ist verzweifelt», sagte ich.

«Ich weiß», sagte sie. «Aber der aufgeblasene Lackaffe ist überraschend gut im Bett.»

«Wenn Sie es sagen.»

«Wollen Sie, daß ich mit Phil spreche?»

«Heißt das, Sie müssen wieder mit ihm bumsen?» fragte ich.

«Nein. Das heißt nur, ich muß es ihm in Aussicht stellen.»

«Gut», sagte ich. «Ich möchte nicht an einem Verbrechen schuld sein.»

«Ach, kommen Sie», sagte Rita. «So schlimm ist er nun auch wieder nicht.»

«Das sagen Sie.»

«Geben Sie mir Bescheid», sagte Rita, «wenn Phil diesen Parisi hopsnehmen soll.»

Ich dachte ein bißchen darüber nach, dann nickte ich. «Machen Sie es», sagte ich. «Lassen Sie Parisi hopsnehmen.»

«So gut wie gemacht», sagte Rita.

«Und danke für die Hilfe», sagte ich.

Rita feixte. «Sie hassen Hilfe, stimmt's?»

«Und wie», sagte ich.

«Ich auch», sagte Rita. «Jemand hilft einem, und man muß sich Zeit nehmen und ihn anhören und so tun, als fände man seine Ideen toll, und sich eine Antwort einfallen lassen, die ihn aufbaut, dabei ist alles Zeitverschwendung, denn man könnte das Problem besser angehen als er.»

«Und wenn die Idee wirklich gut ist ...» sagte ich.

«Ist es noch schlimmer», sagte Rita. «Entschuldigung.»

«Schon gut», sagte ich. «Ich konnte ja so lange über Ihren Busen nachdenken.»

«Nur, weil ich ihn ein bißchen rausgestreckt habe?» fragte Rita.

«Ja.»

«Dann muß ich ihn öfter rausstrecken.»

«Bitte tun Sie das», sagte ich.

«Haben Sie einen Plan?» fragte Rita.

«Für Ihren Busen?»

«Nein, für Parisi und Trooper Miller.»

«Glaub schon», sagte ich.

«Erzählen Sie ihn mir?»

«Nein», sagte ich. «Lassen Sie einfach Parisi einbuchten und sorgen Sie dafür, daß Miller davon erfährt. Und davon, daß es etwas mit mir zu tun hat.»

«Und Ihre Pläne für meinen Busen?» fragte Rita.

Ich grinste. «Kein schlechter Ausgangspunkt», sagte ich.

«Immer diese Versprechungen», sagte Rita und winkte nach der Rechnung.

31. KAPITEL

Parisi wurde am nächsten Morgen in Medford verhaftet, und am Nachmittag suchte Miller mich auf. Die Bürotür stand offen, falls ein kurzentschlossener Klient den Flur entlang kam, und ich las gerade zum zweiten Mal Calvin und Hobbes, sozusagen auf Vorrat, weil ich gehört hatte, daß der Comic strip aufhören sollte.

Miller kam herein und machte laut die Tür hinter sich zu. Er ging durchs Zimmer und blieb vor mir stehen und sah mit dem beinharten Blick auf mich herunter, vor dem ich mich unter dem Schreibtisch verkriechen sollte. Ich schenkte ihm ein strahlendes, offenes Lächeln, das so recht zur nahenden Weihnachtszeit paßte. Damit beschäftigten wir uns eine ganze Weile lang.

Schließlich sagte Miller: «Aufstehen, Arschloch.»

Ich sah mich im Büro um.

«Arschloch?»

Miller machte mit dem Daumen eine Aufsteh-Geste.

«Sie müssen mich mit jemandem verwechseln», sagte ich.

«Soll ich Sie wegen Widerstands gegen eine rechtmäßige Anordnung verhaften, Mann? Aufstehen!»

«Tommy, Sie würden eine rechtmäßige Anordnung nicht mal erkennen, wenn sie schwanzwedelnd ankommt und Ihnen die Hand leckt», sagte ich. «Setzen Sie sich. Wir müssen reden.»

Er kam schneller um den Schreibtisch, als ich ihm zugetraut hätte. Ich hob einen Fuß und zielte auf seinen Schritt, aber er drehte sich weg und fing den Tritt mit der Hüfte ab. Er packte meinen Fuß und riß mich aus meinem Sessel. Für jemanden, der sich weniger gewandt bewegte als ich, wäre das schmachvoll gewesen. Ich stieß mit dem anderen Fuß nach ihm und kam frei und rollte ab, während er versuchte, mich zu treten. Ich kam auf die Beine und grub ihm eine Linke in den Solarplexus. Er stöhnte auf und faßte mit Polizeigriff nach meinen Haaren, aber meine Haare waren zu kurz zum Festhalten. Eine perfekte Mischung aus Schönheit und Funktionalität. Ich rammte meinen Kopf gegen sein Kinn. Das sollte ihn von den Beinen holen. Es tat es nicht. Vielleicht war Tommy fast so zäh, wie er selber dachte. Er ging wieder auf mich los und trieb mich mit seinem massigen Körper an die Wand meines Büros. Ich vergrub mein Kinn in seiner Schulter und drängte mich an ihn, damit er nicht zum Schlag kam. Er konnte nur auf meine Rippen und meinen Rücken einprügeln. Seine Boxhiebe waren ungeschickt, aber es saß Wucht dahinter. Ich stützte mich an der Wand ab, bekam die Hände an seine Brust und stieß ihn von mir weg. Während er zurücktaumelte, landete ich eine gerade Linke auf seinem Wangenknochen und ließ einen gewaltigen rechten Haken folgen, und der holte ihn von den Beinen. Aber er blieb nicht unten, er stürzte sich mit gesenktem Kopf auf mich und versuchte mich umzureißen. Das war dumm von ihm. Ich stieß ihm das Knie ins Gesicht und hämmerte die rechte Faust von oben auf seinen Hinterkopf, und er fiel auf Hände und Knie und blieb eine Minute lang so hokken, mit hängendem Kopf. Mein Knie hatte ihm wahrscheinlich die Nase gebrochen. Blut tropfte auf den Boden. Aber er blieb nicht so. Langsam kam er auf die Füße. Als er aufrecht stand, versuchte er, das Gleichgewicht zu finden, sah mich glasig an und schwankte leicht. Dann tastete er nach seiner Waffe. Ich ließ sie ihn aus dem Holster holen, dann ging ich zu ihm und nahm sie ihm weg. Er war halb bewußtlos und bewegte sich in Zeitlupe. Ich steckte die Waffe in meinen Gürtel und packte Miller beim Revers und drückte ihn auf einen meiner Klientenstühle. Dabei holte er mit der rechten Hand aus und schlug nach meinem Kopf. Ich duckte mich und fing den Schlag mit der linken Schulter ab. Dann hatte ich ihn auf dem Stuhl und trat zurück. Er saß mit leeren Augen da, das Blut lief ihm übers Gesicht und aufs Hemd. Ich ging zum Waschbecken und nahm mein Holiday-Inn-Handtuch und ließ kaltes Wasser drüberlaufen und wrang es aus und ging zu ihm und drückte es ihm in die Hand.

«Halten Sie sich das auf die Nase», sagte ich.

Miller saß reglos mit dem Handtuch in der Hand da und starrte mich an. Sein Unterkiefer hing schlaff herunter, sein Mund stand offen. Ich nahm ihm das Handtuch aus der Hand und legte es sanft auf seine Nase und nahm seine Hand und legte sie auf das Handtuch.

«Halten Sie's», sagte ich.

Er zeigte keine Reaktion, aber er hielt das Handtuch fest. Ich ging hinter meinen Schreibtisch und setzte mich. Und wartete. Nach ein oder zwei Minuten kam er langsam zu sich. Seine Augen bewegten sich, und er machte den Mund zu. Er verschob das Handtuch ein wenig. Schließlich schienen seine Augen mich wahrzunehmen.

«Scheiße, meine Nase ist gebrochen», sagte er.

«Sie müssen sie sich richten und verbinden lassen.»

«Haben Sie sich je die Nase gebrochen?»

«Ungefähr achtmal», sagte ich.

«Blutet wie Sau.»

«Mh-hm.»

Wir saßen uns weiter gegenüber.

«Sie sind ein zähes Aas», sagte Miller.

«Mh-hm.»

Miller stand auf und ging zum Waschbecken und spülte das Handtuch aus und wrang es aus und hielt es sich wieder an die Nase. Dann kam er zurück und setzte sich hin. Er bewegte sich nicht sehr munter.

«Ich weiß, Sie haben Parisi veranlaßt, mir ein paar Knochenbrecher zu schicken, um mich von dem Ellis-Alves-Fall abzubringen», sagte ich.

«Ach ja?» sagte Miller.

«Und ich weiß, daß Alves die Studentin in Pemberton nicht umgebracht hat.»

«Das wissen Sie, ja?»

«Ja, weiß ich, und ich bin ziemlich sicher, daß Ihre Tage, rechtmäßige Anordnungen zu erteilen, vorbei sind.»

«Meinen Sie», sagte Miller. Aber in seiner Stimme lag nicht viel Überzeugung.

«Die Frage ist nur, ob Healy Sie feuert und es dabei beläßt, oder ob Sie in den Bau gehen.»

Miller hatte sich genug erholt, um Beunruhigung zu zeigen.

«Haben Sie schon mit Healy geredet?» fragte er.

«Noch nicht.»

«Sie meinen, Sie können irgendwas davon beweisen?»

«Ich kann es Healy beweisen», sagte ich.

«Parisi wird nicht aussagen», sagte er.

«Meinen Sie?» fragte ich. «Meinen Sie, wenn man ihn in die Enge treibt, wird er nicht reden? Meinen Sie, von den vier Eseln, die er geschickt hat, um mich aufzumischen, wird keiner aussagen, wenn ihnen der Knast droht?»

Miller dachte darüber nach. Er nickte und ließ es gleich wieder. Es schien weh zu tun.

«Was wollen Sie?» fragte er durch das Handtuch hindurch.

«Erzählen Sie mir, warum Sie Alves den Mord angehängt haben.»

«Wie kommen Sie darauf, daß ich das war?»

«Weil ein Polizist weiß, wie man so was macht. Besonders ein Polizist, der die Ermittlungen leitet.»

«Das ist reine Spekulation.»

«Sie sind auf Ellis Alves als Täter gekommen», sagte ich. «Wieso? Haben Sie in einem anderen Fall ermittelt, an dem Ellis beteiligt war? Haben Sie einen Computerausdruck aller notorischen Sexualtäter angefordert und erhalten und ihn daraus ausgesucht? Meinen Sie, wenn Healy anfängt zu suchen, findet er keine Verbindung zwischen Ihnen und Alves?»

Ich hatte nur geraten, aber es war eine naheliegende Vermutung, und ich lag offenbar richtig. Miller nahm das Handtuch von der Nase und betrachtete es. Die Blutung hatte sich zu einem dünnen Rinnsal verlangsamt. Ich holte eine Schachtel Kleenex aus der Schreibtischschublade und gab sie ihm. Er riß ein Kleenex in kleine Stücke und machte daraus Pfropfen und stopfte sie sich in jedes Nasenloch. Es sah komisch aus, aber es stoppte die Rinnsale.

«Haben Sie was zu trinken?» fragte er. Seine Stimme war so dumpf wie bei einer schweren Erkältung.

Ich holte eine Flasche Scotch aus dem Schreibtisch und ging zum Waschbecken und nahm ein Wasserglas. Ich goß das Glas halb voll.

«Wollen Sie Wasser dazu?» fragte ich.

Er schüttelte sehr vorsichtig den Kopf und zeigte auf das Glas. Ich gab es ihm, und er trank die Hälfte davon in einem Schluck aus.

«Sie haben Ihre Theorien», sagte er mit dumpfer Stimme. «Und Sie können sie nicht beweisen. Und ich werde Ihnen nicht dabei helfen. Aber ich sage Ihnen eins, und hören Sie zu, Sie werden mir dankbar sein. Lassen Sie die Finger davon.»

«Warum?»

«Sie wissen gar nicht, worauf Sie sich da einlassen», sagte er.

«Worauf lasse ich mich da ein?»

«Das ist zu groß für Sie.»

«Was?»

Miller begann den Kopf zu schütteln, aber davon schmerzte seine Nase, also hörte er mittendrin auf.

«Zu groß», sagte er.

«Erzählen Sie mir was über den Grauen Mann», sagte ich.

«Über wen?»

«Großer Mann, graue Haare, blasse Haut, sieht irgendwie grau aus, und als ich ihm begegnet bin, war er ganz in Grau gekleidet.»

«So einen kenne ich nicht», sagte Miller.

Es klang ehrlich. Ich hatte mir in meinem Leben schon viele Lügen und ein bißchen Wahrheit angehört, und ich fand, ich konnte inzwischen ganz gut unterscheiden, was Lüge und was Wahrheit war. Ich verließ mich nicht darauf. Dafür hatte ich mich zu oft geirrt, aber Miller klang nicht so, als ob er über den Grauen Mann log.

«Haben Sie noch jemand auf mich angesetzt, der mich von dem Fall abbringen soll?» fragte ich.

«Es reicht weit hinauf», sagte er. «Sehr weit.»

«Wie weit?» fragte ich.

«Weiß ich nicht.»

Miller stand plötzlich auf. Er hielt sich mit einer Hand an der Stuhllehne fest.

«Fühl mich nicht gut», sagte er. «Muß gehn.»

Er drehte sich um und ging mit einem kleinen Schlenker zur Tür und riß die Tür, riß sie auf und ging hinaus, ohne sie zuzumachen. Ich versuchte nicht, ihn aufzuhalten. Sondern saß da und dachte über die interessante Tatsache nach, daß ich um so weniger wußte, je mehr ich erfuhr. Dann stand ich auf und ging zum Waschbecken und ließ mir eine Weile kaltes Wasser über die Knöchel der linken Hand laufen.

32. KAPITEL

Martin Quirk rief mich um zehn vor sieben an, als ich mich gerade in der Dusche rasierte. Ich kam mit Schaum auf dem Gesicht heraus und erreichte das Telefon beim dritten Klingeln, bevor mein Anrufbeantworter einsetzte.

«Ich bin im sechsten Stock des Parkhauses am Quincy Market», sagte Quirk. «Ich meine, Sie sollten herkommen.»

«Kann ich mich zu Ende rasieren?» fragte ich.

«Aber ja», sagte Quirk. «Wir sind den ganzen Tag hier.»

Frisch geduscht, sauber rasiert und männlich nach einem Eau de Cologne duftend, das Susan mir zum Geburtstag geschenkt hatte, landete ich vor dem Quincy-Market-Parkhaus in einem Stau. Ein Motorradpolizist versuchte den Verkehr vom Parkhaus wegzulenken. Da viele Leute, die aus den Vororten hereinkamen, nicht wußten, wo sie sonst parken sollten, herrschte hochgradiger Frust, wenn sie in die Clinton Street einbogen und von dem Cop weitergewunken wurden.

Als ich an der Reihe war, kurbelte ich das Fenster herunter und sagte: «Lieutenant Quirk.»

Der Polizist nickte und wies mich ins Parkhaus.

«Halten Sie dort an der rechten Wand», sagte er. «Kümmern Sie sich nicht um die Schilder.»

Er zeigte nachdrücklich auf eine Chevrolet-Limousine und wies sie die Clinton Street hinunter.

«Und Quirk ist jetzt Captain», sagte er.

«Captain Quirk?»

Der Motorradpolizist grinste.

«Captain Quirk», sagte er.

Ich hielt an der bezeichneten Stelle und beachtete die Parkverbotsschilder nicht und ging zum Fahrstuhl und fuhr in den sechsten Stock. Da Quirk der Leiter des Morddezernats von Boston war und da das ganze Gebäude von Polizeiautos und Cops wimmelte, wußte ich ziemlich genau, was mich im sechsten Stock erwartete. Ich wußte nur nicht, wer.

Als ich aus dem Fahrstuhl stieg, sah ich, daß die Nordwestecke am anderen Ende mit gelbem Plastikband abgesperrt war und daß eine Gruppe von Polizisten, die meisten davon in Zivil, das tat, was Cops meistens an Tatorten tun, nämlich herumstehen. Nur wenige Autos waren zu sehen. Quirk stand mit dem Rücken zu mir in einem Harristweed-Mantel mit hochgeklapptem Kragen. Er hatte die Hände in den Manteltaschen und sah auf etwas am Boden herunter.

Die Wände des Parkhauses reichten hier oben nur bis zur Brust, und der Wind fegte durch die offene Konstruktion und peitschte auf uns ein. Ich klappte auch den Kragen hoch. Als ich mich der Gruppe näherte, sagte einer der Polizisten in Zivil: «He!»

Quirk schaute hoch und sah mich und sagte: «Lassen Sie ihn durch», und ich ging an den anderen Polizisten vorbei und trat neben ihn. Und sah hinunter. Dort lag ein Toter, und er hieß Tommy Miller.

«Kennen Sie ihn?» fragte Quirk.

«Ja. Landespolizist namens Tommy Miller.»

«Er hatte Ihre Adresse auf einem Zettel in der Tasche», sagte Quirk. «Wissen Sie, wieso?»

«Ja, aber das ist eine lange Geschichte.»

«Okay, dazu kommen wir noch. Er ist verprügelt worden, bevor er erschossen wurde. Wissen Sie was darüber?»

«Ja. Das Verprügeln war ich.»

«Wie steht's mit dem Erschießen?»

«Nein. Wo hat's ihn erwischt?»

Quirk hockte sich hin und drehte Millers Kopf nach links. Hinter dem Ohr war ein kleines Loch mit geschwollenen Rändern.

«Ein Schuß?» fragte ich.

«Ja, keine Austrittswunde. Die Kugel muß eine Weile lang da drin rumgerast sein.»

«Kaliber zweiundzwanzig?»

«Würde ich denken. Wir suchen noch die Hülse.»

«Kann ein Revolver gewesen sein», sagte ich.

«Mh-hm.»

«Kann hinter sich aufgeräumt haben», sagte ich.

«Mh-hm.»

«Weiß die Landespolizei davon?» fragte ich.

«Healy ist auf dem Weg», sagte Quirk. «Wollen Sie auf ihn warten und nur eine Aussage statt zwei machen?»

«Ja.»

«Irgendwas, was ich sofort wissen muß?»

«Miller ist in den Fall verwickelt, für den Sie Belson und Farrell nach Cambridge abgestellt haben ... Captain.»

Quirks Gesicht blieb ausdruckslos. Er war so groß wie ich und dazu massig. Er trug keinen Hut, sein dichtes schwarzes Haar war kurzgeschnitten und zurückgekämmt.

«Ja, jetzt bin ich wer», sagte er.

Drüben ging die Fahrstuhltür auf, und Healy kam heraus. Er trug einen Trenchcoat und einen Filzhut. Er setzte den Hut fester auf und klappte den Kragen hoch, als der Wind ihn packte. Er war allein. Als er zum Tatort kam, sagte er: «Hallo, Martin.»

Quirk sagte hallo. Healy nickte mir zu und schaute zu Millers Leiche hinunter.

«Tommy Miller», sagte er. «War in einer Schlägerei.»

Healy musterte mich eine Minute lang.

«Sieht aus, als hätten Sie gewonnen», sagte er. Er sah Quirk an. «Ein paar meiner Leute von der Spurensicherung kommen vorbei. Hast du damit irgendwelche Probleme?»

«Keine», sagte Quirk. «Ich will ein bißchen mit unserem Philo Vance hier plaudern. Kommst du mit?»

«Ja», sagte Healy. «Machen wir, daß wir hier runterkommen.»

«Gehen wir rüber ins Market», sagte Quirk. «Frühstücken.»

33. KAPITEL

Die meisten Menschen im Quincy Market Building waren um diese Zeit solche, die zur Arbeit gingen und unterwegs einen Kaffee mitnahmen. Wir setzten uns an einen der kleinen Tische am Ostende des Market, und eine Kellnerin gab uns Kaffee, während wir die Speisekarten studierten.

Als wir bestellt hatten, sagte Quirk: «Spenser meint, das ist Teil von etwas, woran er arbeitet.»

«Sie meinen, das hat was mit dem Alves-Fall zu tun?» fragte Healy mich.

«Ja.»

«Kennst du den Alves-Fall, Martin?» fragte Healy.

«Nein.»

«Berichten Sie doch Martin von dem Alves-Fall, und dann berichten Sie uns beiden, was Sie wissen», sagte Healy zu mir.

Das tat ich und hielt mich dabei an das, was ich wußte, und nicht an meine Theorien, während Schinken mit Rührei und Toast und Kaffee gebracht und verzehrt wurden und der Tisch abgeräumt und weiterer Kaffee gebracht wurde. Niemand bat uns, den Tisch frei zu machen, nachdem wir fertig waren. Weder Quirk noch Healy trugen ein Dienstabzeichen, aber sie hatten etwas an sich, das die Leute erkannten. Wir hätten den ganzen Tag sitzen bleiben können, wenn wir gewollt hätten. Während ich redete, sagten beide kein Wort und bewegten sich nur, um Kaffee zu trinken. Ich spürte förmlich das Gewicht ihrer Konzentration. Als ich fertig war, schwiegen beide und dachten über das nach, was sie von mir erfahren hatten.

«Und Sie haben ihn nicht erschossen?» fragte Healy.

«Du weißt, daß er ihn nicht erschossen hat», sagte Quirk.

«Ja, ich weiß», sagte er. «Hab's schon gewußt, als ich die Frage stellte.»

«Okay, wir haben dieselben Fakten wie Sie. Wollen Sie mit uns ein paar Theorien aufstellen?»

«Gern», sagte ich.

«Sie meinen, Miller hat Parisi auf Sie angesetzt.»

«Ja. Er kannte Leute wie Parisi, und er hatte Druckmittel, so daß Parisi ihm gefällig sein mußte.»

«Und er ist gleich nach Parisis Verhaftung aufgetaucht», sagte Healy.

«Warum hat er's getan?» fragte Quirk.

«Miller? Ich nehme an, er hat mit dem Jungen geredet, bald nach dem Mord ...»

«Stapleton?» fragte Quirk.

«Ja, und der Junge hat erwähnt, daß seine Karriere als Tennisprofi ungünstig beeinflußt wird, wenn er vorgeladen und über den Mord an seiner Freundin verhört wird.»

«Und?» fragte Healy.

«Und er kann Miller auch erzählt haben, daß sein Pappi ungefähr zweihundert Trilliarden Dollars hat.»

«Also haben sie einen Deal gemacht?»

«Ja.»

«Und Miller hat den Fall manipuliert, damit Ellis Alves die Schuld kriegt und der Junge den Druck los ist», sagte Healy.

«Das nehme ich an», sagte ich. «Entweder ist ihm Alves im Laufe seiner Tätigkeit begegnet, oder er hat ihn im Polizeicomputer unter *Vergewaltigung* rausgesucht.»

«Wir können uns Millers Finanzen ansehen», sagte Healy. «Nachschauen, ob er mit einem Fall zu tun hatte, in den Alves verwickelt war. Nachschauen, ob wir Alves in der Vergewaltigungsdatei haben.»

«Dann sind Sie aufgetaucht und haben mit dem Jungen geredet, mit Stapleton, und der Junge hat Angst bekommen», sagte Quirk. «Und er hat Miller angerufen, und Miller hat einen Schlägertrupp losgeschickt, weil er dachte, Sie sind wie ein normaler Mensch, und ein paar große Kerle mit Spitznamen jagen Ihnen so viel Angst ein, daß Sie ab sofort nur noch untreue Ehepartner beschatten.»

«Ein Typ, den ich kenne, hatte läuten hören, daß jemand mich, äh, zwingen wollte, also hatte ich Hawk dabei.»

«Das war aber nicht fair», sagte Quirk.

«Ich fand's fair», sagte ich.

«Okay, bis dahin gefällt's mir ganz gut. Warum ist Miller nach Parisis Verhaftung selbst zu Ihnen gekommen?»

«Er war Polizist», sagte ich. «Und eine besondere Art Polizist. Er war es gewohnt, Leuten Angst einzujagen. Er war ein großer starker Bursche. Er war es gewohnt, ans Ziel zu kommen, indem er Leute vermöbelte.»

«Vielleicht», sagte Healy. «Aber ich verstehe nicht, wieso er auf Sie losgegangen ist wie Conan der Barbar.»

«Er kam herein, wollte, daß ich aufstehe, ich lehnte ab, und er ging auf mich los. Ich glaube, bevor er anfing, mich auszuquetschen, wollte er sichergehen, daß ich kein Abhörgerät trage», sagte ich. «Und dann ist ihm die Situation entglitten.»

«Sprich, Sie haben ihm den Arsch versohlt», sagte Quirk.

«Sozusagen», sagte ich bescheiden.

«Was es irgendwie schwierig machte, Sie zu Tode zu erschrecken», sagte Healy.

«Ja.»

«Also hat er es nicht geschafft, rauszukriegen, was Sie wußten, und er hat es auch nicht geschafft, Sie von dem Fall wegzukriegen.»

Ich zuckte die Achseln.

«Tommy war ein zäher Bursche», sagte Healy.

«Wer hat ihn also abgeknallt?» fragte Quirk. «Der Graue Mann?»

«Miller hat mir gesagt, es reicht weit hinauf», sagte ich.

«Bis wohin?»

«Weiter rauf, als wir reichen», sagte ich.

«Sie meinen, der Graue Mann kommt von da oben?» fragte Quirk.

«Er ist keiner, den man irgendwo in einer Spielhalle anheuert», sagte ich.

«Einer, der Kaliber .22 benutzen würde?» fragte Quirk.

«Das Einschußloch bei Miller war winzig», sagte Healy.

«Ja.»

«Einer, der Kaliber .22 benutzt, ist ein Spezialist», sagte Quirk. «Jeder kann mit einer .44er Magnum ein Loch so groß wie ein Aschenbecher in einen Schädel blasen.»

«Einer, der Kaliber .22 benutzt, will den Leuten zeigen, daß er ein Spezialist ist», sagte Healy. «Will zeigen, wie gut er ist.»

«Er muß die richtige Munition nehmen und wissen, wo er treffen muß. Dann kann er ihm eine Kugel so in den Schädel praktizieren, daß sie drin rumfuhrwerkt wie ein Pingpongball», sagte Quirk. «Richtet mehr Schaden an als eine Magnum.»

«Wieviel mehr Schaden muß er anrichten?» fragte Healy.

Die Passanten im Market hatten gewechselt. Die arbeitende Bevölkerung in Anzügen und Mänteln hatte den Touristen in Parkas und Daunenjacken Platz gemacht. Sie hatten keine Eile. Sie schlenderten hierhin und dorthin und blieben vor den Ständen mit Nahrungsmitteln stehen und betrachteten die Auslagen.

Quirk fragte: «Sie meinen, dieser Stapleton-Junge hat seine Freundin erledigt?»

«Er ist ein besserer Tip als Alves», sagte ich.

«Hat er genug Macht und Einfluß, um so eine Vertuschung zu inszenieren?» fragte Healy. «Den Grauen Mann und alles?»

«Das bezweifle ich», sagte ich. «Aber sein Vater schon.»

«Sie meinen, der hat den Grauen Mann gemietet?»

«Schon möglich.»

«Sie meinen, der Graue Mann hat Miller umgelegt?»

«Ja.»

«Haben Sie für irgendwas davon Beweise?» fragte Quirk.

«Nicht den leisesten Hauch», sagte ich.

«Wie wollen Sie sich welche beschaffen?»

«Ich werde noch mal mit dem Stapleton-Jungen reden und abwarten, was passiert.»

«Wollen Sie Polizeischutz?» fragte Healy.

Ich schüttelte den Kopf.

«Hat keinen Sinn, mehr den Macho zu mimen, als Sie müssen», sagte Healy.

«Das ist es nicht», sagte Quirk. «Er hat vor, weiter Druck zu machen, bis der Graue Mann wieder versucht, ihn zu erwischen.»

Healy sah mich an. Ich nickte.

«Sie haben vor, ihn Ihrerseits zu erwischen?» fragte Healy.

Wieder nickte ich.

«Ziemlich großes Risiko für einen Kerl wie Ellis Alves», sagte Healy.

«Er geht das Risiko nicht für Alves ein», sagte Quirk.

«Für wen denn dann, verdammt ...» Healy brach mitten im Satz ab und machte den Mund zu und sah mich eine Minute lang an. Dann nickte er.

«Schon gut», sagte er.

34. KAPITEL

Es war ein strahlender Samstagvormittag. Ich hatte gerade den letzten Rest meines Frühstücks vertilgt und verließ die Route 128, um nach Newton zu fahren. Clint Stapleton wohnte nicht auf dem Campus, sondern in einer Eigentumswohnung in Newton unweit der Walford-Linie in der Nähe vom Charles River. Die Eigentumswohnung erwies sich als Reihenhaus, das sich eine Mauer mit einem anderen Reihenhaus teilte und an einer sorgfältig geschwungenen Straße mit weiteren Reihenhäusern stand. Alle Reihenhäuser ahmten den Kolonialstil nach und waren weiß mit grünen Fensterläden und großen Messingtürklopfern an den Haustüren und großen Kutschenlaternen darüber. Die Straße hieß Fifer's Way, und wo es nur ging, hatte man weiße Lattenzäune errichtet. Niemand war auf der Straße. Keine Kinder. Keine Hunde. Dies war ein Viertel der noch nicht Verheirateten, der gerade Geschiedenen, der Paare, die es mal ein Jahr miteinander versuchen wollten.

Clint Stapleton kam in einem locker sitzenden elfenbeinweißen Tennispullover und weiten weizengelben Leinenhosen mit Zugschnurbund an die Tür. An den Füßen trug er nur Mokassins, keine Strümpfe. Um den Kopf hatte er ein marineblaues Tuch mit Paisley-Muster. Vielleicht war es nicht nur ein Modebekenntnis. Vielleicht war er kahl und fror am Kopf.

«Verdammt, was wollen Sie schon wieder?» fragte Clint.

«Haben Sie je über die metaphysischen Aspekte dieser Frage nachgedacht?» fragte ich.

«Ich habe keine Zeit zum Flachsen», sagte er.

Er sprach das Wort Flachsen überdeutlich aus, wie jemand in einem exklusiven Princeton-Club, der einen Rüffel austeilt. Ich schob einen Fuß in die Tür und hoffte, daß er sie nicht zuknallte. Ich hatte nämlich nur weiche Sportschuhe an.

«Wir müssen uns ein bißchen eingehender unterhalten», sagte ich.

«Worüber?»

«Über Melissa, über Ihre Karriere als Tennisprofi, über Ihren Cousin Hunt, über Tommy Miller, solche Sachen.»

Clint wußte nicht, was er tun sollte. Er setzte zum Sprechen an, machte den Mund wieder zu, schaute sich nach hinten um, sah mich wieder an. Ich lächelte.

«Kann das nicht warten?» fragte er. «Ich habe Besuch.»

Ich schüttelte den Kopf und lächelte noch freundlicher. Wenn das mit der Detektivarbeit nicht mehr klappte, dann konnte ich vielleicht von Tür zu Tür Staubsauger verkaufen.

Er trat von der Tür zurück und machte sie weiter auf.

«Okay», sagte er. «Kommen Sie rein.»

Ich trat in die kleine Diele. Rechts führte eine Treppe nach oben. Links befanden sich ein kleines Eßzimmer und die Küche. Geradeaus lag das Wohnzimmer. Ein hübsches Mädchen ohne Make-up und mit glatten blonden schulterlangen Haaren erschien in einem blaßrosa Veloursmorgenmantel in der Tür zum Eßzimmer. Auch sie hatte keine Strümpfe an, ihre Zehennägel waren blaßrosa lackiert. Sie war vielleicht zwanzig Jahre alt.

«Ich muß kurz mit jemandem reden, Trish, vielleicht kannst du uns einen Kaffee oder so was machen.»

«Ja, gut, Clint», sagte sie. «Ist Filterkaffee okay?»

Er nickte, und ich nickte und lächelte auch sie an. Das funktionierte so gut, daß ich mir vornahm, es öfter anzuwenden.

Das blonde Mädchen lächelte zurück und verschwand in der Küche. Ich folgte Clint ins Wohnzimmer. In einer Ecke war ein Kamin, so ein Fertigbauteil aus doppelwandigem Metall, das man überall einpassen kann, wo ein Schornstein verläuft. Ein Brikett aus Sägespänen und Paraffin brannte darin, sah irgendwie anheimelnd aus, spendete aber sehr wenig Wärme.

«Was wollen Sie?» fragte Stapleton.

Er gab sich Mühe, rotzig zu klingen, aber in seiner Stimme war kein Biß. Er hatte Angst.

«Jemand hat letzte Nacht Tommy Miller abserviert, im sechsten Stock eines Parkhauses am Quincy Market», sagte ich.

«Wen?»

«Tommy Miller, großer blonder Kerl von der Landespolizei, der für Sie den Mord auf Ellis Alves abgewälzt hat.»

«Ich weiß nicht, wovon Sie reden.»

«Wieviel hat es gekostet, Ellis den Mord unterzuschieben?» fragte ich.

Er stand da und schwieg.

«Sie wissen es wohl nicht?» fragte ich. «Weil Ihr alter Herr das bezahlt hat.»

Er schaute zur Küche.

«Hat Ihr alter Herr auch jemanden dafür bezahlt, Tommy abzuräumen?» fragte ich.

Das Mädchen mit den rosa Zehennägeln kam mit einer versilberten Kaffeekanne, einem Sahnekännchen, einer Zuckerdose, Kaffeelöffeln und drei Tassen auf einem großen schwarzen Lacktablett und schenkte dem Wohnzimmer ein strahlendes Lächeln.

«Der Kaffee», sagte sie und stellte das Tablett auf den niedrigen Tisch vor der Couch.

Clint sah sie an, als käme sie vom Mars, dann sah er mich genauso an, dann sagte er: «Ich muß los», und ging in die

Diele, griff sich aus dem Wandschrank eine blaugoldene Trainingsjacke und spazierte zur Haustür hinaus. Das Mädchen starrte ihm hinterher. Ich schenkte zwei Tassen Kaffee ein, gab ihr eine und tat in meine Sahne und Zucker.

«Seien Sie nicht traurig», sagte ich. «So bleibt uns mehr Kaffee.»

«Wo geht er hin?»

«Ruft wahrscheinlich seinen Vater an», sagte ich. «Kennen Sie ihn schon lange?»

«Clint? Ich hab ihn im ersten Collegejahr kennengelernt, aber befreundet bin ich mit ihm erst seit einem Jahr.»

«In welchem Collegejahr sind Sie jetzt, Trish?»

«Im dritten.»

«Sind Sie nur zu Besuch hier, oder wohnen Sie hier?»

«Nein, nein. Ich wohne auf dem Campus. Ich komme meistens nur übers Wochenende her.»

«Lieben Sie Clint?»

«Na klar, ich meine, wieso nicht, er sieht super aus, er ist ein großer Tennisstar, er hat jede Menge Kies, er ist ein Schatz.»

«Werden Sie ihn irgendwann heiraten?»

«Glaub ich nicht, nein. Ich meine, ich liebe ihn nicht auf *die* Art.»

«Auf welche Art lieben Sie ihn?»

«Na, bis ich mit dem College fertig bin, auf die Art, verstehen Sie? Mit Liebe meine ich nicht gleich Heiraten. Wer sind Sie überhaupt?»

«Ich bin Detektiv», sagte ich. «Ich glaube, Clint steckt in ziemlichen Schwierigkeiten.»

«Was für Schwierigkeiten?»

«Das versuche ich gerade herauszubekommen», sagte ich. «Hat er mal mit Ihnen über Melissa Henderson geredet?»

Sie schüttelte den Kopf.

«Tommy Miller?»

«Ich weiß nichts über diese Leute. Ich weiß nichts über irgendwelche Schwierigkeiten, in denen Clint angeblich steckt. Ich glaube Ihnen kein Wort. Ich glaube, er ist überhaupt nicht in Schwierigkeiten. Ich glaube, Sie sind ein widerlicher Rassist. Und ich glaube, Sie sollten jetzt gehen.»

«Haben Sie mal seinen Vater kennengelernt?» fragte ich.

«Gehen Sie, und zwar sofort», sagte sie.

Sie runzelte die Stirn, und dadurch bildete sich zwischen ihren Augen ein kleiner senkrechter Spalt, der sich irgendwann zu einer Falte auswachsen würde, je nachdem, wieviel Stirnrunzeln ihr bevorstand.

«Okay», sagte ich. «Die meisten Leute hören nicht auf meinen Rat und tun wahrscheinlich gut daran, aber ich meine, Sie sollten sich von Clint Stapleton fernhalten.»

«Sie haben kein Recht, mir zu sagen, was ich tun soll», sagte sie.

Ich stellte meine halb ausgetrunkene Kaffeetasse hin.

«Habe ich auch nicht», sagte ich und stand auf.

«Passen Sie auf sich auf», sagte ich und ging durch die Diele zur Haustür hinaus, durch die Clint Stapleton vor kurzem davongelaufen war.

35. KAPITEL

Es war ein später Freitagnachmittag mit beständigem leichtem Schneefall. Susan hatte noch zwei weitere Patienten, bevor sie fertig war, und ich vertrieb mir die Zeit bis dahin, indem ich am Charles River entlangrannte. Ich rannte auf der Cambridge-Seite ostwärts, vorbei am Bootshaus und auf die Weeks-Fußgängerbrücke, die den Fluß überquert und den Rest von Harvard mit der Business School verbindet. Die Straßenlaternen auf beiden Seiten verschwammen im Schneegeriesel. Es herrschte kein Frost, es war nur kalt genug für Schnee. Der Fluß war noch nicht zugefroren, und das schwarze Wasser strömte schimmernd, hell und dunkel gefleckt, hinter dem Schneevorhang zum fünf Meilen ostwärts gelegenen Hafen. Die Brücke wird von einer Bogenkonstruktion getragen, und als ich mich der höchsten Stelle des Brückenbogens näherte, sah ich einen großen Mann in einem grauen Mantel von der Bostoner Seite durch den Schnee auf mich zukommen. Die Krempe seines grauen Filzhutes hatte er heruntergezogen, um sein Gesicht vor dem Schnee zu schützen. Er hatte eine Waffe.

Die erste Kugel traf mich, als ich nach links wegtauchte. Sie erwischte mich in der rechten Schulter, und meine Waffe, die ich schon fast aus der Jackentasche gezogen hatte, landete nahezu lautlos im weichen Schnee. Der Knall des Schusses wurde durch den Schnee gedämpft. Die zweite Kugel erwischte mich tiefer und warf mich seitwärts an das brusthohe Geländer der Brücke. Ich hatte kein Gefühl mehr im rechten Arm. Der Graue Mann war vielleicht sieben Meter entfernt, er stand breitbeinig da und hielt seine Handfeuerwaffe in beiden Händen, völlig reglos, der Schneefall verwischte seine Umrisse. Nichts bewegte sich, nur der leichte Rückschlag seiner langläufigen Waffe. Als ich mit meiner restlichen Kraft das Geländer packte, spürte ich den Schlag des dritten Schusses im Rükken, nahe der Wirbelsäule. Mein linkes Bein fühlte sich taub an. Mit dem linken Arm und dem rechten Bein warf ich mich über das Brückengeländer und fiel sieben Meter tief in das eisige Wasser. Die Wucht des Aufpralls nahm mir fast das Bewußtsein. Der Kälteschock wurde durch meinen Jogginganzug abgebremst, aber nur für einen Moment. Fast sofort begann die Eiseskälte mich zu beißen. Der Schwung meines Sturzes drückte mich unter die schwarze Oberfläche. Das eiskalte Wasser schien mich ein wenig zu beleben, während es mich gleichzeitig fast lähmte. Ich hielt die Luft an, ließ mich von der Strömung von der Brücke wegtragen und trat dabei mit einem Bein und einem Arm Wasser. Ich bekam den Kopf über Wasser und spürte bereits die Kälte und die Benommenheit durch das eisige Wasser und den Schock und wahrscheinlich auch den Blutverlust. Ich war im Dunkeln. Im Fluß konnte ich nicht lange überleben, aber auf der Brücke hatte ich keine Chance gehabt. Ich schaute mich um und sah die verschwommene Gestalt des Grauen Mannes reglos am Geländer stehen und ins Dunkel hinunterspähen. Er schoß nicht. Er konnte mich in der schneeverhangenen Dunkelheit nicht sehen. Dann sah ich ihn nicht mehr. Mein Gesichtsfeld schrumpfte, und es gab nur noch meinen nahezu fühllosen Körper im eisigen Wasser und den Geruch des Flusses an meinem Gesicht. Ich paddelte mit meinem guten Arm zum linken Ufer und bekam eine Achse zu fassen. Die Achse ragte aus der Mitte der Erde, und ich hielt mich daran fest, um nicht in den Weltraum geschleudert zu werden, und die Achse wurde immer kleiner, und die Welt drehte sich immer schneller, und dann wurde die Achse zu klein, um sich daran festzuhalten, und die Zentrifugalkraft schleuderte mich hinaus, und ich segelte erst schnell und dann langsamer in den schwarzen Weltraum, wo ich für immer schwerelos und richtungslos trieb, bis ich gegen etwas stieß und, immer noch in der tödlichen Kälte rotierend, hinaufkrabbelte und im schwarzen Strudel der Unendlichkeit verschwand.

Die Unendlichkeit erwies sich als recht belebt. Sie drehte sich langsamer als die Welt, die mich von ihrer Achse geschleudert hatte. Da waren viele Geräusche, viel plötzliches und unerklärliches Licht, das an- und ausging. Da waren Bewegung, Gedränge, Geschrei und blendendes Licht und lange Phasen dunkler Stille. Da waren hin und wieder undeutliche menschliche Geräusche, der Geruch von Chemikalien, das Gefühl meines Atems, Schmerzen und das Pochen meines Pulses, das manchmal alle anderen Geräusche verdrängte. Die langsamen Umdrehungen wurden noch langsamer. Der Donner meines Pulsschlages wurde leiser. Ich hatte Halsschmerzen. Das Licht war zu hell. Es war heiß. Ich rutschte im Bett herum. In meinem Hals steckte ein Schlauch. Im Handrücken meiner rechten Hand war ein Tropf. Eine Frau in einer weißen Uniform sah zu mir herunter. Ich war nicht tot.

«Willkommen im Diesseits», sagte die Krankenschwester.

Sie war schwarz und sprach im singenden Tonfall der Karibik.

Ich lächelte freundlich und sagte: «Ich freue mich, hier zu sein.»

Sie lächelte zurück.

«Sie sind noch nicht ganz bei Bewußtsein», sagte sie. «Das dauert noch ein bißchen.»

Es dauerte mehrere Stunden. Währenddessen kam ein Stationsarzt und nahm mir den Nährschlauch aus dem Hals, und die Krankenschwester richtete mein Bett so weit auf, daß ich Hawk sehen konnte, der dasaß und ein Buch von Tony Brown las.

«Wo ist Susan?» fragte ich.

«Vinnie ist bei ihr», sagte Hawk.

«Ich möchte sie sehen.»

«Sie wird bald hier sein», sagte Hawk.

«Wo ist *hier*?» fragte ich.

«Massachusetts General Hospital.»

«Wie lange?»

«Ungefähr drei Wochen», sagte Hawk.

«Drei Wochen?»

«Du warst drei Wochen bewußtlos, du bist seit zwei Wochen und vier Tagen hier. Zwei Studentinnen, die Skilanglauf machen wollten, haben dich am Flußufer gefunden, ungefähr in Höhe der De Wolfe Street. Sie haben dich mit ihren Jacken zugedeckt, eine ist bei dir geblieben, und die andere ist zum Dunster House gerannt und hat die Polizei von Harvard angerufen. Die Cops haben dich ins Mt. Auburn geschafft. Sobald das Mt. Auburn dich stabilisiert hatte, ließ Quirk dich hierher bringen. Du bist hier offiziell als James B. Hickock.»

«James Butler Hickock, genannt Wild Bill Hickock, der beim Pokerspiel erschossen wurde?»

«Mh-hm. Quirks Idee.»

Zu viele Informationen stürzten zu rasch auf mich ein. Ich schloß für einen Moment die Augen. Die Unendlichkeit drehte sich ein wenig, und ich machte die Augen wieder auf. Es war dunkel. Susan saß am Bett. Ich streckte den linken Arm nach ihr aus, und sie beugte sich wortlos über mich und küßte mich, und ich drückte sie an mich, so stark ich nur konnte, was nicht sehr stark war. Ich roch ihr Parfüm und den

Duft von ihrer Seife und ihrem Shampoo und den Duft von ihr. Ich fühlte mich innerlich zitterig, aber die Luft, die in meine Lungen strömte, schien frisch und reichlich, und nach einer Weile spürte ich, wie sich das Zittern legte. So blieben wir eine lange Zeit, ihr Gesicht an meinem, mein Arm schwach um sie. Ich spürte ihren Atem auf meinem Gesicht. Dann setzte sie sich langsam auf, nahm vorsichtig meinen Arm und legte ihn auf die Bettdecke und ließ ihre Hand darauf.

Ich grinste sie an und sagte: «Ich schau dir in die Augen, Kleines.»

Sie streichelte sanft meine Hand.

«Wie geht's mir?» fragte ich.

«Du wirst leben», sagte Susan.

«Ich scheine nicht viel Gefühl in meinem linken Bein und meinem rechten Arm zu haben.»

«Die Ärzte haben gesagt, das ist zu erwarten», sagte Susan.

«Für wie lange?»

«Ich glaube, das wissen sie nicht», sagte Susan.

Ich nickte, worauf mir ein bißchen schwindlig wurde und ich wieder für einen Moment die Augen schloß. Als ich sie aufmachte, schien die Sonne zu hell auf die Wand gegenüber. Susan war fort und Hawk ebenfalls. Martin Quirk saß da, wo Hawk gesessen hatte, und ein Mann in einem weißen Kittel stand da und sah über seine Lesebrille hinweg zu mir herunter. Er war hager, hatte ergrauendes Haar und ein schmales, kantiges Gesicht. Das Gesicht war gebräunt. Ein Stethoskop hing ihm aus der Tasche. Unter dem weißen Kittel trug er ein weißes Hemd mit blauen Streifen und einen blauen Schlips mit weißen Pünktchen. An der linken Hand hatte er einen Trauring. Seine Hände waren gebräunt, die Nägel breit und gepflegt.

«Ich bin Phil Marinaro», sagte er. «Wie fühlen Sie sich?»

«Als hätte einer auf mich geschossen und als wäre ich in den Fluß gefallen», sagte ich.

«Liegt nahe», sagte er. «Ist Ihnen nach Reden zumute?»

«Mehr nach Zuhören», sagte ich.

«Okay», sagte Marinaro. «Wenn der Mann, der auf Sie geschossen hat, größere Kugeln verwendet hätte, wären Sie tot.»

«Kaliber .22», sagte Quirk. «Genau wie bei Miller.»

«Und Sie hatten Glück. Das kalte Wasser hat wahrscheinlich die Blutung verlangsamt und auch die inneren Schwellungen. Die Studentinnen, die Sie gefunden haben, haben Sie wahrscheinlich vor dem Tod durch Unterkühlung gerettet. Sie haben Sie mit ihren Skiparkas zugedeckt, und die eine hat Sie sogar mit ihrem Körper gewärmt, bis der Rettungswagen kam.»

«Wer kann's ihr verdenken?» sagte ich.

«Als die Rettungssanitäter eintrafen, hatten Sie keinen Puls mehr», sagte Marinaro. «Die Sanitäter haben Sie auf dem Weg ins Krankenhaus wiederbelebt. Und trotz allem, der kleinkalibrigen Waffe, dem kalten Wasser, den umsichtigen Harvardstudentinnen, den tüchtigen Sanitätern, trotz allem, wenn Sie nicht so groß und stark wären, hätten Sie's nicht überlebt.»

«Im Moment fühle ich mich ungefähr so stark wie ein Huhn», sagte ich.

«Im Moment sind Sie ungefähr so stark wie ein Huhn», sagte Marinaro. «Sie werden sehr viel Reha brauchen. Können Sie Ihren rechten Arm bewegen?»

Ich konnte es nicht.

«Linkes Bein?»

Nein.

«Wie technisch wollen Sie's hören?» fragte Marinaro.

«Irgendwann will ich alles hören», sagte ich. «Aber im Moment will ich nur eine Prognose.»

«Ich weiß es wirklich nicht», sagte Marinaro. «Ich bin ein guter Chirurg. Die Operationen sind gelungen. Aber Sie sind fast kaputtgeschossen worden und beinahe ertrunken. Eine Kugel hat nur ganz knapp Ihre Wirbelsäule verfehlt. Ich kann nur einen informierten Tip wagen. Eine Prognose ist sowieso meistens nichts anderes. Ich meine, wenn Sie bereit sind, hart genug zu arbeiten, können Sie sich davon erholen. Ich weiß nicht, wie weit. Das hängt wahrscheinlich davon ab, wie hart Sie arbeiten.»

«Ich kann ziemlich hart arbeiten», sagte ich.

«Das habe ich schon gehört. Sobald Sie aufstehen können, werden wir einfache Übungen mit Ihnen machen. Es wird ein langer, langsamer Prozeß werden.»

«Wie bald?» fragte ich.

«Weiß ich nicht. Wir werden Sie beobachten. Wir werden so bald wie möglich damit anfangen.»

«Nichts überstürzen», sagte ich.

«Nein, Sie sind ziemlich mitgenommen, außerdem stehen Sie noch unter den Nachwirkungen der vielen Betäubungsmittel. Captain, möchten Sie etwas sagen?»

«Ja», sagte Quirk.

Er stand auf und trat zu mir ans Bett und sah zu mir herunter.

«Wissen Sie, wer auf Sie geschossen hat?»

«Der Graue Mann», sagte ich.

«Dachten wir uns.»

«Ich hab ihn gesehen», sagte ich.

«Dr. Marinaro weiß, wer Sie sind und wieso Sie hier sind. Alle anderen denken, Sie heißen Hickock und sind das Opfer eines eifersüchtigen Ehemannes. Wir haben der Presse gesagt, daß Ihre Leiche aus dem Charles River gefischt worden ist. Beide Zeitungen haben Nachrufe gebracht. Werden Ihnen wahrscheinlich gefallen.»

«Ausnahmsweise mal gute Kritiken, wie?»

«Ausnahmsweise», sagte Quirk.

«Bewegen Sie sich nicht ein bißchen außerhalb der Legalität?» fragte ich.

«Ja.»

«Als Sie Belson und Farrell für Susan abgestellt haben, wußte ich, dazu waren Sie eigentlich nicht befugt. Hawk hat gesagt, das stimmt, aber das kümmert den einen Dreck.»

Quirk zuckte die Achseln.

«Was meinen Sie, warum es so lange gedauert hat, bis ich's zum Captain gebracht habe?»

«Das habe ich mich immer gefragt.»

Quirk grinste.

«Außerdem ist das von Hawk ein Kompliment.»

«Das ist wahr.»

«Wir lassen jemanden bei Ihnen, solange Sie hier sind», sagte Quirk. «Hawk wird oft da sein und Vinnie Morris und ein paar von meinen Leuten. Ich stelle Belson und Farrell dazu ab.»

«Die Räuber und die Gendarmen», sagte ich.

«Bäumchen, Bäumchen, wechsle dich», sagte Quirk.

«Quirk», sagte ich, «Sie sind ja gebildet!»

«Das haben Sie schon mal gesagt. Ich habe keine Ahnung, was das bedeutet.»

«Solange der Graue Mann mich für tot hält, und er hat keinen Grund, es nicht zu tun, ist Susan sicher. Das ist einer, der keine Zeit darauf verschwendet, umsonst Leute umzubringen.»

«Das haben Hawk und ich uns auch gesagt, aber wir haben's auch für möglich gehalten, daß er sie noch eine Weile beobachtet, um sicherzugehen. Als Sie aufgewacht sind, haben wir Susan von der Polizei von Cambridge wie zu einer Vernehmung abholen lassen und sie dann hier rüber geschmuggelt.»

«Und keiner ist ihr gefolgt?» fragte ich.

«Hawk hat sie hergebracht», sagte Quirk.

«Ich ziehe die Frage zurück», sagte ich.

Es kann sein, daß ich noch was gesagt habe, aber ich weiß es nicht mehr genau, und dann war ich wieder im Land der Träume und lauschte den Sphärenklängen.

36. KAPITEL

Ich verließ das Krankenhaus im Rollstuhl, denn ich konnte mein linkes Bein kaum gebrauchen. Susan und Hawk und Dr. Marinaro und ich fuhren im Lastenaufzug in die Kellergarage, und Dr. Marinaro schob den Rollstuhl.

«Da drüben ist die Leichenhalle», sagte Marinaro und wies mit dem Kopf auf eine Doppeltür. Er griente. «Das ist der Ausgang für unsere Fehler.»

«Wie aufmunternd», sagte ich.

Quirk und Belson lehnten an der vorderen Stoßstange von einem schwarzen Ford Explorer in der Nähe der Ausfahrt. Pearl der Wunderhund war auf dem Rücksitz und schaute zum Fenster hinaus. Der Rest der Garage war leer. Marinaro rollte mich zum Explorer. Belson öffnete die Vordertür.

«Ich kann stehen», sagte ich, «und ein bißchen gehen. Beim Einsteigen brauche ich etwas Hilfe.»

Hawk kam herum und hob mich hoch und setzte mich auf den Vordersitz. Pearl leckte mir den Nacken. Im Laderaum hinten lag Gepäck.

«Soviel Hilfe brauche ich nun auch wieder nicht», sagte ich.

«Er ist nicht schwer», sagte Hawk. «Er ist mein Bruder.»

«Und er hat dreißig Pfund abgenommen», sagte Susan.

«Kannst du mit der linken Hand schießen?» fragte Hawk.

«Ein bißchen.»

Er gab mir einen kurzläufigen Colt Detective Special, und ich steckte ihn in die linke Jackentasche.

«Er muß aber ziemlich nah dran sein, damit ich ihn linkshändig mit dem Ding treffe», sagte ich.

«Er wird nah dran sein», sagte Hawk, «weil er erst an mir vorbei muß.»

«Unwahrscheinlich», sagte ich.

«Äußerst», sagte Hawk.

«Wo hast du das Auto her?» fragte ich Susan.

«Hawk hat es besorgt», sagte sie.

Ich sah Hawk an. Er lächelte.

«Ist ja auch egal», sagte ich.

Marinaro sagte: «Sie haben meine Nummer. Rufen Sie mich an, wenn was ist.»

Ich sagte: «Ich danke Ihnen.»

Er zeigte mit dem Daumen nach oben, wie es die RAF-Piloten früher taten, wenn sie in ihre Spitfires kletterten. Susan ging um das Auto herum und setzte sich auf den Fahrersitz. Hawk stieg hinten bei Pearl ein. Belson machte die Vordertür zu. Susan ließ den Motor an. Marinaro drückte auf einen Knopf, und die Garagentür fuhr hoch. Draußen war es dunkel. Quirk und Belson gingen hinaus und postierten sich rechts und links von der Ausfahrt und spähten ins Dunkel. Quirk winkte uns heraus, und Susan fuhr den Explorer aus der Garage. Quirk und Belson gingen wieder hinein. Die Garagentür schloß sich. Susan fuhr eine Ausfahrt hinauf und bog dann in eine Seitenstraße und dann in die Cambridge Street in Richtung Storrow Drive mit dem Fluß zu unserer Rechten, der genauso feindselig aussah, wie ich ihn in Erinnerung hatte. Über die Schulter hinweg streichelte ich Pearl mit der linken Hand. Auf dem Fluß trieb jetzt Eis, und die Esplanade war verschneit. Die Lichter um den Kendall Square auf der anderen Seite des Flusses sahen fröhlich aus.

«Wo fahren wir hin?» fragte ich.

«Nach Santa Barbara», sagte Susan.

«Kalifornien?»

«Ja.»

«Wir fahren?»

«Ja. Ist sicherer.»

«Hast du was dagegen, wenn ich unterwegs *California Here I Come* singe?» fragte ich.

«Du bist sehr geschwächt», sagte Susan. «Es ist besser, wenn du dich ausruhst.»

« Vergiß nicht, ich habe eine Wumme», sagte Hawk.

«Du würdest mich erschießen, wenn ich singe? Deinen Bruder?»

«Ich würde mich selbst erschießen», sagte Hawk, «wenn du viel singst.»

Pearl hörte endlich auf, mir den Nacken zu lecken, und ließ sich auf dem Rücksitz nieder und sah aus dem Fenster.

«Wir fliegen nicht, weil uns jemand sehen könnte?» fragte ich.

«Und auch, weil wir das Baby nicht zurücklassen können», sagte Susan. «Du wirst sehr lange für die Reha brauchen … und sie kann nicht gut in eine Kiste und in den Flugzeugfrachtraum.»

«Auf keinen Fall», sagte ich. «Warum Santa Barbara?»

«Es ist weit weg, es ist kein Ort, an dem dich jemand suchen würde. Es ist warm. Ich habe eine Freundin, die jemanden kennt, der einen richtigen Immobilienmakler da unten kennt. Ich konnte ein Haus mieten.»

«Unter deinem Namen?»

«Als Mr. und Mrs. James Butler Hickock», sagte Susan.

Ich wies mit dem Kopf auf Hawk. «Und wer ist er?» fragte ich. «Der Dienstbolzen?»

«Die Damen nennen mich anders», sagte Hawk.

«Wollt ihr beide auf dem Weg durchs ganze Land blöde Sprüche klopfen?» fragte Susan.

«Hatte ich vor», sagte Hawk.

«Ich auch», sagte ich.

«Wie schön», sagte Susan.

«Was ist mit deinen Patienten?» fragte ich.

«Zwei Kollegen springen für mich ein», sagte sie. «Ich hatte ja ein bißchen Zeit, das zu arrangieren.»

«Gut, daß wir noch kein Kind adoptiert haben», sagte ich.

«Ja.»

Wir waren jetzt auf der Massachusetts-Mautstraße und fuhren in dem dichten Verkehr langsam nach Westen. Die Uhr im Armaturenbrett zeigte 5 Uhr 27. Wir waren seit knapp einer Stunde unterwegs.

«Welche Route nehmen wir?»

Susan sagte: «Hawk?»

«Die 84 nach Scranton. Die 81 runter nach Knoxville. Dann nach rechts und die Route 40 quer durchs Land. Scranton müßten wir heute abend erreichen.»

«Die Route 40 ersetzt Teile der alten Route 66 westlich von Oklahoma City», sagte ich. «Ich kenne alle Songs auf die Route 66.»

«Bobby Troup wird sich freuen, das zu hören», sagte Hawk.

Wir krochen in die Mautschranke bei Weston, und Susan zog sich einen Mautschein. Dann waren wir durch, und der Verkehr nahm ab, während die Pendler in die westlichen Vororte abbogen.

«*You go to St. Louie, Joplin, Missouri, and Oklahoma City is mighty pretty …*»

Wir übernachteten in Holiday Inns. Hawk und ich in einem Zimmer, Susan und Pearl im Zimmer nebenan. Ich hatte das Gefühl, daß Pearl dabei den besseren Schnitt machte. Wenn Hawk meinen Arm nahm, konnte ich in die Hotels schlurfen, in die Raststätten und Tankstellen.

«*See Amarillo; Gallup, New Mexico; Flagstaff, Arizona; now, don't forget Winona; Kingman; Barstow; San Bernardino …*»

Susan und Hawk wechselten sich am Steuer ab. Susan fuhr schneller als Hawk, vielleicht sogar schneller als Mario Andretti. Pearl und ich saßen und schauten halb katatonisch aus dem Fenster auf den vorbeirollenden amerikanischen Kontinent. Pearl hatte sich schon bald nach Beginn der Reise immer näher an Hawk herangearbeitet, wenn er hinten saß, und legte sich schwer auf ihn, mit dem Kopf auf seiner Schulter.

«Sie ist nicht schwer, sie ist meine Schwester?» fragte ich.

Hawk seufzte.

«Wird ein langer Trip», sagte er.

«*Get hip to this friendly tip, when you take that California trip …*»

37. KAPITEL

Das Haus stand in Montecito, weißer Stuck und rote Dachziegel, am Hang in der subtropischen Zone, unweit der East Valley Road, ganz von Grün umgeben, dahinter stieg das Hügelgelände weiter an und führte zu den Sierra Madre Mountains. Vom Balkon im oberen Stock konnte man den Santa Barbara Channel sehen mit den Channel Islands im Hintergrund und den jurassisch aussehenden Ölplattformen, die an der Küste entlang marschierten. Um uns herum waren teure Villen und ummauerte Anwesen, es duftete nach Orangenbäumen und Palmen und rankenden roten Blüten und rankenden violetten Blüten. Die Häuser standen gar nicht so weit auseinander, aber die Vegetation war so üppig, daß man die Nachbarn nicht sehen konnte. Die Straßen hatten keine Laternen, man sah selten jemanden vorbeigehen, und nachts hörte man die Kojoten rufen, und manchmal sahen wir sie am Tage klein und köterähnlich über das offene Feld hinter dem Haus laufen. Wir kamen uns vor wie die Schweizer Familie Robinson. Pearl kümmerte sich nicht um die Kojoten.

«Würden sie ihr was tun?» fragte Susan.

«Sie ist zu groß für sie», sagte ich.

«Und wenn sie sich zu mehreren zusammentun?» fragte Susan.

«Dann erschießen wir sie», sagte Hawk.

«Die Leute hier haben Sprüche über sie», sagte Susan. «Zum Beispiel: ‹Wir dürfen sie nicht erschießen, sie waren schon vor uns hier.›»

«Das waren die Indianer auch», sagte ich.

Ungefähr eine Viertelmeile vom Haus entfernt lag ein Hügel, der im Vergleich zu dem wesentlich sanfteren Hügel, auf dem wir wohnten, sehr steil anstieg. Jeden Morgen gingen Hawk und Pearl und ich zum Fuße dieses Hügels hinauf und sahen ihn uns an. Die Wahrheit ist: Pearl raste. Hawk ging. Ich schlurfte. Aber nach einer Woche schlurfte ich, ohne mich festzuhalten. Pearl hetzte mit ihrer breiten Brust und ihrer Wespentaille den Hügel hinauf. Gezüchtet, um stundenlang zu rennen, schaute sie verdutzt, daß ich nicht konnte, was sie ohne jede Anstrengung tat. Dann gingen wir zum Haus zurück, und ich ruhte mich aus. Dann wieder zum Hügel und zurück und Ruhepause und zum Hügel und zurück und Ruhepause. Das taten wir bis mittags. Dann aßen wir etwas. Ich hielt ein Mittagsschläfchen. Nachmittags arbeitete ich an Gewichten. Ich fing mit Drei-Pfund-Hanteln an. Ich machte damit Übungen zur Stärkung von Bizeps, Trizeps und dem Schultergürtel. Das heißt, ich machte das alles mit der linken Hand. Mit der rechten Hand schaffte ich es kaum, die Hantel anzuheben. Mein Trost war, daß Pearl das auch nicht schaffte.

Ein Training, das nur aus wiederholten Übungen besteht, ist bestenfalls langweilig. Da ich es kaum schaffte, wurde die Langeweile lebensbedrohlich. Ich erreichte den Fuß des steilen Hügels jedesmal völlig außer Atem, mit schweißdurchweichtem T-Shirt. Ich wog weniger als fünfundsiebzig Kilo, und ich ging wie ein alter Mann. Ich war für Hawk ebensowenig eine Herausforderung wie für Pearl, doch falls es ihn langweilte, so zeigte er das nicht.

Susan kam jeden Morgen mit und rannte dann mit Pearl den Hügel hinauf. Der Gedanke daran, diesen Hügel zu erklimmen, egal, mit welcher Geschwindigkeit, bereitete mir Übelkeit. Susan übernahm die Verantwortung für unsere Ernährung. Zum Glück hatte sie ein Restaurant in der Oberstadt gefunden, das auch außer Haus verkaufte. Also aßen wir eine endlose Auswahl gesunder Salate und kalter Rostbraten und Pasta und frisches Brot und tranken den Wein der umliegenden Weingüter.

Eine der Seltsamkeiten des Lebens in Kalifornien war das Gefühl von Zeitlosigkeit, das einsetzte. Es gab keine richtigen Jahreszeiten in Kalifornien, und jeder Tag war wie der vorige. Die Menschen hier stellten wahrscheinlich eines Tages mit Schrecken fest, daß sie gealtert waren. Ich vermochte die Tage kaum zu unterscheiden, eine sich ständig wiederholende Folge von Anstrengung und Schweiß und Erschöpfung und Versagen, kurz unterbrochen von Schlafen und Essen. Jeden Abend etwas vom örtlichen Wein zu trinken wurde aufregender, als ich mir je hätte vorstellen können.

Susan und Pearl und ich schliefen in einem sehr großen Bett im Elternschlafzimmer. Ich hatte den Colt Detective Special immer auf dem Nachttisch liegen. Eine abgesägte doppelläufige Schrotflinte Kaliber .12 lehnte an der Wand neben Susans Betthälfte. Es war fast Vollmond, und zu dieser Nachtstunde schien er direkt ins Schlafzimmer, durch die Tür des oberen Balkons. Es war fast taghell, nur war das Licht milchiger.

«Könntest du es tun?» fragte ich.

«Hawk hat's mir gezeigt», sagte Susan, «während wir darauf warteten, daß du aus dem Krankenhaus kamst. Beide Hähne spannen, auf die Mitte des Körpers zielen, jeden Abzug einzeln drücken. Er sagt, es ist ziemlich schwer, mit so einem Ding aus nächster Entfernung nicht zu treffen.»

«Stimmt», sagte ich. «Aber könntest du es tun?»

Sie drehte den Kopf auf dem Kissen, und ihre großen Augen ruhten einen Moment schweigend auf mir. «Ja», sagte sie.

Wir schwiegen zusammen in der hellen, nach Blüten duftenden Dunkelheit.

«Wirst du dich je rasieren?» fragte sie.

«Noch nicht», sagte ich.

«Ist das irgendein Männerding?» fragte Susan. «Ich rasiere mich nicht, bis ich die Reha geschafft habe?»

«Nicht direkt.»

Wir schwiegen wieder, während Susan darüber nachdachte. Dann lächelte sie in der hellen Dunkelheit.

«Du hast also einen Plan», sagte sie.

«Ja.»

«Du änderst deine Erscheinung.»

«Ja.»

«Damit du, wenn du gesund bist, den Grauen Mann finden kannst und er dich nicht erkennt.»

«Fand ich eine gute Idee. Gibt mir ein Ziel.»

«Darf ich vorschlagen, daß du dir die Haare wachsen läßt und sie anders kämmst?»

«Darfst du.»

«Ich tu's hiermit.»

Wir lagen auf dem Rücken, Schulter an Schulter und Hüfte an Hüfte.

«Für einen Doktorgrad von Harvard bist du schlau», sagte ich.

«Ja», sagte sie. «Ich weiß.»

In der stillen Nacht heulte irgendwo ein Kojote. Für zwei Citybewohner ein ziemlich unheimliches Geräusch. Susan zog ein Gesicht. Pearl der Wunderhund schlief weiter. Falls sie das Heulen gehört hatte, so störte sie sich nicht daran.

«Pearl scheint nicht auf den Ruf der Wildnis anzusprechen», sagte ich.

«Nein», sagte Susan. «Aber ich.»

«Das sagen alle Männer im Harvard Faculty Club.»

«Die Männer im Harvard Faculty Club sagen nichts derartig

Unterleibsbezogenes», sagte Susan. «Möchtest du mit mir schlafen?»

Ich schwieg eine Weile und dachte darüber nach. Diagonal über die untere Hälfte des Bettes ausgebreitet, so daß sie doppelt soviel Platz einnahm, wie sie brauchte, lag Pearl, schnarchte leise und gab hin und wieder Schmatzlaute von sich, als träumte sie von Frolic.

«Was ist mit dem Baby?»

«Wir könnten sie bitten, Onkel Hawk ein bißchen zu besuchen.»

Ich dachte darüber nach.

«Ich glaube nicht», sagte ich. «Ich glaube, es ist besser zu warten.»

«Worauf?» fragte Susan.

«Bis ich mehr tun kann als mit der linken Hand an dir herumfummeln», sagte ich.

«Deiner linken Hand fehlt nichts», sagte Susan.

Ich zuckte in der Dunkelheit die Achseln.

«Ich glaube, wir sollten warten, bis ich wieder beieinander bin», sagte ich.

«Er hat es nicht geschafft, dich zu töten», sagte Susan. «Du solltest dich nicht so verhalten, als hätte er's geschafft.»

«Verdammt noch mal, Suze, ich kann mich kaum allein umdrehen. Ich kann nicht mal den blöden Hügel rauflaufen, den du jeden Morgen raufrennst. Ich kann kaum bis zu dem Hügel gehen.»

«Noch nicht», sagte Susan. «Du wirst ihn rauflaufen, und eines Tages wirst du ihn raufrennen, und du wirst ihn schneller raufrennen als ich.»

«Vielleicht», sagte ich.

«Hawk und ich haben dich nicht für ein Vielleicht hierher verschleppt», sagte Susan. «Du bist noch nicht ganz der, der du warst. Aber du wirst es wieder sein. Und es gibt keinen Grund, weniger zu sein, als du jetzt bist. Wenn du dich nicht so bewegen kannst, wie du gern möchtest, ich kann es. Und würde es mit Freuden tun.»

Ich dachte darüber nach, während Susan aufstand, ihren grün geblümten Pyjama auszog und über einen Stuhl legte. Ich sah sie nackt mit den gleichen Gefühlen, die ich immer bekam. Ich hatte sie inzwischen viele tausendmal nackt gesehen, und das änderte nichts. Es war das gleiche Erlebnis wie beim ersten Mal. Sie war immer wie das erste Mal, immer die eine, die anders war als alle anderen, die ich gekannt hatte.

«Vielleicht funktioniert die Maschinerie nicht richtig», sagte ich.

«Vielleicht funktioniert sie ja», sagte Susan und kam ins Bett und legte sich neben mich.

Kurz darauf sagte sie: «Sie scheint zu funktionieren.»

«Das ist ermutigend», sagte ich.

«Lieg einfach still», sagte Susan. «Ich mache alles.»

«Stilliegen ist schwieriger, als ich dachte», sagte ich.

«Du kannst hin und wieder juhu schreien, wenn du möchtest.»

Pearl verlagerte sich am Fußende des Bettes und machte ein unwirsches Geräusch, als ärgerte sie die Störung.

«Was ist mit dem Baby?» fragte ich.

«Es wird Zeit, daß sie's erfährt», sagte Susan.

Später in der Nacht veränderte der Mond seine Stellung, so daß er wahrscheinlich in Onkel Hawks Zimmer schien. In der wesentlich tieferen Dunkelheit lag ich an Susan gedrückt und lauschte ihrem regelmäßigen Atem. Pearl hatte sich unter die Bettdecke am Fußende gearbeitet und schlief stumm bis auf gelegentliche Schnarcher.

«Bist du wach?» fragte ich.

«Ja.»

«Es gibt keine Garantie, daß ich mich völlig erhole», sagte ich.

«Ich glaube, du wirst es schaffen», sagte sie.

«Und wenn nicht?»

«In guten und in schlechten Zeiten», sagte sie leise, «an kranken und gesunden Tagen.»

«Du wirst dasein», sagte ich.

«Ich werde immer dasein», sagte sie.

Und sie drückte sich fester an mich, und wir schwiegen, und ich atmete ihren Duft ein und spürte sie und hörte sie und wußte, auch wenn ich nichts hatte als dies, es war genug.

38. KAPITEL

Am nächsten Morgen regnete es, und die tiefen Regenwolken verhüllten den Gipfel der höheren Hügel.

Wenn es in Süd-Kalifornien regnet, machen die Fernsehsender das, was sie in Boston machen, wenn es schneit. Sie tun so, als stürzte der Himmel ein. Sie zeigen den Weg der Wetterfront im Radar. Sie geben Ratschläge, wie man den Regen überleben kann. Sie schicken Reporter in Eddie-Bauer-Regenkleidung los, um den Leuten Fragen zu stellen von der Sorte: «Wie werden Sie mit dem Regen fertig?» Trotz des Notstands taten Hawk und ich, was wir seit unserer Ankunft hier jeden Morgen getan hatten. Wir gingen die Straße hinauf zu dem Hügel. Hawk hatte weiße Nikes an und schwarze Nylonhosen und eine weiße Segeltuchjacke mit Kordkragen. Unter der Jacke trug er in einem Schulterholster eine .44er Magnum, er hatte keine Mütze auf, so daß der Regen sich auf seinem kahlrasierten Schädel zu Tropfen sammelte.

In ganz Süd-Kalifornien wird Regenwasser sich selbst überlassen und muß von der Oberfläche ablaufen, und so bildeten sich, umgeben von Montecitos subtropischer Flora, zu beiden Seiten der Straße murmelnde Bäche. Das Wasser stürzte durch schmale Schluchten hinunter, in denen Bäume wuchsen und Ranken und dickblättrige Grünpflanzen, unterquerte die Straße in einem Abflußkanal und ergoß sich in eindrucksvollen Wasserfällen in den blumenbestandenen Straßengraben.

Als wir den Fuß des Hügels erreichten, blieben wir stehen und betrachteten ihn, wie wir es jeden Morgen taten. Er stieg sehr steil an, im oberen Drittel noch steiler. Auf dem Hügel standen Häuser, und zu beiden Seiten des Weges verliefen kleine Rinnen, in denen das Regenwasser hinunterströmte und da, wo wir standen, die Straße überflutete.

«Ich gehe hinauf», sagte ich.

«Ist heute der Tag?» fragte Hawk.

«Ja.»

«Wie wär's, wenn wir es bis zu dem Briefkasten schaffen?»

Der Briefkasten stand vielleicht fünfzig Meter hügelaufwärts.

«Den ganzen Weg», sagte ich.

«Kann eine Weile dauern», sagte Hawk. «Der Hügel ist tükkisch.»

«Na, dann los», sagte ich.

Wir begannen den Aufstieg. Ich zog das linke Bein nach. Hawk ging langsam neben mir. Rechts war ein Zitronenhain, die nassen Früchte glänzten zwischen den grünen Blättern. Niemand schien sie zu ernten. Die Früchte hingen gelb und schwer an den Bäumen und bedeckten den Boden, etliche verfaulten unter den Bäumen. Ich rang nach Luft. Ich sah hoch, und der Briefkasten war immer noch dreißig Meter weit weg.

«Kein Grund, nicht stehenzubleiben und auszuruhen», sagte Hawk.

Ich nickte. Ich schaute zurück. Die nasse schwarze Straßenoberfläche glitzerte. Ich war zwanzig Meter weit den Hügel hinaufgekommen und konnte nicht sprechen. Wir standen im stetig fallenden Regen nebeneinander. Ich hatte eine Baseballmütze von den Oakland A's auf und weiße New-Balance-Sportschuhe, Jeans und eine leuchtendgrüne Regenjacke an, von der Susan behauptete, sie sei häßlicher, als die Polizei erlaubte. In der linken Tasche wog der Colt Detective Special ungefähr zweihundert Pfund.

«Wie ... hoch ... ist ... der ... Hügel?»

«Hab nie nachgemessen», sagte Hawk. «Ich brauche ungefähr zehn Minuten, um raufzulaufen, wenn ich renne, fünf Minuten.»

«Rennen?» fragte ich.

Hawk grinste.

«Siehst du den Baum, der da auf den Weg ragt? Laß uns den zum Ziel nehmen, wenn du soweit bist.»

Ich nickte. Mein Puls verlangsamte sich. Ich atmete soviel Luft ein, wie ich konnte, und stieß sie aus und schlurfte ein bißchen weiter bergan und zog das linke Bein nach. Unter der Regenjacke war ich glitschig vor Schweiß. Mein Puls hämmerte so laut in meinem Kopf, daß es mir vorkam, als könnte ich nichts anderes hören. Ich sah nur vor mich auf den nassen Weg hinunter und konzentrierte mich darauf, das rechte Bein vorzusetzen und das linke Bein nachzuziehen. Ich bekam nicht genug Luft, und als ich den überhängenden Baum erreichte, rang ich wieder nach Atem. Das einzige, was mich davon abhielt, mich zu übergeben, war, daß mir die Kraft dazu fehlte. Hawk stand neben mir. Ich drehte mich um und sah zurück auf die glitzernde Straße und die subtropische Vegetation dahinter, die vereinzelten roten Ziegeldächer und weit unten den Santa Barbara Channel, jetzt grau und kabbelig, über dem die Wolken so tief hingen, daß die Channel Islands nicht zu sehen waren.

«Wenn du zusammenbrichst», sagte Hawk, «muß ich dir Mund-zu-Mund-Beatmung geben. Das wird keinem von uns sonderlich gefallen.»

Wenn's ... dazu ... kommt», sagte ich, «laß ... mich ... gehen.»

«Und was sage ich Susan?» fragte Hawk.

Ich schüttelte wieder den Kopf. Der Regen ließ nicht nach.

Wenn es in Boston regnete, war es oft windig, und das machte den Regen weniger angenehm. Hier fiel der Regen durch die warme Luft gerade herunter, von keinem Wind bewegt. Er tropfte vom gelben Schirm meiner Mütze und besprenkelte die Pfützen, die sich in Unebenheiten des Wegs gebildet hatten.

«Briefkasten», sagte ich, und wir machten weiter.

Hawk ging schweigend neben mir, beobachtete mich und sah gleichzeitig alles andere. Mir fiel ärgerlich auf, daß er nicht schwer atmete. Wieder die Donnerschläge meines Pulses, der Kampf um Sauerstoff, das Gefühl, wie sich mein rechter Quadrizeps in Wackelpeter verwandelte, die Behinderung meines rechten Arms, die Nutzlosigkeit meines linken Beins, die widerborstige Steigung des Hügels, das erbarmungslose Gewicht der Schwerkraft, während ich mich zentimeterweise vorankämpfte ... *Besser, ich wär ein Paar gezackter Klauen, / hinhuschend auf dem Grunde stiller Meere.*

Ich ruhte mich lange am Briefkasten aus, bevor ich weitermachte. Alles begann zu verschwimmen: der Regen, das Keuchen, die Schmerzen, die Schwäche, das Hämmern, die Übelkeit, der Druck im Kopf, in der Brust, das linke, nahezu leblose, unregierbare Bein, der Schweiß, der mein T-Shirt durchweichte, der Hügel, der sich vor mir erhob, während ich mich Schritt um Schritt mühsam hinaufschleppte, vor mich auf den Boden starrte, nichts anderes sah, nur schwach spürte, daß Hawk neben mir war, mit dem ganzen Ich gegen den unerbittlichen, immerwährenden Hügel ankämpfte.

Links stand ein Haus, ein wenig vom Weg zurückgesetzt, mit einer Auffahrt, die vom Weg zur Garage führte und eben war. Ich blieb mit gesenktem Kopf auf der ebenen Auffahrt stehen, mein Atem schlotterte in unwillkürlichem Keuchen herein und heraus, während mein Zwerchfell sich verzweifelt mühte, genug Sauerstoff in meinen Blutstrom zu schleusen.

Hawk sprach zu mir von irgendwo außerhalb des roten Strudels meiner Erschöpfung.

«Noch ungefähr zehn Meter», sagte er.

Ich schaute hoch, und der Gipfel des Hügels lag vor mir, zehn Meter entfernt. Ich ließ den Kopf sofort wieder sinken und konzentrierte mich auf die Anstrengung, genug Luft zu holen, der Schweiß lief an mir herunter, ich spürte ein Zittern im tiefsten Innern, als zerfiele langsam der Kern meines Ichs. Ich hatte Angst hinzufallen. Hawk stand schweigend neben mir. Ich wartete. Hawk wartete. Der Regen fiel gerade herunter.

Schließlich begann das klaustrophobische Hämmern in meinem Kopf langsamer zu werden, und mein Wahrnehmungsvermögen nahm so weit zu, daß ich zum Gipfel des Hügels hinaufschauen konnte.

«Gleich geschafft», sagte Hawk.

Ich mochte keine Puste auf das Reden verschwenden. Ich sog soviel Luft ein, wie ich nur konnte, und schleppte mich fast blind den Rest des Hügels hinauf, mit zusammengebissenen Zähnen, die Augen fast geschlossen, mit keuchendem Atem, fast ohne Gefühl, fast ohne irgend etwas außer meiner Erschöpfung wahrzunehmen, in einem fast sauerstofflosen Zustand, mein schlechtes Bein war nutzlos, mein gutes Bein zitterte. Und ich schaffte es. Und stand auf dem Gipfel und sah über das Tal hinweg auf die Weinberge gegenüber und die Regenwolken dicht darüber. Hawk stand wortlos neben mir. Wenn ich mich ein wenig umdrehte, konnte ich den Hafen von Santa Barbara sehen und die Boote in der Marina, die auf die Entfernung wie Spielzeug aussahen. Das Keuchen meines Atems begann sich zu verlangsamen. Meine anderthalb Beine fühlten sich schwach an, aber das Zittern hatte aufgehört.

«Zurück ist es leichter», sagte Hawk.

Ich nickte. Über uns, am Bergkamm ein wenig nach Osten,

lag eine steile Wiese, und auf der Wiese saßen im Schutze eines Felsens zwei Kojoten und starrten zu uns herunter.

«Warten ab, ob du's schaffst», sagte Hawk.

«Als nächstes», sagte ich und atmete ein, «kreisen die Bussarde.»

Noch ein Kojote trottete unter ein paar Bäumen hervor zu den beiden am Felsen, setzte sich auf die Hinterbeine und starrte zu uns herunter. Er bewegte sich so leicht, als berührten seine Pfoten gar nicht den Boden. Ich sah eine Weile die Kojoten an, bis mein Herzschlag sich so weit beruhigt hatte, daß sie ihn nicht mehr bis oben hören konnten. Ich setzte meine Mütze wieder auf.

«Gehen wir runter», sagte ich.

Hawk nickte.

«Wird rutschig auf dem Weg nach unten», sagte Hawk, «und deine Bremsen funktionieren noch nicht alle.»

Ich nickte. Und wir machten uns an den Abstieg. Beim Aufstieg war es entsetzlich schwer gewesen, vorwärts zu gehen, jetzt war es entsetzlich schwer, nicht vorwärts zu gehen. Vor der Auffahrt fiel ich zum ersten Mal hin, und dann noch einmal zwanzig Meter weiter, und danach klammerte ich mich an Hawk, bis wir am Zitronenhain vorbei waren und die Straße erreichten, deren Neigung wesentlich geringer war, sogar für mich, und die Anstrengung des Gehens nahm wieder menschliche Ausmaße an. Ich blieb stehen und schaute den Hügel hinauf.

Hawk sagte: «Zu früh, um's noch mal zu probieren.»

«Morgen», sagte ich.

Hawk schüttelte den Kopf.

«Nein», sagte er. «Laß einen Tag aus.»

Ich nickte.

«Viel Zeit», sagte ich.

«Soviel Zeit, wie du brauchst», sagte Hawk.

Ich wandte mich vom Hügel ab und humpelte langsam die Straße hinunter, vorbei an den tropfenden Bougainvilleen und Jacarandas und Orangenbäumen zum Haus.

39. KAPITEL

Während meines Aufenthalts in Kalifornien drückte ich fast ständig in jeder Hand einen Gummiball. Als ich das mit der rechten Hand zum ersten Mal probierte, fiel der Ball zu Boden. Ich hatte nicht genug Kraft, um ihn festzuhalten. Hawk hängte einen Sandsack in einen Baum auf der Wiese hinterm Haus, und ich schlug jeden Tag darauf ein, schwach mit der linken Hand, so gut wie gar nicht mit der rechten. Als ich mich zum zweiten Mal am Hügel versuchte, nahm ich Pearl an der Leine mit, und sie zog mich, so daß ich jeweils fünf Meter weiter als beim ersten Mal kam, bevor ich pausieren mußte. Fortschritt. Mein Bart war dicht und lästig. Meine Haare waren zu lang. Hawk und ich gingen hinauf zu einem der Canyons in den Bergen und begannen zu schießen. Ich hielt die Pistole mit beiden Händen, obwohl meine linke die ganze Arbeit tat und ich die Pistole nur ausrichten konnte, weil der linke Arm den rechten mitzog. Es war bereits ein Erfolg, daß ich nicht mich selbst traf. Ich war jetzt bei Fünf-Pfund-Hanteln. Ich schaffte es bereits, die Hantel mit dem rechten Arm so weit zu bewegen, daß Unter- und Oberarm einen rechten Winkel bildeten. Hawk und ich wanderten vom Hügel zu den Hanteln, zum Sandsack, zum improvisierten Schießstand, zum Eßtisch, zu kaltem Huhn und Wein aus der Gegend. Einer der vielen Nachteile Süd-Kaliforniens war, daß die meisten Basketballspiele um 16 Uhr 30 Ortszeit begannen. Ein weiterer Nachteil war, daß bei einigen Spielen die Clippers spielten. Ich drückte weiter die Gummibälle. Susan war in einen Drugstore gegangen und hatte Vitamintabletten gekauft, und ich schluckte sie jeden Morgen mit Orangensaft aus der Gegend. Susan verabreichte mir Vitamin C in hohen Dosen. Sie sagte, das trüge zum Heilungsprozeß bei. Wir sprachen mit niemandem. Wir riefen niemanden an. Wir schrieben keine Briefe. Was Boston anbetraf, so waren wir fort. Was den Grauen Mann anbetraf, so war ich tot. Es bestand kein Grund zu der Annahme, daß er das nicht glaubte. Trotzdem hatte ich den Detective Special immer bei mir, obwohl es so war, als schleppte ich eine Bowlingkugel den Hügel hinauf. Und Hawk war nie weit von mir und nie ohne Waffe. Und die Schrotflinte lehnte in der Ecke, wenn Susan und ich zu Bett gingen. Mitte Januar schaffte ich es halb den Hügel hinauf, bevor ich stehenbleiben mußte, und Pearl zog mich nicht mehr. Es war ein sonniger Tag, und als ich die Straße zu unserem Haus herunterkam, stand Susan da und beobachtete mich. Sie hatte weiße Turnschuhe an und kurze weiße Shorts und eine dunkelblaue ärmellose Bluse, und ihr schwarzes Haar war wohl noch naß von der Dusche, denn es glitzerte in der Sonne. Aber vielleicht bildete ich mir das auch nur ein.

«Meistens hast du Beine wie ein verregneter Tag», sagte ich. «Ich sehe so gerne, wenn's aufklart.»

«Das sagst du jedesmal, wenn ich Shorts anhabe», sagte sie.

«Schön, wenn man sich auf was verlassen kann», sagte ich.

«Außerdem sind meine Beine gräßlich bleich.»

«Das Problem hab ich nicht», warf Hawk ein.

«Deine Beine sehen toll aus», sagte ich.

«Hast du überhaupt gemerkt», sagte Susan, «daß du auf dem Weg hierher nicht mehr gehumpelt bist?»

Fortschritt.

An einem Dienstagmorgen regnete es leicht, aber Hawk und ich waren trotzdem draußen und schlugen auf den Sandsack ein. Und zwar arbeitete ich immer nur an jeweils einem

Schlag, hieb den gleichen Schlag wieder und wieder in den Sack, erst mit der Linken, dann mit der Rechten. Und obwohl die Rechte wenig mehr tat als zu zucken, ging ich den gesamten Ablauf im Nervensystem durch, gerade so, als bewegte sich die rechte Hand normal. In der dritten Januarwoche fing ich an, dem Sack mit der Linken ganz schön zuzusetzen, und an diesem Morgen, einem Dienstag, bei leichtem Regen, brachte ich einen rechten Haken unter. Es war kein umwerfender rechter Haken. Er hätte nicht die Zitronenscheibe von einer Margerita runtergeholt, aber es war ein Haken. Ich wiederholte ihn, und dann noch achtmal. Keiner von uns sagte etwas. Aber als ich für diesen Tag mit dem Sandsack fertig war, streckte ich die linke Faust aus, und Hawk tippte sie leicht mit seiner an. Fortschritt.

Anderthalb Wochen später brachte Susan Pazifik-Hummerschwänze mit, und wir aßen sie mit Zitronenbutter und Reispilaw, das Susan zubereitet hatte, zu Weißwein und Salat. Wir aßen an einem Glastisch draußen im Patio. Die Sonne schien schräg herein, sie stand tief am südlichen Himmel über dem Pazifik und hob die Kammlinie der Berge gegenüber hervor. Es wehte kein Wind, und der Duft der Blumen und der Bäume und des grünen Grases hing in der stillen Luft.

«Soll ich dir den Hummer aufschneiden?» fragte Susan.

Ich lächelte ihr zu und nahm mit der rechten Hand das Messer und schnitt langsam einen Happen Hummer ab. Es dauerte länger als normal, und einmal ließ ich das Messer beinahe fallen.

«Du hast heimlich geübt», sagte Susan.

«Mh-hm.»

Sie beugte sich vor und küßte mich auf den Mund.

«Das wird ja wieder», sagte sie.

Aber die Sonne machte sich in diesem Jahr in Montecito rar. Meistens regnete es, und die Stadt wurde stückchenweise in den Ozean gespült. Schlamm verstopfte das Zentrum von Santa Barbara, und im Fernsehen kriegten die Leute deswegen Anfälle.

«Wenn man in einer Schwemmebene baut», sagte Hawk, «muß man mit Überschwemmungen rechnen.»

Wir waren im YMCA von Montecito und arbeiteten an Gewichten. Oder ich zumindest. Hawk stand, die Waffe unter einer weiten Trainingsjacke verborgen, herum und versuchte, wie ein Trainer auszusehen. Ich hob nicht viel Gewicht. Aber ich bewegte die Gewichte, die ich zu heben versuchte. Der größte Teil der Ausstattung bestand aus Nautilus-Geräten. An Scheibenhanteln war nicht viel da, aber ich konnte damit sowieso noch nicht viel anfangen. Ich machte Bankdrücken. Ich drückte sehr wenig Gewicht, aber ich benutzte beide Hände.

«Sollst du nicht Sachen sagen wie ‹Du schaffst es!› und ‹Guter Junge›?» fragte ich.

«Ich will nicht, daß die Leute herschauen und sehen, was du drückst», sagte Hawk. «Wär peinlich.»

Zwischen dem YMCA und dem Parkplatz war eine Schlucht mit einer breiten Holzbrücke darüber. Als wir die Sporthalle verließen, fiel der Regen so gleichmäßig wie bei unserer Ankunft. Wenn es nicht regnete, war die Schlucht knochentrocken. Jetzt gurgelte einen Meter unter der Brücke das Hochwasser.

«Wenn es so weiterregnet», sagte ich, «kriegt Susan Zustände.»

Wir stiegen in den Explorer, und Hawk ließ den Motor an.

«Sie hat hier nicht viel zu tun gehabt», sagte Hawk. «Außer einkaufen und Essen machen und dich aufmuntern.»

«Was sie alles haßt.»

Wir fuhren vom Parkplatz herunter zur San Ysidro Road und zum East Valley. Die Wischer gingen regelmäßig hin und her. Scheibenwischer hatten etwas Beruhigendes an sich, fand ich.

«Vielleicht hat sie nichts dagegen, dich aufzumuntern», sagte Hawk.

«Vielleicht nicht», sagte ich. «Aber du kennst ihren Tatendrang. Jetzt kann sie nicht mal mit Pearl loslaufen, weil Pearl bei Regen nicht raus will.»

«Toller Jagdhund», sagte Hawk.

«Und sie hat keine Patienten, mit denen sie arbeiten kann», sagte ich.

«Außer dir.»

«Und das meiste von dem, was ich brauche, machst du besser als sie.»

«Wie deinen faulen Arsch den Hügel rauf- und runterscheuchen», sagte Hawk.

«So was, ja.»

«Glaubst du, du wärst mit der Schwäche und den Schmerzen und allem ohne sie fertiggeworden?»

«Ich hoffe es.»

«Glaubst du, auch genauso gut?»

«Nein.»

«Das glaub ich auch nicht», sagte Hawk.

Als wir nach Hause kamen, war die Tür zu unserem Schlafzimmer zu. Drinnen hörte ich den Fernseher schnattern. Ich machte leise die Tür auf. Eine dieser gräßlichen, ununterscheidbaren Talkshows lief. Das Zimmer war leer. Die Tür zum Badezimmer stand offen, und Pearl kam schwanzwedelnd heraus und sprang an mir hoch und leckte mir übers Gesicht. Ich ging hinein. Susan nahm ein Bad. Die Schrotflinte hatte sie mitgenommen, sie lehnte in Reichweite am Wäschekorb. Pearl legte sich wieder auf die Badematte vor der Wanne. Ich ging zur Wanne und beugte mich hinunter und küßte Susan.

«Bedeutet das hier für mich was Gutes?»

«Nicht sofort», sagte Susan. «Ich habe im Acacia einen Tisch für uns reserviert.»

«Soll ich duschen?»

«Falls du nicht einen Einzeltisch für dich bestellen möchtest», sagte Susan.

Also duschte ich. Und Hawk auch. Und wir machten uns fein mit Krawatten und Jacketts, und Susan zog ein Kleid an und hochhackige schwarze Schnürstiefel, um den Regen zu entkräften, und Pearl kletterte mit uns ins Auto, und wir fuhren hinunter in die Unterstadt und parkten und ließen Pearl im abgeschlossenen Auto und gingen ins Acacia.

Das Acacia war die Art Restaurant, das Leute im Sinn haben, die sagen, sie würden gern irgendwo ein kleines Restaurant aufmachen. Es befand sich in einem kleinen Haus, das nach ausgeblichenem Holz aussah, und hatte einen Patio davor. Drinnen standen vorn Tische, an der linken Wand hinten war eine Bar, und der Bar gegenüber waren Nischen. Über der Bar hing ein Spiegel, und ich bekam mich unerwartet zu sehen, als wir zu unserer Nische gingen. Ich ging aufrecht. Ich humpelte nicht. Ich hatte eine leichte Bräune vom Ersteigen des Hügels im gelegentlichen Sonnenschein. Mein Kragen sah nicht viel zu weit für meinen Hals aus.

Ich bestellte mir gebratenes Huhn mit Sahnesoße und Quetschkartoffeln und einen sanften Chardonnay aus einer Weinkellerei eine halbe Meile die Straße runter. Ich schnitt mir das Fleisch selbst klein. Ich aß zum ersten Mal, seit ich von der Brücke gesprungen war, in einem Restaurant.

«Zum Nachtisch», sagte Susan, «nehme ich, glaube ich, eine Kalorienbombe mit Schokolade drauf.»

«Gute Wahl», sagte ich und legte meine rechte Hand für einen Augenblick auf ihre. Sie lächelte mir zu.

«Vielleicht sogar zwei», sagte sie.

Das tat sie dann doch nicht. Aber sie vertilgte eine riesige Portion Eiscreme mit Schokoladentorte und Karamelsoße, was für Susan ein Akt von Isadora-Duncan-mäßiger Enthemmtheit war.

Der Regen ließ Ende Februar nach. Zu der Zeit fing ich an, einige rechte Haken in den Sandsack zu graben, die genug Wucht hatten, um den Gegner zu entmutigen. Mitte März schaffte ich es im YMCA, in der Maschine, die das Bankdrükken simulierte, den ganzen Gewichtstapel hochzudrücken. Ende März konnte ich mit der rechten Hand schießen und etwas treffen. Hawk hatte inzwischen in der Garage eine Boxbirne angebracht, und ich fing an, sie mit einigem Rhythmus zu bearbeiten. Hawk hatte die großen Sparringhandschuhe an, und ich fing an, daran Kombinationen zu üben, während Hawk mich umtänzelte und die Sparringhandschuhe in verschiedenen Stellungen hochhielt. Wir alle, Pearl eingeschlossen, fuhren jeden Morgen, nachdem ich mich den Hügel hinaufgequält hatte, hinunter zum Hafen von Santa Barbara und rannten am Strand entlang, unten am Wasser, wo der Sand härter war. Pearl scherte regelmäßig aus, um einen Wasservogel zu ärgern, und holte uns dann mit Leichtigkeit wieder ein. Schweißgebadet und tief atmend fuhren wir dann in die Oberstadt, wo Pearl im Auto wartete und wir ein spätes Frühstück auf der Terrasse eines kleinen Restaurants einnahmen, das zur örtlichen Apotheke gehörte und von Filmstars aufgesucht wurde. Ich trank frischen Orangensaft und aß Vollkornweizentoast und etwas, das sich Kalifornien-Omelett nannte. Ich trank drei Tassen Kaffee. Die Leute hielten mich wahrscheinlich für einen Filmstar.

Eines Morgens rannte ich den Hügel hinauf. Bis oben.

40. KAPITEL

Wir kehrten im Spätsommer nach Boston zurück. Ich wog 88 Kilo, sieben weniger als bei meinem Sturz ins Wasser und ungefähr so viel wie zu der Zeit, als ich boxte. Ich konnte gehen, rennen und schießen. Mein rechter Haken kam zu neunzig Prozent und wurde besser. Ich hatte einen beeindruckenden Bart und trug die Haare lang und zurückgekämmt. Hawk saß am Steuer. Wir verließen die Massachusetts-Mautstraße in Newton und fuhren gemächlich an dem Teil des Charles River entlang, wo er noch schiffbar ist, vor den Stromschnellen beim Watertown Square. Die Muschelschalen bewegten sich im Wasser vor und zurück, wie sie es in allen Sommern getan hatten. Wir kamen am MDC Rink vorbei und an Martignetti's Getränkeladen. Auf dem Rücksitz neben Susan begann Pearl am Fenster zur Flußseite zu schnüffeln. Susan machte das Fenster einen Spalt auf, und Pearl schnüffelte heftiger.

«Ich glaube, sie weiß, daß wir zu Hause sind», sagte Susan.

«Schlau», sagte ich. «Wer weiß, daß ich noch lebe?»

«Ich und Susan», sagte Hawk. «Quirk, Belson, Farrell, Vinnie, Paul Giacomon, Henry, Dr. Marinaro.»

«Und Rita Fiore», sagte Susan.

«Wieso Rita?»

«Sie hat das Haus in Concord für mich verkauft», sagte Susan. «Du warst ja angeblich tot.»

«Verkauft?»

«Was meinst du, wo wir das Geld herhatten, um zehn Monate in Kalifornien zuzubringen, ohne daß einer von uns gearbeitet hat?» fragte Susan. «Rita hat sich darum gekümmert, daß das Haus in Concord in meiner Abwesenheit verkauft worden ist. Ich war sicher, daß ich ihr trauen konnte, und sie war übrigens sehr bestürzt, als sie dachte, du wärst tot.»

«Haben wir daran verdient?»

«Ja. Unseren Arbeitsschweiß haben wir gut bezahlt bekommen», sagte Susan.

«Ich habe nie ans Geld gedacht», sagte ich.

«Du mußtest an andere Dinge denken», sagte Susan. «Rita hat es verkauft und das Geld auf eine Bank in Santa Barbara überwiesen, wo ich ein Konto eröffnet hatte.»

«Du hast mich die ganze Zeit über ausgehalten?»

«Mh-hm.»

«Mich auch», sagte Hawk.

«Ja», sagte ich. «Aber du bist das gewöhnt.»

«Ich verdiene das», sagte Hawk.

«Ich komme mir vor wie ein Idiot. Ich habe nie ans Geld gedacht.»

«Wahrscheinlich bist du auch ein Idiot», sagte Susan. «Aber du bist nun mal der Idiot meiner Träume, und ob du's nun verdient hast oder nicht, du hast es gebraucht.»

«Wohl wahr», sagte ich. «Ich danke dir.»

«Das Haus hat sowieso zur Hälfte dir gehört», sagte Susan.

Wir waren auf dem Greenough Boulevard auf der Cambridge-Seite des Flusses. Pearl kratzte inzwischen am Fenster und schnüffelte aufgeregt. Susan ließ es zu einem Viertel herunter, und Pearl steckte den Kopf raus, so weit sie nur konnte, und wedelte hektisch.

«Fahren wir zu dir?» fragte ich.

«Ja», sagte Susan.

«Statt zu mir», sagte ich.

«Deine Wohnung haben wir untervermietet», sagte Susan.

Ich nickte langsam. Wir hielten an der Ampel beim Cambridge Boat Club. Es wurde grün, und Hawk fuhr an der Buckingham-, Brown- und Nichols-Schule vorbei. Auf dem Sportplatz spielten die Kids Baseball.

«Denn sonst hätte das Ganze nach einem Schwindel ausgesehen», sagte ich.

Susan nickte.

«Und du hast mein Büro auch untervermietet?»

Sie nickte wieder.

«Falls der Graue Mann irgendwelche Zweifel hatte», sagte ich, «hätte er als erstes überprüft, ob die Mieten nach wie vor bezahlt wurden.»

«Und seine Zweifel wären gegenstandslos geworden», sagte Hawk, «wenn er festgestellt hätte, daß sie nicht bezahlt wurden.»

Hawk nahm die Silben von «gegenstandslos» alle sehr genau.

«Ich bin froh, daß ihr für mich gedacht habt.»

«Du hast an das gedacht, woran du denken mußtest», sagte Susan. «Nicht viele Menschen wären fähig gewesen, von da zurückzukehren, wo du warst.»

«Ist Susans Wohnung sauber?» fragte ich Hawk.

Er nickte.

«Vinnie hat ungefähr einmal die Woche nachgesehen, seit wir weg sind. Ihm ist nichts aufgefallen.»

«Und wann sehe ich Marinaro?» fragte ich.

«Übermorgen», sagte Susan. «Um zehn Uhr in seinem Büro.»

«Er wird wahrscheinlich in Jubel ausbrechen», sagte ich.

«Mit ziemlicher Sicherheit», sagte Susan.

«Falls er sagt, du bist okay», sagte Hawk, «was wirst du dann tun?»

«Ich werde den Ellis-Alves-Fall zu Ende bringen.»

Hawk nickte. Susan schwieg. Wir bogen in die Linnaean Street ein, Pearl reckte sich aus dem Fenster, ihre Ohren flogen, und ihre Nase zitterte.

Hawk sagte: «Manchmal, wenn du jemand suchst, baust du dich auf, damit er auf dich losgeht. Du läßt dich von ihm finden, statt ihn zu suchen. Du rechnest damit, daß du gut genug bist, ihn zu erwischen, wenn er dich findet.»

«Ja, und?»

«Und meistens bist du's auch», sagt Hawk. «Aber mach das nicht mit dem Grauen Mann. Vielleicht bist du gut genug, Mann gegen Mann. Aber wenn du nicht gut genug bist, ist er dir über.»

«Bisher sieht es jedenfalls so aus», sagte ich.

«*Du* mußt *ihn* finden», sagte Hawk.

«Er ist ein Jäger», sagte ich. «Er erwartet nicht, gejagt zu werden.»

«Und er hält dich für tot.»

Wir hielten in der Auffahrt neben Susans Haus.

«Du wirst bei ihm sein», sagte Susan zu Hawk. «Wenn er den Grauen Mann stellt.»

Hawk schüttelte den Kopf.

«Er wird mich nicht dabeihaben wollen», sagte Hawk.

Susan machte den Mund auf, um etwas zu sagen, sagte aber nichts. Sie sah mich mit offenem Mund an und dann Hawk und dann wieder mich und klappte den Mund zu, ohne einen Ton gesagt zu haben.

Hawk stellte den Motor ab. Wir stiegen aus. Susan hielt Pearl, die an der Leine zog.

«Ihr bringt das Gepäck rein», sagte sie. «Ich nehme das Baby.»

Dann drehte sie sich um und ging zu ihrer Haustür und

wühlte in ihrer Handtasche nach dem Schlüssel. Hawk stieß tief die Luft aus, die er offenbar lange angehalten hatte. Ich tat es ihm nach.

41. KAPITEL

Er hieß Ives. Und er arbeitete, wie er gerne sagte, bei einer Bundesbehörde mit drei Buchstaben. Vor zehn oder zwölf Jahren, als Susan in Schwierigkeiten war, hatte ich eine ziemlich häßliche Sache für ihn gemacht, damit Susan die Schwierigkeiten los wurde. Es hatte mir damals schon nicht geschmeckt, und ich erinnerte mich auch jetzt nicht gerne daran. Aber Ives schien es nichts auszumachen und – soweit ich feststellen konnte – dem Universum auch nicht.

Ives hatte ein Büro im McCormick Federal Building, am Post Office Square. An der Tür stand kein Name. Und es war niemand im Vorzimmer. Die Tür zu seinem Zimmer stand angelehnt. Ich ging hinein. Ives saß in einem Kordanzug und einer blauweiß gepunkteten Fliege am Schreibtisch.

«Spenser, wenn ich nicht irre?» sagte Ives.

«Sie irren nicht», sagte ich.

«Der Bart hat mich verunsichert», sagte er. «Ihr Lieutenant Quirk hat gesagt, Sie kämen eventuell vorbei.»

«Er ist nicht meiner», sagte ich. «Und er ist jetzt Captain.»

Ives hielt einen von diesen roten Radiergummis in den Händen und drehte ihn beim Reden langsam zwischen seinen dünnen Fingern.

«Wie schön für ihn», sagte Ives. «Sie sehen gut aus.»

«Ich suche einen Mann», sagte ich.

Ives lächelte. Er drehte langsam den Radiergummi um seine Achse.

«Einen grauhaarigen Mann», sagte ich. «Graue Augen, fahle Gesichtsfarbe, zwischen vierzig und sechzig, zwischen einsfünfundachtzig und einsneunzig, breit gebaut, athletisch, und als ich ihn sah, war er ganz in Grau gekleidet.»

«Und was macht dieser graue Mann?» fragte Ives.

«Er schießt für Geld auf andere Leute», sagte ich.

«Und wo macht er das?»

«Soweit ich weiß, in Boston und New York, aber ich nehme an, er macht es überall dort, wo sein Gewerbe ihn hinführt.»

«Ist er amerikanischer Staatsbürger?» fragte Ives.

«Das weiß ich nicht. Sein Englisch ist akzentfrei.»

«Selbstverständlich wissen Sie, daß diese Behörde kein Inlandsmandat hat.»

«Selbstverständlich», sagte ich.

Der Radiergummi drehte sich langsam. Ives schaute in die Ferne.

«Sie kennen wohl nicht zufällig den Namen des Schurken?»

«Nein.»

«Sie haben doch gute Beziehungen zur hiesigen Polizei», sagte Ives. «Wieso kommen Sie zu mir?»

«Die Polizei kann ihn nicht finden. Sie hat keine Unterlagen über ihn oder jemanden wie ihn. Weder hier noch in New York, noch bundesweit.»

«Wie bedauerlich», sagte Ives.

«Ja.»

«Und wieso meinen Sie, daß ich Ihnen behilflich sein werde?»

«Ich war Ihnen vor zwölf Jahren behilflich», sagte ich.

Ives lächelte sanft und schüttelte den Kopf. Der Radiergummi vollführte eine komplette Umdrehung.

«Wir waren uns gegenseitig behilflich, soweit ich mich erinnere. Die Behörde bekam, was sie wollte. Sie bekamen das Mädchen und eine weiße Weste. Wie geht es dem Mädchen?»

«Susan geht es gut.»

«Sind Sie noch zusammen?»

«Ja.»

«Freut mich zu hören, daß die Liebe triumphiert hat. Aber ich sehe immer noch nicht ein, wieso einer von uns dem anderen etwas schuldet.»

«Wie wär's um der alten Zeiten willen?»

«Ja», sagte Ives. «Ein reizender Gedanke.»

Wir schwiegen. Bis auf einen Schreibtisch mit einem Telefon darauf und einen grünen Metallaktenschrank war das Büro von Ives völlig leer. Die Morgensonne schien durch das große Fenster rechts von uns herein, und in ihren Strahlen tanzten Staubkörnchen. Ives stand auf und schaute eine Weile aus dem Fenster auf den Post Office Square hinunter und wahrscheinlich auch aufs Meer, das ein paar Querstraßen weiter ostwärts lag. Hochgewachsen und schmal stand er mit den Händen auf dem Rücken da und drehte weiter den Radiergummi. Wo seine Hosenbeine nicht ganz auf die konservativen Halbschuhe aus genarbtem Leder reichten, war ein schmaler Streifen seiner Herrensocken im klassischen Rautenmuster zu sehen. Die Staubkörnchen tanzten. Ives schaute auf den Platz hinunter. Wahrscheinlich dachte er gar nichts. Wahrscheinlich war alles nur Pose. Er hatte schließlich mal in Yale studiert. Doch dann sprach er, ohne sich vom Fenster abzuwenden.

«Es gibt einen Mann, auf den Ihre Beschreibung zutrifft, ein israelischer Staatsbürger, der Geheimagent war. Er hat den israelischen Geheimdienst unter für ihn unrühmlichen Umständen verlassen, dann eine Weile für uns gearbeitet und sich schließlich aus dem Staub gemacht. Mir kam zu Ohren, daß er auf dem privaten Sektor arbeitet.»

«Name?»

«Spielt kaum eine Rolle», sagte Ives. «Als er bei uns war, nannte er sich Rugar.»

«Wie ist sein Englisch?»

«Amerikanischer Akzent», sagte Ives. «Meines Wissens wurde er hier geboren.»

«Wissen Sie, wo er jetzt ist?»

«Nein.»

«Irgendein Tip, wo ich ihn finden kann?»

«Keinen.»

«Sonst noch etwas?»

«Er hatte graue Haare und eine fahle Gesichtsfarbe. Vermutlich in dem Bestreben, einen Nachteil in einen Vorteil umzumünzen, bevorzugte er vollkommen graue Garderobe.»

«Schon komisch», sagte ich. «Ein Mann in seinem Gewerbe versucht, sich eine Identität zu geben.»

Ives wandte sich vom Fenster ab.

«Wie meinen Sie das?»

«Es wäre in seinem Interesse, keine Identität zu haben», sagte ich.

«Bei Gott», sagte er, «so habe ich das noch nie betrachtet.»

«Die Bürokratie lähmt die Phantasie», sagte ich. «Gibt es sonst noch etwas, was Sie mir über diesen Mann sagen können?»

Ives kniff ein wenig die Lippen zusammen. Er drehte den Radiergummi jetzt in Gürtelhöhe mit beiden Händen. Auf seinen Händen waren Altersflecken.

«Er ist», sagte Ives leise, «der todgefährlichste Mann, dem ich in vierzig Jahren begegnet bin.»

«Warten Sie, bis Sie meine Handschrift sehen», sagte ich.

«Ich habe Ihre Handschrift schon mal gesehen und auch die von dem Schwarzen.»

«Hawk», sagte ich.

«Ja, Mister Hawk. Ist er noch am Leben?»

«Ja.»

«Ist er noch Ihr Freund?»

«Ja.»

«Sie sind ein beständiger Mann», sagte Ives. «In einem unbeständigen Metier. Ich stehe zu dem, was ich über unseren Freund Rugar gesagt habe.»

Er lächelte dünn und drückte seinen Radiergummi und sagte nichts weiter.

42. KAPITEL

Ich steckte den Stift in das unterste Loch der Gewichtsstapel in einer der Maschinen fürs Bankdrücken im Harbor Health Club und glitt darunter und umfaßte die Stange mit weitem Griff und atmete ein und drückte beim Ausatmen die Gewichte hoch. Etwas knirschte in meiner rechten Schulter, aber die Stange ging hoch. Ich ließ sie herunter, drückte sie wieder hoch. Das machte ich noch achtmal, dann ließ ich die Stange los. Henry Cimoli sah mir zu.

«Zehnmal», sagte er. «Du hast noch eine Runde in dir.»

Ich nickte, atmete tief durch und wartete. Dann drückte ich die Gewichte noch zehnmal, bemühte mich, im Rhythmus zu bleiben. Ich ruhte mich aus und machte das Ganze noch zehnmal.

«Das ist so gut, wie du es vorher gemacht hast», sagte Henry.

Ich kroch aus dem Gerät, stand da und wartete, daß sich mein Sauerstoffpegel normalisierte, und sah den übrigen Clubmitgliedern beim Training zu. Die meisten waren Frauen in Spandex. Am anderen Ende des Raums stand eine Reihe von Laufbändern und Steppern, alle mit einem kleinen Fernseher versehen, damit man sich beim Trainieren Talkshows ansehen konnte und zwischendurch vielleicht ein Video von einer öffentlichen Hinrichtung als Rachenputzer.

«Komm zum Wiegen», sagte Henry, und wir gingen zur Waage. Ich stellte mich drauf, Henry justierte die Gewichte. Ich war wieder bei 95 Kilo, dem gleichen Gewicht, das ich vor knapp einem Jahr in den Fluß mitgenommen hatte.

«Ich würde sagen, du bist so gut wie neu», sagte Henry.

«Zu schade», sagte ich. «Ich hatte auf was Besseres gehofft.»

«Das haben wir alle mal», sagte Henry. «Aber Dreck kriegt man nicht blank.»

«Als Philosoph faßt du dich verdammt kurz», sagte ich.

«Als Mensch bin ich verdammt kurz», sagte Henry. «Aber dafür bin ich ein netter Kerl.»

Ich stieg von der Waage und ging einen Schluck Wasser trinken und wischte mir das Gesicht mit einem Handtuch ab. An allen Wänden waren Spiegel, damit man sich von allen Seiten bewundern konnte. Das tat ich gerade, als Vinnie Morris hereinkam, sich im Raum umsah und auf mich zuging.

«Ich hab's in deinem Büro probiert, aber da warst du nicht», sagte Vinnie. «Da dachte ich mir, du bist hier.»

«Hast du je über eine Karriere als Privatdetektiv nachgedacht?»

«Nö», sagte Vinnie. «Gino will dich sehen.»

«Du hast ihm also gesagt, daß ich zurück bin», sagte ich.

«Er ist draußen im Auto», sagte Vinnie.

Ich ging in Henrys Büro, holte meine Jacke und meine Waffe, legte beides an und ging mit Vinnie hinaus. Eine große silberne Mercedes-Limousine parkte in zweiter Reihe auf der Atlantic Avenue. Die Straße war schon durch eine Baustelle verengt, und der Verkehr hatte Mühe, an dem Wagen vorbeizukommen. Es gab viel Gehupe, das offenbar keinen in der Limousine beeindruckte. Gino Fish saß auf dem Rücksitz. Ein Mann mit Stiernacken und schwarzem Anzug saß am Steuer. Vinnie öffnete die hintere Tür, und ich setzte mich neben Gino. Gino trug einen blauen Anzug, ein blaugestreiftes Hemd und eine goldfarbene Seidenkrawatte. Sein Haar war so kurz geschnitten, daß er kahl wirkte, obwohl er es nicht war. Er hatte eine verspiegelte, leuchtendblaue Oakley-Sonnenbrille auf, die überhaupt nicht zu seiner sonstigen Erscheinung paßte.

«Fahr bitte ein bißchen herum, Sammy», sagte Gino.

Und der Mercedes fädelte sich in den Verkehr, schnitt dabei einen kastanienbraunen Lieferwagen und löste ein weiteres Hupkonzert aus. Weder Sammy noch Gino schienen es zu hören. Wir fuhren auf der Atlantic Avenue langsam in nördlicher Richtung.

«Ich höre, Sie waren verletzt.»

«Ja.»

«Um genauer zu sein, ein Mann hat auf Sie geschossen.»

«Ja.»

«Vinnie sagt mir, dieser Mann kleidet sich in Grau und nennt sich vielleicht Rugar.»

«Oder vielleicht auch nicht», sagte ich.

«Ja», sagte Gino. «Es ist gut, genau zu sein.»

Wir kamen zum Parkhaus im North End, wo vor fast fünfzig Jahren der Brinks-Komplex mitsamt der Charleston Bridge zum ehemaligen City Square abgerissen worden war. Sammy blieb auf der Atlantic, unter der Hochbahntrasse vor dem alten Boston Garden, mit dem neuen Boston Garden dahinter.

«Ich weiß von so einem Mann», sagte Gino.

«Ein grauer Mann?»

«Ja.»

«Namens Rugar?»

«Ja.»

Ich wartete. Wir fuhren am Garden und der North Station und den Ruinen des früheren West End vorbei. Ein einzelnes dreistöckiges Haus, umgeben von Straßenpflaster, war trotzig stehengeblieben, als vereinzelter Grabstein eines verschwundenen Viertels.

«Dieser Rugar, der Grau bevorzugt – welch eine Geschmacksverirrung! –, ist ein Auftragsmörder. Er operiert von New York aus und ist sehr teuer und daher sehr exklusiv.»

«Haben Sie ihn je benutzt?» fragte ich.

«Ich habe Vinnie», sagte Gino.

«Bevor Sie Vinnie hatten», sagte ich.

Gino verzog nur das Gesicht.

«Seine Bedingungen sind einfach. Man bezahlt nichts, bis es getan ist. Dann zahlt man ihm sofort die volle Summe in bar, und er verschwindet. Sobald er einen Auftrag annimmt, geht er ihm nach, bis er ausgeführt ist, gleichgültig, wie lange es dauert, gleichgültig, wie weit er reisen muß. Er verbürgt sich für den Erfolg, und er verlangt keinerlei Bezahlung, bevor er ihn erzielt hat. Niemand, der mit ihm zu tun gehabt hat, gerät je in Versuchung, sich, äh, zahlungsunwillig zu zeigen.»

«Außerdem bewahrt ihn das davor, aufs Kreuz gelegt zu werden, falls der Klient sich als verdeckter Ermittler erweist. Da er vorher kein Geld annimmt, kann er einfach sagen, er sei nur zum Schein auf den Klienten eingegangen und habe keinerlei Absicht gehabt, irgend jemanden zu töten.»

Wir fuhren am alten Standesamt, dem neuen Suffolk-County-Gefängnis und dem Charles-River-Staudamm vorbei und dann auf dem Storrow Drive in gemächlichem Tempo westwärts.

«Wo finde ich Rugar?» fragte ich.

«Vielleicht wäre man besser beraten, ihn nicht zu finden», sagte Gino.

«Vielleicht.»

Gino verzog das Gesicht wieder zu einem Lächeln. Falls es ein Lächeln war. Jedenfalls fehlten ihm jegliche Wärme und jeglicher Humor.

«Leute, die seine Dienste in Anspruch nehmen wollen», sagte Gino, «suchen einen Rechtsanwalt in New York auf, der ein Treffen vereinbart.»

«Und wenn die Polizei das je auf den Anwalt zurückverfolgt», sagte ich, «kann er behaupten, Rugar sei sein Klient und alle Vorgänge zwischen ihnen unterlägen der anwaltlichen Schweigepflicht.»

«Sie sind ein scharfsinniger Mann», sagte Gino.

«Ja, und ein klasse Tänzer. Wieso erzählen Sie mir das alles?»

«Sie erfreuen sich Vinnies Wertschätzung.»

«Also reine Fürsorge für das Betriebsklima?» fragte ich.

Gino spreizte die Hände. Sie sahen aus wie die Hände eines Geigers.

«Wissen Sie, welcher Anwalt es ist?» fragte ich.

«Nicht mehr», sagte Gino.

«Aber der, den Sie kannten, war in New York ansässig?» fragte ich.

«Ja.»

«Und Sie wissen nicht, wer es jetzt ist?»

«Nein.»

«Kein Grund, anzunehmen, daß der neue Anwalt nicht auch wieder in New York ansässig ist», sagte ich.

«Kein Grund», sagte Gino.

«Danke», sagte ich.

«Gern geschehen», sagte Gino. «Wo möchten Sie abgesetzt werden?»

Der Untermietvertrag war abgelaufen, ich hatte mein Büro zurück.

«Bei meinem Büro, wenn's geht, Berkeley Ecke Boylston.»

«Ich weiß, wo Ihr Büro ist», sagte Gino.

Er beugte sich ein wenig vor.

«Hast du das gehört, Sammy?»

«Ja, Sir», sagte Sammy. «Berkeley Ecke Boylston.»

«Darf ich, während wir Sie dorthin fahren, noch einen Gedanken äußern? Ich bin ein nachdenklicher Mensch, und was ich denke, ist oft wertvoll.»

«Und Ihre Ausdrucksweise ist *très élégant*», sagte ich.

«Danke. Meine Geschäftsbeziehungen zu Rugar gehen nur mich etwas an. Ich habe ein langes und erfolgreiches Leben unter äußerst gefährlichen Männern verbracht. Wenn ich ein ängstlicher Mensch wäre, würde ich Rugar mehr fürchten als irgend sonst jemanden, den ich kenne. Ich rate Ihnen, sich von ihm fernzuhalten.»

«Wie schneidet er im Vergleich zu Vinnie ab?» fragte ich.

«Ich würde Vinnie nicht bitten, allein gegen ihn anzutreten.»

Vinnie saß vorne neben dem Chauffeur und schaute sich die Studentinnen vom Emerson College an, als wir vom Storrow Drive in die Beacon Street bogen. Unser Gespräch schien ihn nicht zu interessieren. Es gab nicht viel, was Vinnie interessierte. Nur schießen, das konnte er. Mir war noch niemand begegnet, gegen den ich Vinnie nicht antreten lassen würde – von Hawk mal abgesehen. Oder mir.

Wir fuhren die Beacon entlang bis zur Clarendon und bogen in die Boylston in Richtung Berkeley Street. Vor meinem Büro hielt Sammy in zweiter Reihe.

Ich sagte: «Ich danke Ihnen für die Information, Mr. Fish.»

«Und den Rat», sagte Gino. «Sie täten klug daran, sich an den Rat zu halten.»

«Und den Rest meines Lebens darauf zu warten, daß er wiederkommt?»

«Vielleicht wird er nie erfahren, daß Sie überlebt haben.»

Hinter uns drückten mehrere Fahrer auf die Hupe. Sammy kümmerte sich nicht darum.

«Er wird es erfahren, wenn ich das tue, wozu ich mich verpflichtet habe», sagte ich.

«Den Schwarzen aus dem Gefängnis holen?»

«Ja.»

«Die Welt ist ein besserer Ort», sagte Gino, «wenn er im Gefängnis bleibt.»

«Er hat das, wofür er dort ist, nicht getan. Ich habe gesagt, daß ich ihn raushole.»

«Und Sie halten Ihr Wort», sagte Gino.

«Ja.»

Gino nickte langsam und schaute dabei zum Stadtpark, von dem links am Ende des Blocks eine Ecke zu sehen war. Dann schaute er mich an. Seine Augen waren blaßblau und so flach wie Dichtungsringe. Wieder verzog er das Gesicht zu einer Art Lächeln.

«Ich finde nicht, daß der Bart Ihnen steht», sagte er.

Ich stieg aus dem Auto und sah zu, wie es die Boylston hinunterfuhr. Ich schaute ihm nach, bis es in die Charles Street einbog und verschwand. Dann drehte ich mich um und ging hinauf in mein Büro.

43. KAPITEL

Kannst du nicht einfach das, was du hast, Rita und ihrer großmächtigen Anwaltskanzlei übergeben?» fragte Susan. «Und es denen überlassen, Ellis Alves aus dem Gefängnis zu holen?»

«Ich habe Wissen. Ich habe kein Beweismaterial.»

«Du weißt, daß die Augenzeugen gegen Alves die Vettern von Clint Stapleton sind», sagte sie. «Du weißt, daß Clint Stapleton der Freund des Opfers war. Du weißt, daß dieser Detective von der Landespolizei ...»

«Tommy Miller.»

«... Tommy Miller etwas getürkt hat und dann erschossen worden ist, als du drohtest, es aufzudecken. Du weißt, daß ein Mann auf dich geschossen hat, um dich daran zu hindern, weiter zu ermitteln.»

«Und ich weiß, wer auf mich geschossen hat», sagte ich. «Aber nichts davon beweist, daß Alves der Mord zu Unrecht unterstellt worden ist, und bislang gibt es keine nachweisliche Verbindung zwischen dem Grauen Mann und den Stapletons.»

«Aber du weißt, daß er in ihrem Auftrag arbeitet. Du weißt, daß auf dich geschossen wurde, unmittelbar nachdem du Clint Stapleton zur Rede gestellt hattest.»

«Ich glaube nicht, daß ich ein Gericht davon überzeugen kann, sich mit meinem Wort zu begnügen», sagte ich. «Ich glaube, ich muß es beweisen können. Besonders bei einem Kandidaten wie Alves. Sogar Gino Fish meint, die Welt ist ein besserer Ort, wenn Ellis im Gefängnis bleibt.»

«Und wie willst du es beweisen?»

«Indem ich weiter Druck ausübe. Auf Stapleton, seinen Vater, seine Mutter, seinen Cousin Hunt und dessen Frau, Mrs. Körperkult. Das sind keine Profis. Einer davon wird mürbe werden.»

«Aber damit setzt du dich dem Grauen Mann aus.»

«Also muß ich mir den zuerst vornehmen.»

«Meinst du, du kannst ihn durch diesen Rechtsanwalt finden?»

«Ja.»

«Mußt du es allein tun?»

«Das Ziel ist, den Grauen Mann außer Gefecht zu setzen. Wie, ist nicht so wichtig.»

«Hawk würde dir helfen, und Vinnie. Chollo würde kommen, wenn du ihn bittest.»

Ich nickte. Wir lagen zusammen im Bett in Susans Schlafzimmer. Pearl hatte sich quer auf dem Fußende ausgebreitet. Das Zimmer war dunkel, nur erhellt vom gestreiften Licht der Straßenlaternen auf der Linnaean Street.

«Du wirst es allein tun, nicht wahr?»

Susans Kopf ruhte auf meiner Schulter, ich hielt sie im rechten Arm. Eine 9-mm-Browning-Halbautomatik lag im Holster direkt neben dem Wecker auf dem Nachttisch.

«Wir werden sehen», sagte ich.

«Ist das so, als wärst du vom Pferd abgeworfen worden? Du mußt gleich wieder aufsteigen und weiterreiten, damit du keine Angst bekommst?»

«Vielleicht so was Ähnliches.»

«Hast du Angst?»

«Diese Frage stelle ich mir nicht», sagte ich. «Das ist so ähnlich wie beim Fliegen. Die meisten Menschen, die ich kenne, haben ein bißchen Angst vorm Fliegen. Aber sie fliegen trotzdem, weil das Leben sonst zu kompliziert wird, und falls sie keine Phobie haben, machen sie sich über ihre Angst nicht allzu viele Gedanken.»

«Hast du vor, ihn zu töten?»

«Ich denke, das hängt von ihm ab», sagte ich.

«Willst du ihm die Chance lassen, sich zu ergeben?»

«Ich weiß nicht genau, was ich tun werde, Suze. Manche Dinge geschehen im Laufe ihrer Entwicklung plötzlich von selbst. Bereitsein ist alles.»

«Susan stützte sich auf einen Ellbogen und sah mich an. Ihre Stimme war sehr leise und sehr fest.

«Scheiß auf ‹Bereitsein ist alles›», sagte sie. «Und scheiß auf Shakespeare. Gib dem Grauen Mann keine Chance. Töte ihn, sobald du kannst.»

«Auf Shakespeare scheißen?»

«Und auf die gesamte englische Renaissance dazu», sagte Susan.

«Und das von einer, die in Harvard promoviert hat?» sagte ich. «Und in Cambridge wohnt?»

«Das ist kein Ritterabenteuer», sagte Susan. «Das ist dein Leben, unser Leben. Nimm Hawk mit und Vinnie. Töte ihn bei der ersten Gelegenheit.»

«Ich werde versuchen, es so gut zu machen, wie ich kann», sagte ich.

Susan legte ihren Kopf wieder auf meine Schulter. Wir schwiegen.

«Ja», sagte sie nach einer Weile, «das wirst du. Und das solltest du auch.»

Pearl kletterte vom Bett und spazierte zielgerichtet in die Küche, und ich hörte, wie sie aus ihrem Wassernapf trank.

«Ist dir aufgefallen, daß ich nichts anhabe?» fragte Susan.

«Das wurde mir vor etwa einer Stunde bereits nachdrücklich zur Kenntnis gebracht», sagte ich.

Susan fuhr mit dem Zeigefinger über meinen Bizeps.

«Da du schwer verwundet warst und da du nicht mehr so jung bist wie bei unserer ersten Begegnung, wäre es vermutlich zuviel, es dir noch einmal nachdrücklich zur Kenntnis zu bringen.»

«Kann gut sein», sagte ich. «Andererseits ist es ein Jammer, soviel Nacktheit ungenutzt zu lassen. Vielleicht sollten wir uns ein bißchen miteinander beschäftigen und abwarten, was sich daraus entwickelt.»

Susan streckte einen Arm aus und machte die Schlafzimmertür zu.

«Pearl wird es nicht gefallen, ausgeschlossen zu sein», sagte ich.

«Ist ja nur für kurze Zeit.»

«Vielleicht auch für längere Zeit», sagte ich.

«Das kann man nur hoffen.»

Ich hörte, wie Pearl zur geschlossenen Tür zurückkam und ein bißchen schnüffelte und seufzte und sich davorlegte. Sie schien begriffen zu haben, daß es Zeiten gab, wo wir allein sein mußten. Und sie fügte sich philosophisch.

«Um Himmels willen», flüsterte Susan. «Es scheint sich bereits etwas zu entwickeln.»

«Stark», sagte ich. «Wie ein Zuchthengst.»

Susan kicherte.

«Da endet aber auch die Ähnlichkeit», sagte sie.

44. KAPITEL

Ich redete noch einmal mit Ellis Alves, allein, in einem kleinen Konferenzzimmer von Cone, Oakes & Baldwin im 32. Stock. Er war so feindselig und verschlossen wie beim ersten Gespräch. Ich erinnerte mich an Hawks Worte: *Wenn du lebenslänglich hast, bringt Hoffnung dich um.* Auf dem Konferenztisch standen nur eine Wasserkaraffe und ein paar ineinander gestapelte Pappbecher. Ellis betrachtete sie nicht. Er stand reglos da, seine Silhouette zeichnete sich im morgendlichen Herbstlicht vor dem Panoramafenster ab.

«Wo ist Hawk?» fragte Alves.

«Woanders», sagte ich. «Ich habe Ihnen etwas mitzuteilen.»

Er sagte nichts. Er stand nur auf der anderen Seite des Konferenztisches und wartete, was ich zu sagen hatte. Im Gefängnis lernt man wahrscheinlich zu warten.

«Ich weiß, daß Sie Melissa Henderson nicht ermordet haben», sagte ich.

Alves wartete.

«Ich kann es noch nicht beweisen, aber ich werde es beweisen.»

Alves wartete.

«Interessiert Sie, was ich weiß?» fragte ich.

«Nein.»

«Sie werden rauskommen», sagte ich.

Alves stand da, ohne zu sprechen oder sich zu bewegen.

«Haben Sie irgendwelche Fragen?»

«Nein.»

«Okay, dann habe ich nichts weiter zu sagen.»

«Gibt Ihnen wohl 'n gutes Gefühl», sagte Alves.

«Nein. Ich fand nur, Sie müssen erfahren, daß Sie ziemlich bald rauskommen, damit Sie bis dahin keine Dummheiten anstellen.»

«Ach ja?» sagte Alves.

«Machen Sie keinen Fluchtversuch. Beteiligen Sie sich nicht an Schlägereien. Verstoßen Sie nicht gegen die Vorschriften. Niemand ist sonderlich darauf erpicht, Sie rauszulassen, also geben Sie denen keine Chance, Sie zu behalten.»

Alves sagte nichts. Er sah mich an, aber ich spürte keinen Kontakt. Es war, als wechselte ich Blicke mit einer Statue.

«Wollen Sie noch was sagen, bevor ich die Wärter hole?»

«Nein.»

«Okay.»

Ich stand auf und ging zur Tür.

In meinem Rücken fragte Alves: «Wie lange wird es dauern?»

«Das weiß ich nicht, wahrscheinlich Wochen, vielleicht Tage. Ich muß bestimmte Leute dazu bringen, zu gestehen.»

«Und wenn die nicht wollen?»

«Dann muß man sie zwingen», sagte ich.

«Ist jetzt fast ein Jahr», sagte Alves. «Wieso machen Sie das immer noch?»

«Ich habe den Auftrag übernommen.»

«Was passiert mit mir, wenn Ihnen was passiert?»

«Dann bringt Hawk es zu Ende», sagte ich.

Wir standen da und sahen uns eine Minute lang an.

«Zwei Nigger kämpfen gegen's System», sagte Alves.

«Zwei Nigger und die größte Anwaltskanzlei von Boston», sagte ich.

Alves ging steifbeinig ans Fenster und schaute auf den Hafen von Boston.

«Ich verlaß mich auf nichts», sagte Alves.

«Ist das beste so», sagte ich.

Alves nickte einmal, seine Augen waren flach und ausdruckslos, sein Gesicht leer.

«Ja», sagte er. «Ist es auch.»

Ich klopfte an die Tür, und die Wärter öffneten.

«Fertig», sagte ich.

Sie kamen an mir vorbei ins Konferenzzimmer, und ich ging über den Flur zum Fahrstuhl und drückte auf den Knopf. Schließlich kam der Fahrstuhl, und ich stieg ein zu Boten und jungen Sekretärinnen und ein paar Geschäftsleuten, und wir fuhren hinunter.

Ich blieb ein Weilchen in der Eingangshalle stehen und sah den Menschen zu, die frei umhereilten. Inzwischen hatten sie Ellis im Lastenaufzug runtergefahren und zum Hintereingang hinausgebracht. In einer Stunde war er dann wieder im Bau, lebenslänglich, und seine einzige Chance hinauszugelangen, lag in den Händen eines Weißen, den er nicht kannte und dem er nicht traute ... *er heckt / Flieder aus der toten Flur, verquickt / Erinnern und Begehren ... Als Lebenslänglicher bringt Hoffnung dich um* ... Brachte ich meine Dichter durcheinander? Wenigstens nannte mich niemand das *Hyazinthenmädchen.*

Ich ging hinüber zum Parkhaus, in dem sie die Leiche von Tommy Miller gefunden hatten, setzte mich in mein Auto und fuhr nach New York.

45. KAPITEL

Patricia Utley war in einen besseren Teil von Manhattan umgezogen. Sie hatte jetzt ein Haus in der 65. Straße zwischen der Park und der Madison Avenue mit einer Milchglastür, die allerdings mit einer dicken Schicht durchsichtigem Lexan-Harz verstärkt worden war. Zu beiden Seiten des Eingangs stand eine kleine Säule, wie bei einem griechisch-römischen Tempel. Steven öffnete mir. Er war immer noch schwarz und gut beieinander, bewegte sich immer noch flink und federnd. Sein kurzes Haar fing an zu ergrauen. Er war mit der Zeit gegangen, hatte seine weiße Jacke abgegeben und trug einen blauen Blazer. Er erkannte mich, wenn auch ohne große Wiedersehensfreude.

«Mister Spenser», sagte er.

«Hallo, Steven», sagte ich. «Ist Mrs. Utley da?»

Steven trat von der Tür zurück, damit ich hereinkommen konnte.

«Kommen Sie in die Bibliothek», sagte er, «ich höre nach, ob sie Sie empfangen kann.»

Die Bibliothek lag im vorderen Teil des Hauses. In der linken Wand war ein grüner Marmorkamin. Die großen Bogenfenster blickten auf die 65. Straße. Auf der Innenseite jedes Fensters waren dünne Drahtgitter eingesetzt, als wirksame Vorkehrung gegen Einbrecher. Ich setzte mich auf einen großen, mit grünem Leder bezogenen Puff. Alle Möbel waren mit grünem oder bläulichem Leder bezogen. Die Wände waren mit Eiche getäfelt, und das ganze Zimmer sah aus wie die Bibliothek von jemandem, der nie las, aber sich oft *Meister-*

werke des Welttheaters im Fernsehen ansah. Auf beiden Seiten des Kamins stand ein Bücherregal. Patricia Utley schien alle Bücher aus der 37. Straße mitgenommen zu haben. An einige erinnerte ich mich noch: *Die Gesammelten Werke von Charles Dickens; Geschichte der englischsprachigen Völker; Longfellows: Sämtliche Gedichte und Prosawerke; Abriß der Weltgeschichte; Chaucer: Canterbury Geschichten.* Die Bücher sahen nicht aus, als wären sie in den zwanzig Jahren seit meiner ersten Begegnung mit ihnen zur Hand genommen und durchblättert worden.

Auch Patricia Utley, die nun das Zimmer betrat, sah nicht so aus, als wäre sie viel durchblättert worden. Sie wirkte so beherrscht wie immer. Ihr Haar war vielleicht ein wenig heller und dadurch ein bißchen weniger glaubwürdig, blonder als bei unserer ersten Begegnung. Sie trug es in einer Kurzfrisur, und es wirkte voll, aber nicht von Haarspray zusammengehalten. An den Augen hatte sie Krähenfüße und an den Mundwinkeln leise Andeutungen von Fältchen. Sie war klein, adrett und elegant in einem schwarzen Hosenanzug mit weißer Bluse. Die Bluse hatte einen tiefen Ausschnitt, und darüber ruhte eine kurze Perlenkette an Patricias Hals. Sie trug eine schwarze Kunststoffbrille mit großen runden Gläsern. Ich hatte keine Ahnung, wie alt sie war, auf alle Fälle sah sie gut aus. Sie streckte mir die Hand entgegen, als sie durchs Zimmer kam. Ich stand auf und nahm ihre Hand. Sie beugte sich anmutig vor und küßte mich auf die Wange.

«Immer noch Detective?» fragte sie.

«Ja», sagte ich. «Immer noch Bordellwirtin?»

«Ja, und eine ungeheuer erfolgreiche, wenn ich das sagen darf.»

«Was der Umzug hierher bezeugt», sagte ich.

«Mein voriges Haus war auch keine Elendshütte», sagte sie.

«Nein, durchaus nicht.»

«Möchten Sie ein Glas Sherry?» fragte sie. «Oder einen richtigen Drink?»

«Nein, vielen Dank», sagte ich. «Ich möchte nur plaudern.»

«Ich hoffe, es stört Sie nicht, wenn ich etwas trinke.»

«Nicht im geringsten.»

Sie ging zu einem kleinen Büfett zwischen den großen Fenstern und schenkte sich aus einer geschliffenen Karaffe ein Gläschen Sherry ein und wandte sich um und stand im Gegenlicht vor einem der großen Fenster.

«Welche Ausreißerin suchen Sie diesmal?» fragte sie.

«Vielleicht bin ich nur vorbeigekommen, um hallo zu sagen», sagte ich. «Vielleicht fehlen Sie mir.»

«Davon bin ich überzeugt», sagte Patricia Utley. «Aber ich weiß, daß Sie mich in der Vergangenheit nur begehrt haben, wenn Sie ein verirrtes Schäfchen suchten.»

«Diesmal eher einen Wolf», sagte ich.

«Ach ja?»

«Einen Mann namens Rugar, er hat den Auftrag erhalten, mich umzubringen, und es ist ihm fast gelungen.»

«Ich hätte gedacht, das sei schwer.»

«Es ist ihm ja auch nicht gelungen», sagte ich.

Die Bibliothekstür ging auf, und Steven kam herein und führte ein Tier an der Leine, das wie ein schwarzweißes Erdferkel aussah. Das Erdferkel trug ein hellrotes Würgehalsband, an dem ein ebenfalls hellrotes herzförmiges Schildchen hing, falls das Erdferkel sich verlief.

«Sie hat ihren Spaziergang gemacht», sagte Steven. «Und das Mädchen sagt, sie war sehr brav.»

Er beugte sich vor und löste die Leine, und das Erdferkel raste zu Patricia Utley und wedelte mit dem Schwanz. Zu meinem Erstaunen kniete Patricia Utley nieder und neigte das Gesicht, damit das Erdferkel es ablecken konnte. Es war kein sehr großes Erdferkel. Vielleicht war es doch zu klein für ein Erdferkel.

«Hast du fein dein Geschäftchen gemacht?» fragte Patricia Utley.

Bei näherer Betrachtung fand ich es definitiv zu klein für ein Erdferkel. Aber was es auch war, es war ein Schlecktier. Es leckte Patricia Utleys Gesicht sehr gründlich ab.

«Das ist Rosie», sagte Patricia Utley.

Sie wandte das Gesicht ab, um nicht ihr gesamtes Make-up einzubüßen.

«Wie schön», sagte ich. «Rosie ist doch nicht etwa ein Erdferkel?»

«Nein, natürlich nicht. Sie ist ein Mini-Bullterrier.»

«Das war mein zweiter Tip», sagte ich. «Wie Spuds McKenzie in der Bierwerbung.»

«Ich sehe nie Bierwerbung», sagte Patricia Utley.

Sie stand auf, und Rosie kam schwanzwedelnd zu mir und legte sich auf den Rücken.

«Sie sollen ihr den Bauch kraulen», sagte Patricia Utley.

Ich setzte mich wieder auf den Lederpuff und beugte mich vor und kraulte Rosies Bauch, der rosa war.

«Sie hat es gern, wenn Sie dazu *kraule, kraule, kraule* sagen.»

«Das kann ich nicht», sagte ich. «Sie würden's weitererzählen.»

«Kraule, kraule, kraule», sagte Patricia Utley für mich.

Sie nahm ihren Sherry mit zur blauen Ledercouch und setzte sich auf die Kante, die Knie artig geschlossen, die Hände mit dem Sherry im Schoß zusammengelegt. Sofort wälzte sich Rosie auf die Pfoten, trottete zu ihr und war ohne jede sichtbare Anstrengung mit einem Satz auf der Couch, als wäre sie irgendwie mit allen vieren gleichzeitig gesprungen. Sie ließ sich neben Patricia Utley nieder, legte den Kopf in ihren Schoß und starrte mich aus mandelförmigen, schwarzen Augen an, die nicht mehr Tiefe hatten als zwei dünne Scheibchen Obsidian.

«Und jetzt suchen Sie diesen Rugar?»

«Ja.»

«Ich kenne niemanden, der so heißt.»

«Er arbeitet durch einen Rechtsanwalt», sagte ich. «Oder tat es zumindest früher.»

«Ist er in New York ansässig?»

«Ich denke schon.»

«Wissen Sie sonst noch etwas über ihn?»

«Über Rugar oder den Rechtsanwalt?»

«Beide», sagte Patricia Utley.

Sie glättete das Fell auf Rosies Schwanz, der aussah, als gehörte er zu einem kleinen Dalmatiner. Rosie machte ab und an die Schnauze auf und wieder zu.

«Rugar ist in Amerika geboren, hat eine Weile für die Israelis gearbeitet, ist um die Fünfzig. Groß, kräftig, graue Haare, graue Haut, kleidet sich offenbar immer ganz in Grau. Rugar ist wahrscheinlich nicht sein richtiger Name. Sehr teuer, sehr diskret.»

«Und wenn ich seine Dienste wünschte, würde ich zu einem Anwalt gehen?»

«Zu einem bestimmten Anwalt. Der dann ein Treffen mit Rugar vereinbaren würde.»

«Und Sie wissen nicht, wer der Anwalt ist?»

«Nein, verdammt, ich weiß nicht mal, ob Rugar sich noch Rugar nennt.»

Patricia Utley fuhr mit der Zungenspitze über die Unterlippe. Ich wartete. Sie nippte an ihrem Sherry und schluckte und leckte sich wieder die Unterlippe. Rosie sah mich immer noch an. Hin und wieder wedelte sie.

«Ich kenne keinen solchen Rechtsanwalt», sagte sie schließlich.

«An wen würden Sie sich wenden, wenn Sie jemanden aus dem Weg geräumt haben möchten?» fragte ich.

«Darüber mußte ich mir nie Gedanken machen», sagte sie. «Bestechung war immer völlig hinreichend.»

«Und wesentlich kultivierter.»

Sie lächelte und nippte wieder an ihrem Sherry.

«Werden Sie lange in der Stadt bleiben?»

«Hängt ganz davon ab, wie lange es dauert», sagte ich.

«Die Vielfalt meiner Klientenliste würde Sie in Erstaunen setzen», sagte sie.

«Nein, ganz und gar nicht.»

Sie lächelte und machte eine zustimmende Kopfbewegung.

«Nein, Sie wahrscheinlich nicht. Aber ich habe Kontakte zu etlichen reichen und wichtigen Leuten. Wenn dieser Mann, der vielleicht Rugar heißt, wirklich teuer ist, wäre meine Klientel sein Markt.»

«Könnten Sie sich umhören, ohne zu direkt zu werden?»

Sie warf mir einen Blick zu, der so flach und undurchdringlich war wie Rosies.

«Natürlich können Sie», sagte ich.

Sie lächelte.

«In welchem Hotel sind Sie abgestiegen?» fragte sie.

«Im Days Inn in der West Side.»

Sie rümpfte die Nase. «Wirklich?»

«Ich bin auf eigene Rechnung hier», sagte ich, «und Susan ist nicht mitgekommen.»

«Verdienen Sie nicht selbst eine erstklassige Unterbringung?» fragte sie.

«Ich verdiene wohl das, was ich kriege», sagte ich. «Aber ich brauche nur ein Zimmer mit Bad. Das Days Inn genügt völlig.»

Sie nickte, als hörte sie mir nicht richtig zu.

«Ich werde Sie dort benachrichtigen», sagte sie.

Ich stand auf. Rosie sprang von der Couch und stürzte zu mir und drehte sich einmal um sich selbst.

«Sie möchte hochgenommen werden», sagte Patricia Utley.

Ich tat es. Rosie wog mehr, als ich gedacht hätte.

«Der Hund ist gebaut wie ein Jeep», sagte ich.

«Aber wesentlich niedlicher», sagte Patricia Utley.

«Und die Schnauze ist länger», sagte ich.

Rosie leckte mir schlabbernd das Kinn, als ich sie zur Tür trug. Patricia Utley begleitete mich. Steven erschien in der Diele. Mir war über die Jahre hin aufgefallen, in der 37. Straße und jetzt auch hier, daß sich die Haustür nur in Anwesenheit von Steven auftat. Er öffnete sie. Ich übergab ihm Rosie und beugte mich vor und küßte Patricia Utley auf die Wange und ging die Stufen hinunter und wandte mich auf der 65. Straße nach Westen. Die 57. Straße West war nicht einmal zehn Querstraßen entfernt, aber sie lag in einer anderen Welt als das Haus von Patricia Utley.

46. KAPITEL

Am Abend aß ich mit Paul Giacomon in einem SoHo-Restaurant, wo die Kellnerinnen und Kellner alle aussahen wie die Mitglieder einer Motorrad-Gang.

«Wie findest du's?» fragte Paul, als wir die Speisekarten studierten, die ein weiblicher Motorradfreak uns auf den Tisch geknallt hatte, bevor sie sich wieder ihrer eigentlichen Aufgabe zuwandte, nämlich Touristen abschrecken.

«Interessant», sagte ich.

«Heißt das, wirklich interessant, oder auf die Art interessant, wie du ein Bild von Jackson Pollock betrachtest und Bahnhof verstehst, und jemand fragt dich, wie du's findest?»

«Die Art», sagte ich.

Paul grinste.

«Aber es ist total cool», sagte er.

«Dann bin ich dafür vielleicht nicht cool genug», sagte ich.

«Das Essen ist gut», sagte Paul.

Und das war es wirklich. Wir tranken eine Flasche Wein dazu. Und wir redeten. Es faszinierte mich, wie sehr sich Paul in dieser Umgebung zu Hause fühlte.

«Du siehst gut aus», sagte er. «Susan hat mir erzählt, daß du nach dem Attentat auf fünfundsiebzig Kilo runter warst.»

«Ich war dünn», sagte ich, «aber ich war langsam und unbeholfen.»

«Du bist wieder okay?»

«So gut wie neu», sagte ich.

«Susan sagt, du und Hawk, ihr habt fast ein Jahr lang wie die Sklaven geschuftet.»

«Wenn ich dem von mir gewählten Beruf nachgehen will», sagte ich, «darf ich weder dünn noch langsam und unbeholfen sein.»

«Sonst würdest du ihm wahrscheinlich nicht sehr lange nachgehen», sagte Paul.

«Was macht das Liebesleben?» fragte ich.

«Besteht zur Zeit überwiegend aus Sex», sagte Paul.

«Nichts gegen Sex», sagte ich.

Paul grinste wieder.

«Überhaupt nichts», sagte ich. «Obwohl ich schließlich den Eindruck gewonnen habe, daß ein Liebesnest besser ist.»

«Wenn du eine Susan findest», sagte Paul.

«Wohl wahr», sagte ich.

«Und die Susan dich.»

«Was meinst du damit?»

«Ihre erste Ehe zum Beispiel hat nicht funktioniert», sagte Paul.

«Was meinst du damit?»

«Damit meine ich, Susan ist keine einfache Frau.»

«Wohl kaum», sagte ich.

«Nicht jeder könnte mit ihr glücklich sein», sagte Paul.

«Vielleicht nicht», sagte ich.

«Aber du kannst es.»

Ich nickte.

«Triffst du dich mit jemand regelmäßig?» fragte ich.

«Mit drei Leuten», sagte er.

«Sie wissen voneinander?»

«Klar», sagte er. «Wer hat mich denn erzogen?»

«Hauptsächlich ich, nehm ich an.»

«Nur du», sagte Paul. «Und die Psychoanalytikerin, die du mir besorgt hast. Meine ersten fünfzehn Jahre verliefen ohne Erziehung.»

«Ich finde», sagte ich, «wir haben unsere Sache gut gemacht.»

«Finde ich auch», sagte er. «Bist du beruflich hier?»

«Ja.»

Er nickte. Paul fragte mich nie nach Berufsdingen.

«Dir geht's gut?» fragte ich.

«Mir? Ja.»

«Genug Geld?»

«Ja. Mein Vater schickt mir immer noch jeden Monat einen Scheck. Ich bekomme Choreographie-Aufträge, und ich habe angefangen, ein bißchen zu schauspielern. Ich mache in einem Stück mit, *Der Doppeldecker*, kommt demnächst am Off-off-off-Broadway raus.»

Ich nickte. Paul sah mich prüfend an.

«Warum fragst du? So was fragst du sonst nie.»

«Wollt's nur mal wissen.»

Paul sagte nichts. Er trank einen Schluck Wein, goß mir noch etwas ein und dann sich.

«Bei dir alles in Ordnung?»

«Völlig», sagte ich. «Gesund wie ein Pferd und fast genauso klug.»

Paul fiel bei dem «fast genauso klug», mit ein, so daß wir es zusammen sagten. Wir lachten.

«Okay», sagte ich, «vielleicht hast du von meiner Geschichte gehört.»

«Und vielleicht kenne ich sie ganz gut», sagte Paul. «Du machst dir Sorgen.»

«Nicht direkt Sorgen, ich richte mich nur auf alle Möglichkeiten ein. Wenn mir was passiert, dann kannst du dich darauf verlassen, daß Hawk dir hilft, ganz egal, was du brauchst.»

«Das weiß ich.»

«Und Susan.»

«Das weiß ich auch.»

«Und wenn sie allein ist, könntest du ihr beistehen.»

«Das würde ich auch. Ihr beide seid so ziemlich alles, was ich an richtigten Eltern habe.»

«Gut», sagte ich. «Können wir herkommen und dich in dem Stück sehen?»

«Du möchtest nicht über die Möglichkeiten reden, auf die du dich einrichtest», sagte Paul.

«Nein.»

«Okay.»

Paul trank einen Schluck Wein und schnitt ein Stück von seinem Sushi-mäßigen Thunfischsteak ab und aß es. Dann sah er mich eine Minute lang an und nickte schweigend.

«Was es auch ist», sagte er, «ich setze mein Geld auf dich.»

«Kluge Wette», sagte ich.

47. KAPITEL

Patricia Utleys Diener Steven erschien am nächsten Vormittag in meinem Hotel. Er rief aus der Empfangshalle an. Ich nannte ihm die Zimmernummer, und als er klopfte, ließ ich ihn ein. Er übergab mir ein lavendelfarbenes Briefchen, auf dem in violetter Tinte mit schöner, flüssiger Handschrift mein Name stand.

«Mrs. Utley bat mich, Ihnen dies zu geben», sagte er.

Ich öffnete den Umschlag und zog einen ebenfalls lavendelfarbenen Briefbogen heraus, auf dem der Name *Rechtsanwalt Morris Gold* stand und eine Adresse in den Neunzigern Ost. Darunter stand mit der gleichen schönen Handschrift: *«Sie werden einen Ort brauchen, um Anrufe entgegenzunehmen. Sie dürfen mein Haus benutzen. Meine Telefonnummer haben Sie ja.»*

«Sagen Sie Mrs. Utley meinen Dank», sagte ich.

«Sie hat mich angewiesen, Ihnen jede Hilfe anzubieten, die Sie vielleicht benötigen.»

«Ich danke Ihnen, Steven, aber ich denke, dies wird eine Solonummer.»

Er nickte.

«Falls Sie sich anders entscheiden ...», sagte er und ließ den Satz in der Luft hängen. Ich nickte.

«Ich werde diesen Anwalt aufsuchen, dann komme ich ins Haus.»

«Wie Sie wünschen», sagte er und ging.

Ich hatte keinen Plan. Ich hatte lediglich Namen und Adresse eines Mannes, der mich vielleicht zum Grauen Mann führen würde, und einen Smith & Wesson-Revolver .357

Magnum mit einem zehn Zentimeter langen Lauf, den ich mir auf der rechten Seite an den Gürtel steckte. Keine Maschinengewehre, keine schweren Geschütze. Im Grunde genommen war es sehr einfach. Entweder ich erwischte ihn oder nicht. Es würden nicht mehr als zwei Schüsse fallen. Und zwar auf kürzester Distanz. Ich steckte zusätzliche Revolverkugeln ein und verließ das Hotel.

Ich ging durch den Central Park zum Metropolitan Museum of Art und dann die Fifth Avenue hinauf zur 97. Straße und hinüber auf die East Side. In dem angegebenen Haus war unten ein spanischer Lebensmittelladen, das Anwaltsbüro befand sich im ersten Stock. Die Tür hatte einen Einsatz aus geriffeltem Glas, und darauf stand in goldenen Lettern mit schwarzem Rand «Moris Gold, Rechtsanwalt». Ich ging hinein. Das Büro war kaum groß genug für einen alten, grauen Metallschreibtisch und einen Drehstuhl. Hinter dem Schreibtisch saß ein kleiner, sehr dicker Mann. Er trug eine Brille und hatte ein taubenblaues Sakko und ein dunkelblaues Hemd an, das ihm am Hals zu eng zum Zuknöpfen war. Sein weißer Schlips war schmal, saß locker und hing schief, als hätte er ihn nicht richtig gebunden. Das breitere Ende war kürzer als das schmale. Seine am Hinterkopf verbliebenen Haare waren schwarz gefärbt, und er trug sie lang und nach vorn über die Glatze gekämmt. Auf dem Schreibtisch befanden sich ein Computer und ein Telefon. An der linken Wand stand ein Aktenschrank, der zum Schreibtisch paßte. Hinter ihm war ein Fenster mit einem Sprung darin. Die Deckenlampe brannte. Er las die *Daily News*, die Zeitung lag ausgebreitet vor ihm auf dem Schreibtisch. Als ich hereinkam, leckte er sich den Daumen, blätterte eine Seite um, warf einen kurzen Blick darauf und sah dann zu mir hoch.

«Was darf's sein?» fragte er.

«Morris Gold?»

«Ja.»

«Ich habe Arbeit für Rugar», sagte ich.

«Sagen Sie mir nicht, was es ist», sagte Gold.

Ich nickte.

«Wer sind Sie?» fragte er.

Ich schüttelte den Kopf.

«Wer hat Sie zu mir geschickt?»

Ich schüttelte wieder den Kopf.

Gold nickte, griff zum Telefonhörer und wählte.

«Ein Mann will Sie sehen», sagte Gold.

Er schwieg.

Dann sagte er: «Groß, Bart, lange, über die Ohren fallende Haare. Schwarze Oakley-Sonnenbrille. Hat einen blauen Blazer an, ein weißes T-Shirt, eine hellbraune Baumwollhose und weiße Sportschuhe.»

Er hörte wieder zu.

Dann sagte er «Okay» und legte auf.

«Sind Sie von hier?» fragte er.

Ich antwortete nicht. Gold nickte anerkennend, als bewunderte er die Verschwiegenheit.

«Haben Sie eine Telefonnummer, wo Sie zu erreichen sind?» fragte er.

Ich nannte ihm Patricia Utleys Nummer.

«Fragen Sie nach Mr. Vance», sagte ich.

«Okay, jemand wird Sie unter dieser Nummer um» – er schaute auf die Uhr – «vierzehn Uhr anrufen. Haben Sie das?»

«Ja.»

«Noch Fragen?»

«Nein.»

«Hasta la vista», sagte Gold und wandte sich wieder seiner Zeitung zu.

Ich ging, ohne noch etwas zu sagen. Ich lief die fünfundvierzig Querstraßen zum Hotel zurück. Ich zog den blauen Blazer und das T-Shirt aus, holte einen schwarzen Baumwollpullover mit Rollkragen und ein graues Sportjackett aus Seidentweed aus dem Schrank und zog beides an. Ich wechselte aus der hellbraunen Hose in Jeans. Ich ließ die schwarze Oakley auf dem Schreibtisch und setzte eine Ray Ban mit Horngestell auf. Ich ging ins Badezimmer und nahm Haarspray, das ich mir zu diesem Zweck gekauft hatte, und sprühte meine Haare großzügig damit ein. Dann kämmte ich sie zurück und achtete sorgfältig darauf, daß die Ohren frei blieben. Dann lief ich zu Patricia Utleys Haus und traf dort um Viertel vor zwei ein. Steven setzte mich in die Bibliothek neben das Telefon und ließ mich allein. Drei Minuten nach zwei klingelte es.

Die Stimme sagte: «Mr. Vance.»

Es war dieselbe Stimme, tief, flach, gleichgültig, mit einem Vibrato, als arbeitete tief unter der Oberfläche eine riesige Höllenmaschine.

«Ja.»

«Tragen Sie, was Sie heute vormittag anhatten. Bringen Sie eine Taschenbuchausgabe von *Hamlet* mit, und stehen Sie um Viertel nach drei am Eingang zu den NBC-Studios.»

Er legte auf. Ich nahm den Revolver heraus und überprüfte ihn und steckte ihn zurück. Normalerweise ließ ich die Kammer unter dem Hammer leer. Diesmal hatte ich alle sechs Kugeln in der Trommel. Ich wußte, die Waffe war geladen. Dafür hatte ich erst vor einer Stunde im Hotelzimmer sehr gründlich gesorgt. Trotzdem sah ich nach. Ein Ritual. Ich steckte den Revolver zurück und ließ die Jacke aufgeknöpft. Ich zog und zielte mehrere Male, zur Übung. Es lief alles genau wie immer. Das Holster war alt und brüchig. Ich hatte im Training und auch im Ernstfall so oft die Waffe gezogen, daß der Bewegungsablauf so automatisch war wie ein Blick auf die Uhr. Ich tat es noch ein paarmal. Dann verließ ich Patricia Utleys Bibliothek und ging zur Haustür. Steven war da, um mich hinauszulassen. Auf der Schwelle drehte ich mich um und streckte die Hand aus. Steven nahm sie, und wir schüttelten uns die Hände. Ich ging die Stufen hinunter, wandte mich nach rechts, lief zur Fifth Avenue, überquerte sie und ging auf der Seite des Parks zum Rockefeller Center. Dort kam ich zwanzig Minuten vor drei an, ging an der Schlittschuhbahn und der Atlas-Statue vorbei und betrat das Center von der Fifth Avenue her. Es war acht Minuten vor drei ... Ich wartete mit meiner Ray Ban auf der Nase gleich bei der Tür, bis meine Augen sich an das verminderte Licht gewöhnt hatten. Noch sah ich den Grauen Mann nicht, aber ich würde ihn sehen, und das, bevor er mich sah. Er würde nach einem Mann in einem blauen Blazer Ausschau halten, dem die Haare über die Ohren fielen. Als er mich zuletzt gesehen hatte, war ich glatt rasiert mit Bürstenschnitt. Jetzt hatte ich einen Bart und eine Pat-Riley-Frisur. Er hatte mich nur zwei- oder dreimal in seinem Leben gesehen. Und das letzte Mal war fast ein Jahr her. Er erwartete nicht, mich zu sehen. Er hielt mich für tot ... Ich ging langsam durch die Wandelhalle zu den NBC-Studios. Ein ständiger Strom von Menschen bewegte sich in beiden Richtungen durch die Halle. Ich sah sie nicht. Alle meine Sinne waren auf den Grauen Mann gerichtet. Er war nicht am Studioeingang in der Passage. Ich ging weiter durch die Wandelhalle und kam auf der anderen Seite der Passage wieder am Studioeingang vorbei. Es war Viertel nach drei. Der stetige Passantenstrom durch die Halle trug mich langsam mit, mir blieb genug Zeit, jeden einzelnen anzusehen. Und das tat ich, ohne jemanden zu sehen. Er war der einzige, den ich sehen würde. Alle anderen waren unwichtig und verschwammen in ihrer Belanglosigkeit.

Eine amorphe Masse. Ihre Schritte mußten auf dem schwarzen Marmorboden Geräusche machen, aber ich hörte nichts. Die Prozession der Passanten war geisterhaft, und der Raum, durch den ich ging, war geräuschlos und eng ... Ich kreiste langsam durch die nichtige Wandelhalle, durch die körperliche, stumme Menge, und er stand an einem Schaufenster gegenüber der Passage und schien ins Leere zu blicken. Sein grauer Regenmantel war aufgeknöpft, darunter trug er einen grauen Rollkragenpullover und eine dunkelgraue Hose. Seine Schuhe waren aus schwarzem Wildleder und hatten dicke graue Gummisohlen. Sein dichtes graues Haar war glatt zurückgekämmt, als hätte er es nie anders getragen. Er war glatt rasiert. Seine Haut war immer noch fahl. Und tiefe Falten zogen sich von den Nasenflügeln zu den Mundwinkeln. Er trug immer noch seinen Ohrring. Seine Hände waren kräftig und fleischig und langfingrig. Seine Nägel manikürt und poliert. Er hatte sich nicht verändert, seit er mich fast getötet hatte. Sein Gesicht war ausdruckslos. Seine Haltung gab nichts preis. Er wartete vollkommen reglos und hielt Ausschau nach einem Mann, der ein Buch von William Shakespeare bei sich hatte ... Ich sah ihn eine Weile an und fühlte nichts. Die realen Dinge lösen nie die Gefühle aus, die man in seiner Vorstellung mit ihnen verknüpft hat. Rugar war nur ein Mann in einem grauen Mantel, der mit leerem Blick die Vorübergehenden betrachtete ... Ich reihte mich unter die Passanten, und als ich nah genug war, drehte ich mich um und schlug ihm ins Gesicht, erst mit der linken Hand, dann mit der rechten. Wenn man Boxer war, hat man gelernt, wie man zuschlagen muß. Man weiß, wie man die Reichweite des Arms verkürzen und den Körper in den Boxhieb legen muß. Meine beiden Schläge waren gute Treffer. Sie warfen ihn an die schwarze Marmorwand. Sein Kopf schlug dagegen. Seine Hand fuhr unter den Mantel. Ich preßte mich fest an ihn und klemmte seine Hand zwischen seinem und meinem Magen ein. Ich hielt ihm meinen Revolver unter das Kinn und preßte die Mündung fest in das weiche Gewebe direkt unter dem rechten Ohr. Mit der linken Hand griff ich ihm in die Haare und schlug seinen Kopf noch einmal an die Marmorwand. Sein Gesicht war zwei Zentimeter von meinem entfernt. Ich sah, wie seine Augen klar wurden und sein Verstand zu arbeiten begann. Er erkannte mich. Er brauchte keine zehn Sekunden, um zu begreifen, was los war. Am liebsten hätte ich seinen Kopf weiter gegen die Wand geschlagen. Bis er barst und das Leben aus ihm heraussickerte. Aber ich tat es nicht. Das holte Ellis Alves nicht aus dem Knast. Ich bekam den Geist weit genug in die Flasche zurück, um das zu tun, wofür ich mich vor über einem Jahr verpflichtet hatte. Ich nagelte ihn an der Wand fest und brachte meine Atmung unter Kontrolle, um sprechen zu können. Ich nahm vage wahr, daß um uns herum hastige Bewegung entstand.

«Ich bin's», sagte ich zu Rugar. *«Lazarus ... zurückgekehrt, um alles zu verkünden.»*

48. KAPITEL

Ich wußte, jemand würde die Polizei rufen, und tatsächlich tauchte nach etwa fünfundvierzig Sekunden der erste Polizist auf. Es war ein junger Schwarzer, der sehr schnell von dem zur Sixth Avenue gelegenen Ende des Gebäudes auf mich zukam. Neben ihm ging ein Wachmann vom Rockefeller Center und zeigte auf mich. Der junge Polizist hatte seine Pistole aus dem Holster gezogen und hielt sie in der rechten Hand, den Finger am Abzug, die Mündung auf den Boden gerichtet.

Als er nahe genug war, sagte er: «Nehmen Sie die Waffe runter.»

Ich sagte: «Ich bin Privatdetektiv. Dieser Mann wird in Boston wegen versuchten Mordes gesucht.»

«Kann schon sein», sagte der Polizist. «Aber ich will Ihren Revolver auf dem Boden sehen, und zwar jetzt.»

«Der Mann ist gefährlich», sagte ich. «Er hat eine Waffe, auf der linken Seite.»

«Um die kümmere ich mich schon», sagte der junge Polizist. «Aber Sie legen jetzt Ihre hin und treten zurück.»

«Rufen Sie das Morddezernat von Manhattan an», sagte ich. «Detective Eugene Corsetti. Ich heiße Spenser.»

«Erst nehmen Sie die Waffe runter», sagte der Polizist. Er stand jetzt schußbereit, hielt die Pistole mit beiden Händen und zielte auf meinen Rücken.

«Ziehen Sie das nicht in die Länge», sagte ich. «Sie schießen sowieso nicht, solange Sie nicht wissen, was los ist. Rufen Sie Corsetti.»

Rugar wollte etwas sagen, und ich stieß ihm den Revolverlauf noch härter unter den Kiefer. Sein Kopf blutete. Die Marmorwand hinter ihm war blutverschmiert.

«Keinen Laut», sagte ich.

Zwei weitere Cops kamen von der Fifth-Avenue-Seite angerannt, und in der Ferne hörte ich Polizeisirenen. Der schwarze Polizist schwieg einen Augenblick. Dann waren die anderen beiden Cops da, und er redete mit ihnen.

«Eine Geiselnahme. Der Mann mit dem Revolver will mit Corsetti vom Morddezernat Manhattan reden. Ruft ihn her.»

Die drei Polizisten standen im Kreis um mich herum, die Waffen auf mich gerichtet, während einer von ihnen in das Funkmikro an seinem Revers sprach. Während er redete, verstummten die Sirenen draußen, dafür jaulten andere in der Ferne auf. Polizisten, die meisten uniformiert, strömten in kugelsicheren Westen in das Gebäude. Der Kreis der auf mich gerichteten Waffen erweiterte sich. Ich hielt Rugar weiterhin am Haar fest und drückte ihm nach wie vor den Revolverlauf unter den Kiefer. Es mußte recht unbequem für ihn sein. Aber das war mir egal. Und er ließ sich nichts anmerken. So verharrten wir, während immer noch Cops eintrafen und eine Menschenmenge sich ansammelte, die etwas sehen und gleichzeitig in sicherem Abstand bleiben wollte, falls geschossen wurde. Hier und da schrie jemand: «Erschießen!» Ich wußte nicht, ob sie mich aufforderten oder die Polizisten. Immer mehr Sirenen. Immer mehr Cops. Immer mehr kugelsichere Westen. Weniger Uniformen. Mehr Zivil. Immer mehr Zuschauer. Die Presse traf ein. Kameras. Kassettenrecorder. Notizblöcke. Jemand benutzte ein Blitzlicht, und ein uniformierter Polizist schlug ihm die Kamera runter und schnauzte ihn an. Eine Frau mit einer Fernsehkamera saß auf den Schultern eines großen, kräftigen Kerls und versuchte, alles ins Bild zu bekommen. Der junge schwarze Polizist stand zwar etwas entspannter, aber immer noch schußbereit da, hielt die Pistole nach wie vor ruhig, sein Blick ruhte unverwandt auf Rugar und mir. Fünf weitere Polizisten umringten uns in der gleichen Stellung. Ein hochgewachsener weißhaariger Captain mit leuchtendrotem irischen Gesicht traf ein. Er sagte, ich sollte ganz ruhig bleiben, wir würden alle auf Corsetti warten. Dann vergewisserte er sich, daß es für uns keine Fluchtmöglichkeiten gab. Er befahl einem Cop in Zivil, die Schußlinien zu räumen, damit die Polizisten im Ernstfall keine Zuschauer trafen. Er wies weitere Untergebene an, die verdammten Gaffer wegzuschaffen. Die Untergebenen kamen damit nicht weit, die Gaffer wurden immer zahlreicher. Draußen hupten die Autos und heulten die Sirenen, und dann kam mit dem typischen Polizistengang – ein bißchen arrogant, ein bißchen alarmiert und viel Ich-hab-alles-im-Griff – Detective Second Grade Eugene Corsetti durch die Menge. Ich hatte ihn vor elf Jahren kennengelernt, als ich ein Mädchen namens April Kyle suchte, und seitdem ging ich, wenn ich in New York war und Zeit übrig hatte, immer mit ihm ein Bier trinken. Corsetti war klein, zwischen einsfünfundsechzig und einssiebzig, mit einem Körper wie eine Kegelkugel und einem Halsumfang von mindestens fünfundvierzig Zentimetern. Er hatte eine dunkelblaue Yankees-Trainingsjacke an und darunter ein weißes Frackhemd, das am Hals offenstand. Soweit ich wußte, war er gezwungen, alle seine Hemden am Hals offen zu tragen. Sein Körperbau verstärkte den breitbeinigen Polizistengang, so daß er fast hin und her rollte, als er sich einen Weg durch die Menge bahnte und mit erstaunlicher Behutsamkeit durch den Ring der schußbereiten Polizisten glitt. Er drückte Rugar seine Dienstwaffe zwischen die Rippen und grinste mich an.

«Kino fängt erst um elf an, Alter.»

«Waffe am Gürtel», sagte ich. «Links.»

Corsetti nickte. Ich trat zurück und gab dem jungen schwarzen Polizisten meinen Revolver. Corsetti faßte unter Rugars Mantel und holte eine 9-mm-Beretta hervor und steckte sie in die Jackentasche. Ohne Rugar aus den Augen zu lassen, sprach er über die Schulter.

«Der Mann ist in Ordnung, Captain.»

Er griff sich mit der linken Hand ins Kreuz und hakte Handschellen vom Gürtel und legte sie Rugar an.

«Wir können die beiden zu mir rüberbringen», sagte Corsetti, «und die Aussagen aufnehmen.»

Der Captain nickte.

«Sergeant, machen Sie uns den Weg frei», sagte er.

Dann zeigte er auf den jungen schwarzen Polizisten.

«Sie kommen auch mit», sagte er.

Corsetti und ich führten Rugar durch ein Spalier von Zuschauern und Presseleuten zur Fifth-Avenue-Seite des Gebäudes. Vor uns machte eine Phalanx von Polizisten den Weg frei. Hinter mir kamen der junge schwarze Polizist und vier Beamte in Zivil, die mit Corsetti eingetroffen waren. Ein uniformierter Angestellter vom Rockefeller Center wischte bereits mit Fensterputzspray und Küchenpapier Rugars Blut vom schwarzen Marmor ab.

Draußen in der kleinen Seitenstraße hinter der Atlas-Statue, wo normalerweise Promis für Fernsehinterviews aus ihren Limousinen stiegen, ballten sich Polizeifahrzeuge und dahinter Fernsehkamerateams, überschwemmten die 49. und die 50. Straße und blockierten den Verkehr bis rauf nach Pennsylvania. Auf der gegenüberliegenden Straßenseite war eine Kamera neben der anderen aufgebaut. Auf dem Weg zu seinem Auto wandte Corsetti sich lächelnd zu ihnen um.

«Eugene Corsetti», rief er, «Detective Second Grade, New York Police Department.»

49. KAPITEL

Ich befand mich mit Rugar in einer Zelle im Keller des Morddezernats. Es gab keine Möbel, also standen wir beide. Es steckte immer noch Kraft in Rugar. Aber das Kraftfeld, das er ausgestrahlt hatte, war jetzt eingedämmt, als wäre der Geist vorübergehend in die Flasche zurückgekehrt. Rugar stand reglos an der Wand, ließ die Arme locker hängen und sah mich mit ausdruckslosem Gesicht unverwandt an, ohne zu blinzeln. An seinem Kinn und auf seinem Wangenknochen prangten Blutergüsse. Seine grauen Haare waren dunkel verklebt von getrocknetem Blut. Ich lehnte mit verschränkten Armen neben der Tür und erwiderte seinen Blick.

«Sie wissen, wer ich bin?» fragte ich.

«Sicher.»

In seiner Stimme vibrierte immer noch das dumpfe Grollen.

«Dann wissen Sie, daß wir Sie haben.»

«Für den Augenblick.»

«Für immer», sagte ich. «Es gibt keinen besseren Zeugen für versuchten Mord als den Überlebenden.»

«Man hat mir gesagt, daß Sie schwierig sind», sagte Rugar.

«Wer?»

«Leute, die ich gefragt habe, die Sie kennen.»

«Falls es Ihnen ein Trost ist», sagte ich, «Sie hätten es beinahe geschafft.»

«Das ist kein Trost», sagte Rugar.

Unsere Zelle war ein Käfig aus festem Maschendraht vor einer gelb gekachelten Wand. Die Zellen zu beiden Seiten waren leer. Das einzige Licht kam von einer Deckenlampe im

Gang, wo eine schwache Birne mit dem Raum, den sie auszuleuchten hatte, überfordert war. Draußen im Gang, unter der wirkungslosen Deckenlampe, lehnte ein uniformierter Polizist mit dichtem Schnäuzer außer Hörweite an der anderen Wand und beobachtete uns. Der Schnäuzer war teilweise grau, obwohl seine Haare noch schwarz waren.

«Die Polizei weiß nicht, wer Sie sind», sagte ich.

Rugar schwieg.

«Ihre Fingerabdrücke finden sich in keiner Kartei. Sie sind bisher offenbar noch nie verhaftet worden.»

Rugar schwieg immer noch.

«Wollen Sie sich auf einen Handel einlassen?» fragte ich.

«Was habe ich anzubieten?»

«Den Namen Ihres Auftraggebers.»

«Und was haben Sie?»

«Meine Zeugenaussage.»

«Ohne Ihre Zeugenaussage kann ich nicht belangt werden.»

Jetzt war es an mir zu schweigen.

«Andererseits», sagte Rugar, «steht nur Ihr Wort gegen meines.»

Ich wartete.

«Sie können allerdings beweisen, daß Sie voriges Jahr angeschossen worden sind.»

Rugar schien laut zu denken. Ich nickte und ließ ihn weiter nachdenken.

«Ich war so lange erfolgreich, daß ich mich allmählich für unbezwinglich gehalten habe», sagte er.

Ich wartete weiter. Ich sagte kein Wort. Rugar sah mich so unverwandt an wie zuvor.

«Je länger ich festgehalten werde», sagte er, «desto größer werden die Chancen der Polizei, meine Identität festzustellen.»

«Gutes Argument», sagte ich.

«Und den Auftraggeber preiszugeben würde mich nichts kosten.»

«Noch ein gutes Argument.»

Er beachtete mich nicht. Soweit ich beurteilen konnte, führte er Selbstgespräche.

«Ich habe ihm nichts versprochen. Ich habe nie damit gerechnet zu versagen, also gab es nichts zu versprechen. Im Erfolgsfall konnte ich ihn nicht belasten, ohne mich selbst zu belasten, und er konnte mich nicht belasten, ohne sich selbst zu belasten. Jeder mußte das Geheimnis des anderen wahren.»

«Aber so ist das jetzt nicht mehr», sagte ich.

«Nein», sagte Rugar. «Und das ist meine Schuld. Ich habe meinen Auftrag nicht erfüllt. Ich bin gezwungen, mich zu kompromittieren.»

«Man kann es auch anders sehen», sagte ich.

«So?»

«Sie haben nicht versagt», sagte ich. «Ich war erfolgreich.»

«Meine gegenwärtige Situation bleibt die gleiche», sagte Rugar.

«Sie läßt sich ändern», sagte ich. «Sie nennen mir Ihren Auftraggeber und sagen gegen ihn aus, und Sie sind ein freier Mann.»

«Sie sind bereit, mich laufen zu lassen, nachdem ich der Erfüllung meines Auftrags so nahe gekommen bin?»

«Ja.»

«Haben Sie keine Angst, daß ich es wieder versuchen werde?»

«Nein.»

«Erstaunlich», sagte Rugar. «Warum nicht?»

Er schien ehrlich interessiert.

«Sie sind ein Profi. Sie tun das für Geld. Sie lassen sich weder von Ihrem Ego, noch von Angst oder Mitleid motivieren. Wenn Sie mir Ihren Klienten nennen, haben Sie keinen weiteren Grund, mich zu jagen.»

Rugar sah für einen Augenblick an mir vorbei zu dem Polizisten, der vor unserem Käfig an der Wand lehnte. Dann richtete er den Blick wieder auf mich.

«Und woher wissen Sie das?» fragte er.

Ich zuckte die Achseln. Er sah mich weiter an, und dann tat er etwas Seltsames, er lächelte.

«Weil Sie auch so sind», sagte er.

«Nennen Sie mir einen Namen», sagte ich.

«Donald Stapleton», sagte Rugar.

«Das ist der richtige Name», sagte ich.

«Sie haben es gewußt.»

«Ja.»

«Aber Sie konnten es nicht beweisen.»

«Nein.»

«Jetzt können Sie es beweisen», sagte Rugar.

50. KAPITEL

Als ich aus New York zurückkam, fuhr ich geradenwegs zum Inn Style Barbershop und ließ mir von Patty die Haare so wie früher schneiden. Dann fuhr ich nach Hause und rasierte mir den Bart ab. Was, wenn Sie sich noch nie einen Bart abrasiert haben, gar nicht so einfach ist, wie Sie vielleicht meinen. Ich spülte das Waschbecken aus, duschte mich und verteilte auf meinen Wangen etwas Club Man Aftershave, das ich mochte, auch wenn Susan darüber lachte. Ich zog eine beigebraune Hose an, sandfarbene Wildlederschuhe, ein weißes Hemd mit Button-down-Kragen und einen blauen Blazer, um meinen Revolver zu verbergen. Ich steckte ein weißes Seidentuch in die Brusttasche vom Blazer, überprüfte mich im Spiegel, fand, daß ich ziemlich überwältigend aussah, und fuhr zu Susans Haus. Als ich dort eintraf, kam gerade ihr letzter Klient aus der Haustür. Ich ging hinein, ohne daß er mit mir Blickkontakt aufnahm, und stand in ihrer Diele, als sie in blauem Schneiderkostüm und weißer Bluse und mit tadellos frisiertem Haar aus ihrem Sprechzimmer kam. Sie sah mich und blieb ruckartig stehen. Ich breitete die Arme aus, und sie starrte mich einen Augenblick verständnislos an, dann verlor sich ihre Eckigkeit, und sie kam in meine Arme und drückte ihr Gesicht an meine Brust.

Nach einer langen Zeit sagte sie: «Er hat dich nicht getötet.»

«Kein Gedanke.»

«Hast du ihn getötet?»

«Er ist im Gefängnis», sagte ich.

«Wird er herauskommen?»

«Vielleicht, aber er ist für uns keine Bedrohung mehr.»

Sie blieb mit dem Gesicht an meiner Brust und den Armen um meine Taille unter der hübschen Messinghängelampe in ihrer Diele stehen. Ich spürte ihren Körper leise zittern. Ich sagte nichts. Sie auch nicht. Schließlich löste sie sich von mir und sah mich an. Ihre Augen waren rot. Auf ihrem Gesicht waren Tränen.

«Weinst du etwa?» fragte ich.

«Ja, und das ist Gift für mein Augen-Make-up.»

«Du siehst deswegen nicht weniger schön aus», sagte ich.

«O doch», sagte sie. «Ich hatte mir schon eingeredet, daß du diesmal nicht zurückkommst. Daß du diesmal auf jemanden triffst, der zu gut für dich ist, und unterliegst. Aber ich wußte, du mußtest es tun. Ich wußte, ich würde gar nicht mit dem Mann zusammensein wollen, der du wärst, wenn du das nicht getan hättest und mir gestattet hättest, dir das auszureden. Ich habe mir gesagt, dich zu lieben heißt, dich zu lassen, wie du bist. Ich war schon darauf vorbereitet, daß Quirk oder Belson oder Hawk kommen und es mir sagen.»

Sie stand vor mir, hielt mich auf Armeslänge und sah mich unverwandt an, während ihr die Tränen übers Gesicht liefen.

«Und wenn sie dann gekommen wären, wäre ich tapfer gewesen, und sobald sie gegangen wären, hätte ich sterben mögen.»

Ich hatte nichts dazu zu sagen.

«Und nun kommst du und siehst aus wie immer, mit kurzen Haaren und rasiertem Gesicht, und riechst nach, mein Gott, ist das Club Man?»

«Ja.»

Sie schüttelte den Kopf.

«Und jetzt soll es uns wieder gutgehen und wir sollen wieder ganz die alten sein.»

«Ja.»

«Vielleicht kann ich nicht so rasch zurückschalten.»

«Ich denke, du kannst es», sagte ich.

«Wen interessiert schon», sagte Susan, «was du denkst.»

«Ich weiß es nicht», sagte ich.

«Na ja, vielleicht ist es mir doch wichtig, was du denkst.»

«Bestimmt sogar», sagte ich.

«Und vielleicht kann ich zurückschalten. Gott weiß, wie froh ich bin, daß du okay bist.»

«Wir müssen beide zurückschalten», sagte ich. «Wir werden beide okay sein.»

«Okay?» fragte Susan. «Nur okay?»

«Was meinst du denn, was wir sein werden?» fragte ich.

«Ich glaube, wir werden absolut sensationell sein», sagte sie.

«Möchtest du mich noch einmal umarmen?» fragte ich.

«Ja, aber einiges wird sich ändern müssen.»

«Was zum Beispiel?» fragte ich.

«Zum Beispiel mußt du dieses verdammte Club Man loswerden.»

Ich zog sie langsam an mich und hielt sie.

«Würdest du den Mann lieben können, der ich wäre, wenn ich mir das von dir ausreden ließe?» fragte ich.

«Ach, du bist ein Mistkerl», sagte Susan und hielt mir ihr Gesicht hin, und ich küßte sie, und sie erwiderte meinen Kuß so heftig, daß ich froh war, größer zu sein als sie.

51. KAPITEL

Am nächsten Morgen machte ich mich mit kahlem Kinn, kurzen Haaren, klaren Augen und Kampfeslust auf den Weg zu Clint Stapleton.

Er war nicht in seinem Reihenhaus. Ich fand ihn an der Taft auf dem Übungsplatz in der Halle, wo er gegen einen kleinen rothaarigen Rackerer spielte, der alle Bälle übers Netz brachte, ohne dabei gut auszusehen. Der Tennistrainer beobachtete beide aufmerksam, und auf der Tribüne saßen ungefähr zehn Studenten. Stapleton hatte zwar im letzten Juni, als ich in Santa Barbara mit dem Hügel kämpfte, das College abgeschlossen, blieb aber aufgrund seiner sportlichen Verdienste noch ein weiteres Jahr im Tennisteam. Und laut meinen Nachforschungen fanden seine Trainer ihn noch nicht reif für die Profitour. Stapleton spielte Serve und Volley und sah überwältigend aus. Nur daß der rothaarige Junge Stapletons Aufschläge immer zurückbrachte und ihn nach seinen Volleys überlobbte, um ihn an die Grundlinie zurückzuzwingen. Das ärgerte Stapleton. Er schlug den Ball noch härter, und der Junge erreichte ihn und brachte ihn zurück. Manchmal traf er den Ball nur mit dem Rahmen. Manchmal kam der Ball übers Netz wie eine kranke Taube. Aber der Junge brachte ihn zurück, und Stapleton schlug immer härter. Und je härter er schlug, desto mehr Fehler unterliefen ihm. Ich beobachtete drei Spiele. Im zweiten brachte der rothaarige Junge seinen Aufschlag durch, und im dritten nahm er Stapleton den Aufschlag ab. Den entscheidenden Punkt vergab Stapleton mit einem Doppelfehler. Danach warf er seinen Schläger hoch in die Luft. Er flog fast bis zur

Hallendecke und landete scheppernd anderthalb Meter neben dem rothaarigen Jungen, der grinste. Ich stand im Schatten der Tribüne und sah zu.

«Beherrschung, Stapes, Konzentration und Beherrschung», sagte der Trainer zu ihm. «Er schlägt dich nicht. Du schlägst dich selbst.»

«Ihr könnt mich mal», sagte Stapleton und marschierte vom Platz und an mir vorbei.

Ich schloß mich ihm schweigend an, und wir waren aus der Halle heraus und im strahlenden Herbstsonnenlicht, bevor er von mir Notiz nahm. Seine Wut fand ich eher günstig. Auf dem Weg zum AStA-Gebäude blieb Stapleton plötzlich stehen und drehte sich um und sah mich an.

«Schleichen Sie mir nach?» fragte er.

«Wir haben wohl eher den gleichen Weg», sagte ich.

Stapleton erkannte mich. Die verschiedenen Stadien des Erkenntnisprozesses spiegelten sich auf seinem Gesicht. Als erstes wurde ihm klar, daß er mich kannte. Dann wurde ihm klar, wer ich war. Dann wurde ihm klar, daß ich angeblich tot war. Und endlich wurde ihm klar, daß ich nicht tot war. Die einzelnen Stadien verstärkten sich gegenseitig in der Wirkung. Schließlich trat er zwei große Schritte zurück.

«Was haben Sie hier zu suchen?»

«Ich muß mit Ihnen reden.»

«Ich habe gehört, Sie wären tot», sagte er.

«Wo haben Sie das gehört?»

«Es stand in der Zeitung.»

«Da haben die Medien mal wieder schamlos übertrieben.»

Stapleton ging weiter. Ich blieb bei ihm.

«Ich kann auch so mit Ihnen reden, aber wir haben ernste Dinge zu besprechen», sagte ich. «Und vielleicht geht das besser, wenn wir uns auf die Bank da am Teich setzen.»

Er sah mich eine Weile lang an, ohne stehenzubleiben, dann stieß er eine Art Seufzer aus, zuckte resignierend die Achseln, ging zu der Bank und setzte sich hin. Ich setzte mich neben ihn. Mehrere Enten kamen prompt angewatschelt und wollten gefüttert werden. Es waren größtenteils braune Enten, bis auf eine, die einen grünen Kopf hatte und wahrscheinlich ein Erpel war, doch sicher war ich mir nicht. Ich wußte nicht viel über Enten.

«Ihr alter Herr», sagte ich, «hat einen Mann namens Rugar damit beauftragt, mich zu töten.»

Stapleton sagte kein Wort. Er sah mich nicht an. Er saß kerzengerade auf der Bank, die Füße fest auf dem Boden, und starrte die Enten an.

«Rugar wird das vor Gericht unter Eid aussagen», sagte ich.

Stapleton schwieg. Der Abgrund begann sich vor ihm zu öffnen.

«Aber wir müssen noch die Frage beantworten: Warum hat er das getan?»

Der Abgrund öffnete sich weiter. Stapleton starrte verbissen die Enten an.

«Wissen Sie, warum er das getan hat?» fragte ich.

Stapleton zuckte leicht die Achseln, gerade genug, um mir zu verstehen zu geben, daß er die Frage gehört hatte. Die Enten watschelten eifrig vor uns hin und her und waren sorgenvoll darauf erpicht, etwas altes Brot zu ergattern.

«Ich glaube, er hat es getan, damit ich nicht herausfinde, daß Sie Melissa Henderson ermordet haben.»

Der Abgrund war unter ihm. Die Enten zu beobachten half ihm nicht.

«Möchten Sie darüber reden?» fragte ich.

Er schüttelte den Kopf.

«Sie werden darüber reden müssen», sagte ich. «Früher oder

später. Ich weiß, daß Sie es getan haben. Und ich weiß, daß Sie und Miller und Ihr alter Herr das einem Mann in die Schuhe geschoben haben, den Sie nicht mal kannten, einem Mann namens Ellis Alves, der dafür in den Knast gegangen ist. Und Sie und Ihr Vater haben Ihren Cousin Hunt dazu gebracht, vor Gericht auszusagen, daß er es getan hat. Was ich nicht weiß, ist: Warum haben Sie sie ermordet?»

Stapleton schien zur Salzsäule erstarrt zu sein, schaute die Enten an, sah aber nur den Abgrund. Kein As auf dem Campus mehr, kein kaltes Bier mehr, keine Frauen mehr, keine Fotos in den Zeitungen mehr, kein Reihenhaus in einem netten Viertel mehr. Kein müßiger Sonntagmorgen mehr mit Orangen und einem grünen Kakadu. Der Abgrund war zu weit und zu tief, und er stürzte hinein. Er stand plötzlich auf und ging weg. Ich machte mir nicht die Mühe, ihm zu folgen. Er ging schneller und fing dann an zu rennen. Ich sah ihm nach, bis er um die Ecke der Sporthalle verschwunden war.

Ich sah die Enten an. Die mit dem grünen Kopf erwiderte meinen Blick mit schwarzen Augen, die vollkommen ausdruckslos waren.

«Ja», sagte ich zu der Ente, «ich weiß.»

52. KAPITEL

Susan und ich kochten zusammen in meiner Wohnung. Der Untermieter war endlich ausgezogen. Pearl demonstrierte, warum sie als Pearl der Wunderhund bekannt war, indem sie es schaffte, auf meinem Sofa flach auf dem Rücken zu liegen und alle vier Pfoten in die Luft zu strecken und dabei fest zu schlafen. Ich hatte vor ein paar Jahren einen Jenn-Air-Herd gekauft, zu dem auch eine Grilleinheit mit einem Bratspieß gehörte, und an dem briet ich eine entbeinte Lammkeule, die ich mit Olivenöl und frischem Rosmarin gewürzt hatte. Nach dem Würzen und Aufspießen wird vom Koch nicht mehr viel verlangt, also stand ich an der Anrichte, während die Lammkeule sich langsam drehte, und sah Susan zu, die ein Rote-Bete-Risotto bereitete.

«In der *Today Show* habe ich eine Frau das kochen sehen», sagte sie.

«Und es hat dir gefallen, weil es eine so hübsche rote Farbe hatte», sagte ich.

«Ja. Sieht der Reis für dich noch glasig aus?»

Ich schaute nach und verneinte die Frage. Susan goß mit einem Schöpflöffel Brühe an den Reis und rührte ihn sorgfältig um. Beim Rühren sah sie in den Topf mit der Brühe und dann in den mit dem Reis.

«Meinst du, ich muß die Brühe nach und nach dazugeben, wie's im Rezept steht?»

Ich bejahte die Frage. Sie rührte weiter.

«Der Reis muß die Brühe völlig aufgesogen haben, bevor ich mehr Brühe dazugieße?» fragte sie.

«Wenn du beim Rühren den Topfboden siehst, füge Brühe hinzu», sagte ich.

Sie nickte. Die Anrichte neben dem Herd und die Freiflächen auf dem Herd, die nicht vom Risotto- und vom Lammkeulenzubehör eingenommen wurden, waren bedeckt mit Töpfen und Tellern und Schüsseln und Tassen und Meßlöffeln und Gabeln und Messern und einer Reibe und zwei Holzlöffeln und einem großen Teller mit geraspelter roter Bete und einer Schüssel mit geriebenem Käse und Zwiebelschalen und drei Topflappen und einem zusammengeknüllten Küchentuch und einem feuchten Küchenschwamm und Susans nahezu vollem Rotweinglas und einem Lippenkonturstift und einer Taschenbuchausgabe von *Die Unzufriedenheit mit der Zivilisation*, auf deren Rücken Susan in ihrer hübschen, unleserlichen Handschrift das Rezept notiert hatte. Susan gehörte nicht zu den Köchinnen, die zwischendurch aufräumten.

«Im Fernsehen wirst du immer angelogen», sagte Susan.

«Ich weiß», sagte ich.

«Die Frau hat kein Wort davon gesagt, daß man eine Stunde lang dastehen und das verdammte Zeug rühren muß.»

«*Wenn du die schöne Maske herunterreißt . . .*» sagte ich.

Susan rührte weiter, betrachtete prüfend den Reis und hielt Ausschau nach dem Topfboden.

«Beeil dich», sagte sie in den Topf.

Ich wollte ihr schon erklären, wieso ein beobachteter Topf niemals kocht, aber das hätte sie womöglich geärgert, also ließ ich es und ging und schaute zum Vorderfenster hinaus auf die Marlborough Street. Vom Wasser her blies ein Ostwind, wurde auf seinem Weg durchs Finanzviertel und die Innenstadt langsamer, gewann an Geschwindigkeit, als er über Boston Common und den Stadtpark strich, und trieb Laub und Papierfetzen in ziemlichem Tempo an meinem Wohnhaus vorbei. Ich sah ihm eine Weile zu, konzentrierte mich auf den Wind, versuchte an nichts anderes zu denken und nippte an meinem Rotwein.

«Sieh mal, wie hübsch», sagte Susan hinter mir.

Ich drehte mich um und ging vom Fenster weg. Der große weiße Topf mit leuchtendrotem Reis war wirklich hübsch, aber wenn wir bei Susan gegessen hätten, wäre der Topf selbst auch noch hübsch gewesen.

«Stell ihn warm», sagte ich, «während ich den Salat mache, und dann essen wir.»

«Du hast nicht gesagt, daß es hübsch ist.»

«Das Rote-Bete-Risotto ist sehr hübsch», sagte ich.

«Danke.»

Susan deckte den Tisch, während ich den Salat machte. Dann aßen wir die Lammkeule und das Risotto mit grünem Salat und etwas Brot aus Iggy's Bäckerei.

«Ärgert es dich, daß du Concord verkaufen mußtest?» fragte ich.

Susan zuckte die Achseln.

«Es mußte getan werden», sagte sie. «Aber es wurmt mich schon ein bißchen. Wenn du Börsenmakler wärst, hätte ich es wahrscheinlich nicht verkaufen müssen.»

Ich nickte.

«Was ist mit dem Baby, gibt es neue Überlegungen dazu?»

«Ja.»

«Magst du sie mir sagen?»

Susan trank einen Schluck Rotwein und tupfte sich den Mund mit der Serviette ab.

«Ich kann kein Kind in diese Art Leben bringen», sagte Susan.

«Ein Leben, wo ich an ihrem ersten Tag im Kindergarten vielleicht irgendwo erschossen werde?»

«Oder an seinem ersten Tag im Kindergarten», sagte Susan. «Ja, diese Art Leben.»

«Ich glaube, du hast recht», sagte ich.

«Das hast du schon geglaubt, als ich zum erstenmal davon gesprochen habe», sagte Susan.

Ich zuckte die Achseln. Ein Weilchen aßen wir schweigend. Das Risotto war sehr gut. Susan legte ihre Gabel hin.

«Und ich vermute, daß mich das auch ein bißchen wütend macht», sagte sie.

«Ja», sagte ich. «Das kann ich durchaus verstehen.»

«Und ich vermute, ich bin manchmal wütend, weil der Mann, den ich liebe, sich immer wieder in Gefahr bringt und ich Angst haben muß, daß er nicht wiederkommt.»

«Mich in Gefahr bringen ist das einzige, was ich wirklich gut kann», sagte ich.

«Das stimmt nicht ganz, aber ich verstehe dich schon. Ich will auch nicht, daß du dich änderst. Ich möchte nur nicht so viel Angst haben müssen.»

«Ich möchte das auch nicht», sagte ich.

Pearl mit ihrem Jagdinstinkt war sofort aufgewacht, als wir zu essen anfingen, saß jetzt zwischen uns auf dem Boden und beobachtete uns aufmerksam.

«Das Leben ist unvollkommen», sagte Susan.

Ich nickte.

«Aber es ist nicht so unvollkommen, daß wir es nicht genießen können», sagte Susan. «Wir haben kein Haus auf dem Land mehr, und ich werde wahrscheinlich nie Mutter sein. Aber ich liebe dich, und du liebst mich, und wir sind hier, zusammen.»

«Mir genügt's», sagte ich. «Und was ist mit der Wut, was wirst du damit machen?»

«Ich werde nichts damit machen. Wut muß nicht zum Ausdruck kommen. Es genügt, zu wissen, daß man wütend ist und warum, und sich nicht darüber zu belügen.»

«Du meinst, es ist keine Verdrängung, wenn ich meine Gefühle für mich behalte?»

«Nein», sagte sie. «Verdrängung ist, wenn du dir selbst vormachst, sie nicht zu haben.»

«Weiß das auch Dr. Joyce Brothers?» fragte ich.

«Das bezweifle ich», sagte Susan. «Unser Zusammenleben war nicht immer harmonisch. Du mußt bestimmt auch wütend auf mich sein. Was machst du damit?»

«Ich weiß, daß ich wütend bin», sagte ich. «Und ich weiß, warum, und ich belüge mich nicht darüber.»

«Sehr gut», sagte Susan und lächelte mir zu. «So werden wir es beide auch in Zukunft machen.»

«Bis der Tod uns scheidet?» fragte ich.

«Oder die Hölle zufriert», sagte Susan. «Was gerade zuerst kommt.»

«Bist du sicher, daß die entzückende kleine Erika keinerlei Einfluß auf deine Entscheidung bezüglich einer Adoption hatte?»

Susan lächelte langsam.

«Du bist ein Zyniker», sagte sie.

«Natürlich», sagte ich.

Pearl legte ihren Kopf auf meinen Schoß und verdrehte die Augen und sah zu mir auf. Ich gab ihr einen Löffel voll Risotto. Es schmeckte ihr. Andererseits schmeckte ihr so ziemlich alles. Für Pearl waren die Dinge ganz einfach.

53. KAPITEL

Die Chancen für einen Schwarzen, in Suffolk County zum Staatsanwalt gewählt zu werden, waren ungefähr so groß wie die eines Buddhisten, zum Papst gewählt zu werden. Aber da war er, Owen Brooks, der Sohn eines New-York-City-Polizisten, Absolvent der Harvard Law School, adrett, gut gekleidet, angenehm und ungefähr so leicht hinters Licht zu führen wie ein libanesischer Teppichhändler.

Wir saßen am Pemberton Square im Büro von Brooks: Quirk, Donald, Dina und Clint Stapleton, Donald Stapletons New Yorker Anwalt Frank Farantino, Brooks und ich.

Brooks stellte uns alle vor. Als er fertig war, fragte Farantino: «Warum ist Spenser hier?»

«Mr. Spenser ist auf mein Ersuchen hier», sagte Brooks. «Da er in diesem Fall sowohl der Hauptermittler als auch eines der Opfer war, dachte ich, es könnte uns allen dienlich sein, ihn anzuhören, bevor wir vor Gericht gehen und sich alles in ein unentwirrbares Knäuel verwandelt.»

«Ist das eine förmliche Anhörung?» fragte Farantino.

«Nein, natürlich nicht», sagte Brooks mit gewinnendem Lächeln. «Das ist ganz inoffiziell. Ich dachte nur einfach, wir könnten uns gemeinsam ein Bild davon machen, wo die Wahrheit liegt, bevor wir die Mühlen der Justiz in Gang setzen.»

Quirk saß in der hinteren Stuhlreihe, an der Wand neben der Tür. Clint saß starr zwischen seinen Eltern, kerzengerade, mit leerem Gesicht. Don legte ein hoheitsvolles Gebaren an den Tag. Dinas Hand ruhte auf dem Unterarm ihres Sohnes. Farantino saß links von Don. Ich saß rechts von Dina.

«Spenser, wollen Sie uns ins Bild setzen?»

«Folgendes ist meiner Meinung nach passiert», sagte ich.

«Meinung?» fragte Farantino. «Sind wir hier, um uns seine Meinung anzuhören?»

Brooks machte mit der rechten Hand eine beschwichtigende Geste.

«Er kann genug davon beweisen, um unsere Aufmerksamkeit zu verdienen», sagte Brooks.

«Clint Stapleton hat Melissa Henderson ermordet», sagte ich. «Warum, weiß ich nicht. Aber er hat sich eine Geschichte ausgedacht, ein Schwarzer habe sie gekidnappt, und er hat seinen Cousin Hunt McMartin und dessen Frau Glenda dazu gebracht, auszusagen, sie hätten die Entführung mitangesehen. Als ein Landespolizist namens Tommy Miller den Fall übernahm, schnupperte er kurz, und es stank. Es hätte für jeden Polizisten gestunken. Aber Miller wußte auch, daß Stapleton reich ist und daß sein Vater mehr Geld besitzt als Courtney Love, und Miller sah die Chance, an einiges davon heranzukommen. Also untermauerte er Clints Geschichte und stellte sogar einen Sündenbock zur Verfügung, einen Mann namens Ellis Alves. Vielleicht hat er ihn mal wegen einer anderen Sache verhaftet. Vielleicht hat er ihn einfach aus der Verbrecherkartei gefischt. Wenn wir sorgfältig suchen, werden wir eine Verbindung finden. Und die Sache funktioniert, Alves wandert ins Cedar Junction, und alle anderen können sich wieder ihrem Yuppie-Dasein zuwenden.»

Niemand sagte etwas. Von seinem Platz bei der Tür ließ Quirk den Blick von Person zu Person wandern. Ansonsten saß er so reglos wie alle anderen.

«Aber da die Verteidigerin von Alves sich nicht damit abfinden will, werde ich hinzugezogen, und ich fange an herumzustochern. Ziemlich bald müssen die Leute mich anlügen, und die Lügen sind so, daß sie keinen Bestand haben, wenn ich weiter nachforsche. Und ich forsche weiter nach, und Miller versucht mich abzuschrecken, und das funktioniert nicht, und es belastet Miller, also ermordet ihn jemand, bevor er etwas sagen kann, und Clints Vater engagiert einen Mann, der mich ermorden soll. Wir haben diesen Mann. Er hat wahrscheinlich Miller ermordet, er hat versucht, mich zu ermorden, und er wird vor Gericht aussagen, daß Don Stapleton ihn engagiert hat.»

«Im Gegenzug für was?» fragte Farantino.

«Wir haben keinerlei Abmachungen mit ihm getroffen», sagte Brooks.

«Also erwartet ihn eine längere Gefängnisstrafe», sagte Farantino.

«Würde ich denken», sagte Brooks ausdruckslos. «Falls Spenser gegen ihn aussagt.»

Farantino schoß zu mir herum. «Warum sollten Sie nicht aussagen?» fragte er.

Ich zuckte die Achseln und schüttelte den Kopf.

Farantino wandte sich ebenso rasch wieder Brooks zu.

«Welche Beweise haben Sie gegen Rugar?»

«Einen Augenzeugen», sagte Brooks. «Rugar hat auf Spenser geschossen, und Spenser hat ihn dabei gesehen.»

Farantinos Kopf schoß wieder zu mir herum. «Sie verdammtes Aas», sagte er. «Sie haben mit ihm einen Handel gemacht, stimmt's?»

Ich zuckte wieder die Achseln.

Don Stapleton fragte: «Was geht hier vor, Frank?»

«Begreifen Sie, wie gerissen die sind?» fragte Farantino. «Der Staatsanwalt hat keine Abmachung mit ihm, aber wenn Spenser nicht gegen Rugar aussagt, hat die Staatsanwaltschaft keine Beweise gegen ihn. Also trifft Spenser die Abmachung. Rugar gibt Sie preis, und Spenser sagt nicht aus. Also kann der

Staatsanwalt ihm Straffreiheit zusichern und ihn benutzen, um Sie zu kriegen.»

«Und er kommt davon?»

«Er kommt davon.»

Alle drei Stapletons starrten mich an.

Ich fragte Clint: «Warum haben Sie sie getötet? Lag es in Ihrer Absicht, oder ist was passiert?»

Farantino sagte: «Beantworten Sie das nicht.»

Er wandte sich an Brooks.

«Das ist eine völlig unzulässige Frage, und das wissen Sie ganz genau, Owen.»

Brooks nickte nachdrücklich. «Völlig», sagte er.

«Es war ein Unfall», sagte Clint Stapleton leise.

Don Stapleton sagte: «Halt den Mund, Clint.»

«Wir waren im Bett und haben ein paar Sexspiele gemacht. Es war ein bißchen kraß, aber sie mochte es kraß. Und da gibt's was, wo man ihr beim Sex die Luft abschnürt, und dann kriegt sie einen Orgasmus ...»

Dina Stapleton legte ihrem Sohn die Hand auf den Mund.

Don Stapleton sagte: «Das reicht, Clint, kein Wort mehr von dir. Ich meine es ernst.»

Clint drehte sanft den Kopf unter der Hand seiner Mutter weg.

«Großer Weißer Bwana», sagte er, ohne seinen Vater anzusehen. «Meinst du, du kannst es auch diesmal deichseln?»

Don Stapleton sprang auf. «Du verdammter Idiot, ja, das kann ich, wenn du den Mund hältst.»

Clint schüttelte den Kopf und starrte auf den Fußboden zwischen seinen Füßen. «Hör endlich auf, dir was vorzumachen», sagte er.

«Rede nicht so mit mir», sagte Don.

Dina begann leise zu weinen, die Hände im Schoß verklammert, den Kopf gesenkt. Jetzt sprang auch Farantino auf. «Alle halten sofort den Mund», sagte er.

«Melissa hatte das gern, wir hatten's schon öfter gemacht, aber diesmal waren wir beide zu erregt und ... sie ist gestorben.»

Nun war es gesagt. Es gab keine Möglichkeit, die Worte ungesagt zu machen. Sie hingen im Raum, überraschend schmucklos nach allem, was getan worden war, damit sie nicht gesagt wurden.

Clint gab sich Mühe, nicht zu weinen. Vergeblich. Seine Mutter neben ihm weinte mit hoffnungslos zusammengesunkenen Schultern. Sein Vater stand immer noch da, mit kalkweißem Gesicht, die Falten an seinen Mundwinkeln wirkten sehr tief.

«Und ich hab es mit der Angst bekommen und sie liegen gelassen und meinen Vater angerufen.» Clints Stimme war leise und flach, und die Leere darin war unangenehm mitanzuhören. «Mein Vater», sagte er, «der Große Weiße Allesdeichsler. Er hat's großartig gedeichselt.»

«Clint, du bist mein Sohn», sagte Donald. «Ich habe getan, was ich tun mußte.»

«Du hast mein ganzes Leben lang alles gedeichselt», sagte Clint mit emotionsloser Stimme. «Für den kleinen Neger immer alles gedeichselt. Diesmal hast du's wirklich großartig gedeichselt, Bwana.»

Clints Rede hatte etwas Einstudiertes, als hätte er sie auswendig gelernt, Teil eines langen Streitgesprächs mit seinem Vater, das seit seiner Kindheit stumm in seinem Kopf stattfand.

Farantino sagte: «Ihr müßt endlich aufhören zu reden, alle beide. Ihr müßt endlich still sein.» Er schaute Brooks an, der zuhörte und zusah. «Das ist inoffiziell», sagte Farantino. «Das ist nicht amtlich. Sie können das nicht benutzen.»

Brooks lächelte ihm höflich zu.

«Gott verdamme dich», sagte Don zu seinem Sohn. Seine Stimme zitterte vor Spannung.

«Das hat er schon getan», sagte Clint, und die Worte schienen ihm die Kehle zu verstopfen. Er fing heftig an zu weinen und drehte sich zu seiner Mutter und barg das Gesicht an ihrer Brust und schluchzte. Dina legte die Arme um ihn und schloß die Augen. Sie weinte mit ihm, die Tränen quollen unter ihren geschlossenen Lidern hervor. Ich schaute mich nach Quirk um. Sein Gesicht war ausdruckslos. Ich sah Brooks an. Sein Gesicht war so leer wie das von Quirk. Ich hätte gern gewußt, wie mein Gesicht aussah. Ich fühlte mich wie ein Kinderschänder.

«Sie haben Rugar beauftragt, Spenser zu töten, nicht wahr?» fragte Brooks ruhig Don Stapleton.

Farantino sagte: «Don!»

Don sagte so leise, daß es kaum zu hören war: «Ja.»

«Und Miller», sagte Brooks, «um Ihre Spuren zu verwischen.»

«Ja.»

Ich sah Clint an, als sein Vater gestand. Der tote Ausdruck verschwand aus seinen Augen. Für einen Moment blitzte in ihnen Triumph auf.

«Ich glaube, wir brauchen einen Stenografen», sagte Brooks und griff zum Telefon.

54. KAPITEL

Als Ellis entlassen wurde, holte Hawk ihn ab und brachte ihn in mein Büro. Ich hatte den Scheck von Cone & Oakes auf der Rückseite unterschrieben und steckte ihn gerade in einen Bankumschlag, als sie hereinkamen.

«Was werden Sie jetzt machen?» fragte ich Ellis.

Er war so unzugänglich und mißtrauisch und arrogant wie zuvor, aber in der neu gewonnenen Freiheit gesprächiger.

«Wenn Sie drei Jahre im Bau waren, was machen Sie dann?»

«Was es auch wäre, es hätte bestimmt was mit einer Frau zu tun», sagte ich.

«Da haben Sie recht», sagte er.

«Versuchen Sie, daß es freiwillig ist», sagte ich.

«Sie haben kein Recht, so mit mir zu reden», sagte Alves. «Ich bin unschuldig.»

«Sie haben Melissa Henderson nicht umgebracht», sagte ich. «Aber das ist nicht dasselbe wie unschuldig.»

«Haben Sie mich hergeholt, um Scheiße zu labern?» fragte Alves.

«Brauchen Sie Geld?» fragte ich.

«Klar brauch ich Geld», sagte er. «Glauben Sie, Knast schieben ist ein hochbezahlter Job?»

Ich nahm zweihundert Dollar aus meiner Brieftasche und gab sie ihm. Das ließ mir noch sieben Dollar, bis ich den Scheck eingelöst hatte, aber die Bank war nicht weit. Ellis nahm das Geld und zählte es und faltete es zusammen und steckte es in die Tasche seiner hellblauen Trainingshose.

«Soll ich auch noch danke sagen?»

«Wir wissen, was für ein Arschloch du bist, Ellis», sagte Hawk. «Du brauchst es nicht jedesmal, wenn du den Mund aufmachst, zu beweisen.»

«Ich schätze mal, die weißen Scheißer schulden mir was, und das war eine Anzahlung», sagte Alves.

Hawk sah mich an und grinste. «Weiter so, weißer Scheißer.»

Ich nickte bescheiden.

«Haben Sie irgendwo einen Job?» fragte ich.

«Sie haben keinen Grund, mich nach einem Job zu fragen», sagte Alves. «Ich hab nichts mit Ihnen zu schaffen.»

«Ich kenne einen Fuhrunternehmer in Mattapan», sagte ich. «Der sucht LKW-Fahrer.»

«Brauch keine Hilfe von Ihnen», sagte Alves.

«Gestern schon», sagte Hawk.

«Soll ich etwa dankbar sein?» fragte Alves. «Ich sitze drei Jahre für was, was ich nicht war, was ein reicher Weißenarsch war, und ich werd endlich rausgelassen und soll auch noch danke schön sagen?»

«Es war ein reicher Niggerarsch», sagte Hawk. «Und du bist nicht einfach rausgelassen worden, Spenser hat dich rausgeholt.»

«Und ist dafür bezahlt worden, oder etwa nicht? Und wer bezahlt mir meine drei Jahre?»

«Wissen Sie», sagte ich, «zweihundert Dollar sind wahrscheinlich genau das, was drei Jahre Ihrer Zeit wert sind. Wenn Sie den Job haben wollen, rufen Sie mich an.»

«Sitzen Sie nicht rum und warten Sie drauf», sagte Alves.

Er wandte sich zur Tür, zögerte kurz mit einem Blick auf Hawk, sah keinen Einwand und verließ mein Büro.

«Ich bin froh, daß er dir nicht vor Dankbarkeit die Füße geküßt hat», sagte Hawk.

«Ja», sagte ich, «das ist immer so peinlich.»

«Der ist in einem halben Jahr wieder drin», sagte Hawk.

«Das will ich hoffen», sagte ich.

Wir schwiegen ein Weilchen.

«Wahrscheinlich wäre ich ohne dich nicht wieder auf die Beine gekommen», sagte ich zu Hawk.

«Wahrscheinlich nicht», sagte Hawk.

Ich nahm den Bankumschlag und sah ihn an.

«Was wird er mit den zweihundert machen, was meinst du?» fragte ich.

«Hängt davon ab», sagte Hawk. «Wenn er keine Knarre hat, kauft er sich eine. Wenn er eine hat, gibt er alles für Schnaps und Weiber aus.»

«Gut zu wissen, daß er Prioritäten hat», sagte ich.

«Auch gut zu wissen, welche es sind», sagte Hawk.

Ich nickte und sah wieder den Bankumschlag an. Es war eine Menge Geld.

«Vielleicht wäre ich auch allein wieder auf die Beine gekommen», sagte ich.

Hawk lächelte sein charmantes, herzloses Lächeln.

«Vielleicht», sagte er.

55. KAPITEL

Rugars Zeugenaussage führte zu Don Stapletons Verurteilung. Clints Geständnis wurde von Hunt McMartin und der geschmeidigen Glenda bestätigt. Gegen beide Urteile wurde Berufung eingelegt, Rugar wurde auf freien Fuß gesetzt. Brooks hatte mir gesagt, wann er entlassen wurde, und ich holte ihn auf der Treppe vom neuen Suffolk-County-Gefängnis ab. Der erste Schnee fiel, er war nur ein oder zwei Grad von Regen entfernt und fiel auch wie Regen, gerade herunter in kleinen Flocken.

«Sie haben Wort gehalten», sagte Rugar.

Er trug einen grauen Tweedmantel mit schwarzem Samtkragen. Er klappte den Kragen wegen der Schneeflocken hoch. Er war immer noch grau. Ich überlegte, ob seine Farbe mit einer inneren Kälte zusammenhing, wie bei einem grauen Reptil.

«Sie haben auch Wort gehalten», sagte ich.

Wir gingen zusammen die Treppe hinunter, vorsichtig, denn sie war bereits rutschig, und wandten uns nach rechts zur North Station und dem neuen Fleet Center.

«Ist der Nigger frei gekommen?» fragte Rugar.

«Ja.»

«Wie ich höre, hat sich Stapleton den Berufungsspezialisten von Harvard genommen, um eine Revision zu erreichen.»

«Er hat eine Menge Geld.»

«Wahrscheinlich genug», sagte Rugar. «Wenn man genug Geld hat, gelten andere Gesetze.»

Die Gefängnishaft hatte ihn nicht verändert. Er sprach immer noch mit dem Unterton einer inneren Kraft.

«So jung», sagte ich, «und schon so zynisch.»

«Wenn der Prozeß neu aufgerollt wird, werde ich nicht für eine Aussage zur Verfügung stehen», sagte Rugar.

Ich zuckte die Achseln.

«Ich tue, was ich kann», sagte ich. «Alves ist aus dem Gefängnis raus.»

«Mögen Sie ihn?» fragte Rugar.

«Nein», sagte ich.

Rugar nickte langsam. «Arbeit ist Arbeit», sagte er.

«Sie müssen es wissen.»

Rugar machte eine Mundbewegung, die er wahrscheinlich für ein Lächeln hielt. «Ja, mögen oder nicht mögen hat mit meiner Arbeit auch nie was zu tun gehabt», sagte er.

Wir waren inzwischen auf der Causeway Street. Vor der North Station standen Taxis. Rugar winkte einem und wartete, daß es vorfuhr.

Er drehte sich um und sah mich an.

«Diesmal haben Sie gewonnen.»

«Ja.»

«Vielleicht gibt es kein nächstes Mal.»

«Nein.»

«Aber falls es eins gibt», sagte er, «habe ich vor zu gewinnen.»

Er sah mich an. Seine Augen waren völlig leblos. Es war, als blickte ich auf die Unterseite von Kronenkorken.

«Ich mag fröhlichen Optimismus», sagte ich. «Es ist gut, jeden Morgen aufzustehen, als stünden einem die Haare in Flammen.»

Rugar sah mich weiter an, wie man ein Projekt betrachtet, das man vielleicht eines Tages in Angriff nehmen wird. Er stand dabei stockstill. Aber irgendwie schien das tiefe Dröhnen einer tödlichen Bedrohung zwischen uns zu pulsieren, als wäre sein graues körperliches Ich nur eine unbedeutende Kopie der nahezu satanischen Kraft seines eigentlichen Ichs. Dann fuhr das Taxi vor, und er ging darauf zu.

«Rugar», sagte ich.

Vorgebeugt, um ins Taxi zu steigen, wandte er sich halb um und sah mich an.

«Ich habe Sie einmal drangekriegt», sagte ich. «Ich werde Sie wieder drankriegen.»

Rugars Gesichtsausdruck änderte sich nicht. Vielleicht hatte er mich gar nicht gehört. Er wandte sich wieder zum Taxi um und stieg ein und machte die Tür zu. Er sagte etwas zum Fahrer, und das Taxi fuhr davon in den beständigen geraden Schneefall. Ich sah ihm nach, bis es verschwunden war.

Ihn nicht zu töten konnte ein Fehler gewesen sein.

56. KAPITEL

Susan und ich standen mit Pearl auf der Lars-Anderson-Brücke, lehnten am Geländer und sahen an einem Winternachmittag auf den Fluß hinunter, während der Verkehr sich zum Harvard Square wälzte. Das Dämmerlicht nach dem Sonnenuntergang färbte die Luft blau, und der Schnee am Ufer sah weißer aus als sonst. Zweihundert Meter stromabwärts wölbte sich die Weeks-Fußgängerbrücke anmutig über den Strom.

«Ein Jahr», sagte Susan und blickte auf die glatte schwarze Wasseroberfläche hinunter. Zwischen uns stellte sich Pearl auf die Hinterbeine und legte die Vorderpfoten aufs Geländer und schaute auch zum Fluß hinunter. Ich überlegte nicht, was Pearl wohl dabei dachte. Es war sinnlos, und ich war froh, daß ich es nicht wußte. Das mochte ich an dem Bindeglied zwischen Menschen und Hunden. Keiner würde den anderen je ganz verstehen. Vielleicht galt das auch für das Bindeglied zwischen Menschen und Menschen.

«Warum war die Beziehung zwischen Clint und Melissa so ein Geheimnis? Weil Clint ein Schwarzer ist?»

«Ja.»

«Wie furchtbar.»

«Ja.»

«Wie furchtbar für ihre Eltern», sagte Susan. «Wie furchtbar für die Stapletons.»

«Ja.»

«Die beiden hatten alles, Geld, gesellschaftliches Ansehen, sich selbst. Das Mädchen war liebenswert und talentiert, nicht wahr?»

«So wurde mir gesagt.»

«Der Junge sah gut aus und war vielseitig begabt.»

«Und er hat sie nicht absichtlich getötet», sagte ich. «Nur ein bißchen exotischer Sex.»

«Und es zerstört eine ganze Familie, den Vater, den Sohn – die Mutter muß vollkommen verzweifelt sein ...»

«Um einen Berufsverbrecher zu retten, der im Nu wieder im Gefängnis landet», sagte ich.

«Und ein professioneller Mörder geht straffrei aus, um das zuwege zu bringen.»

«Ja.»

«Du brauchst jetzt nicht mal seine Aussage mehr», sagte Susan. «Die Stapletons haben gestanden.»

«Ja.»

«Aber er kommt ohnehin davon.»

«Abmachung bleibt Abmachung», sagte ich. «Wir brauchten die Drohung seiner Aussage, um die Geständnisse zu bekommen.»

«Und die Stapletons wandern ins Gefängnis, während zwei Berufsverbrecher straffrei ausgehen.»

«Ich hätte es nicht besser formulieren können.»

«Beide haben sich schuldig gemacht», sagte Susan. «Aber die beiden, die straffrei ausgehen, haben wahrscheinlich größere Schuld auf sich geladen.»

«Mit ziemlicher Sicherheit.»

«Und der Vater wollte seinen Sohn retten.»

«Ja.»

«Das kommt mir nicht gerecht vor.»

«Nein.»

«Andererseits macht man es auch nicht gerechter, indem man die Stapletons laufen läßt.»

«Wahrscheinlich nicht», sagte ich.

«Meinst du, der Junge hat gestanden, um seinen Vater zu kompromittieren?» fragte Susan.

«Ja», sagte ich. «Es passierte da etwas Häßliches. Ich weiß nicht, was es war, aber es hatte mit Rassenhaß zu tun.»

«Manchmal sind gemischtrassige Adoptionen äußerst schmerzvoll. Die Eltern werden von einem Rassismus eingeholt, den sie gar nicht zu haben meinten. Aus Angst, das Kind wird schwarz, sprich schlecht werden, sind sie viel zu sehr bestrebt, es gut, sprich weiß zu machen.»

«Pygmalion», sagte ich.

«Etwas in der Art. Es führt in einer Familie zu furchtbaren Ressentiments bis hin zum Haß.»

«Zu so etwas hat es auch hier geführt», sagte ich.

«Andererseits sind sie sehr reich. Sie haben Berufung eingelegt …»

Ich zuckte die Achseln.

«Ich kritisiere dich bei all dem nicht», sagte Susan.

«Das weiß ich», sagte ich. «Das Verwirrspiel zwischen Schuld und Unschuld tritt bei diesem Fall nur besonders kraß zutage, und das interessiert dich.»

Sie lächelte. Pearl hatte genug davon, den Fluß anzuschauen. Oder auf den Hinterbeinen zu stehen. Oder beides. Jedenfalls ließ sie sich auf alle viere fallen und sah uns fragend an. Ich kraulte sie am Ohr.

«Was empfindest du bei dem Ganzen?»

«So wenig wie möglich», sagte ich. «Die Stapletons sind nicht mittellos. Sie werden sich die besten Gerichtsurteile besorgen, die für Geld zu haben sind. Besonders für den Jungen. Ein guter Anwalt kann die Geschworenen überzeugen, daß Melissa Henderson ihren Tod selbst verschuldet hat und daß Clint nur tat, was sie wollte. Aber ein paar Dinge sind mir bei dem Ganzen sehr klar. Ich weiß, daß Melissa Henderson nicht tot sein dürfte. Und ich weiß, daß niemand Ellis Alves dafür beschuldigen durfte.»

«Oder jemand kaufen durfte, um dich zu töten», sagte Susan.

«Ich würde das vielleicht auch tun, um meinen Sohn zu retten.»

Susan sah in der zunehmenden Dunkelheit zu mir auf.

«Nein», sagte sie, «würdest du nicht. Du würdest jemanden töten, um deinen Sohn zu retten, aber du würdest niemanden kaufen, um es zu tun.»

Ich legte den Arm um sie, und sie lehnte den Kopf an meine Schulter. «Aber da wir keinen Sohn haben und auch keinen haben werden, erübrigt sich die Frage.»

«Wir haben Paul», sagte sie leise.

«Das ist wahr.»

«Würdest du jemanden töten, um ihn zu retten?»

«Ja.»

«Und wir haben Pearl.»

«Einen Sohn und eine Tochter», sagte ich. «Wozu müssen wir noch adoptieren?»

Susan lachte leise. Bei dem Geräusch schaute Pearl hoch und wedelte. Und so standen wir zusammen, indes die Nacht hereinbrach und der Fluß seinen Lauf nahm.

Colin Dexter

«Dexter ist allen anderen Autoren meilenweit voraus.»
The Literary Review

Ihr Fall, Inspector Morse
Stories
(thriller 43148)
«Seit Sherlock Holmes gibt es in der englischen Kriminalliteratur keine interessantere Figur als Chief Inspector Morse ...»
Süddeutsche Zeitung

Der letzte Bus nach Woodstock
(thriller 43142)

... wurde sie zuletzt gesehen
(thriller 43156)

Die schweigende Welt des Nicholas Quinn
(thriller 43263)

Eine Messe für all die Toten
(thriller 43173)
Ausgezeichnet mit dem Silver Dagger der britischen Crime Writers' Association.

Die Toten von Jericho
(thriller 43242)
Ausgezeichnet mit dem Silver Dagger der britischen Crime Writers' Association.

Das Rätsel der dritten Meile
(thriller 42806)
«... brillant, komisch, bizarr und glänzend geschrieben.»
Südwestpresse

Hüte dich vor Maskeraden
(thriller 43239)
«Ein intelligenter Krimi zum Mit-Denken. So etwas ist selten.»
Frankfurter Rundschau

rororo thriller

Mord am Oxford-Kanal
(thriller 42960)
Ausgezeichnet mit dem Gold Dagger der britischen Crime Writers' Association.

Tod für Don Juan
(thriller 43041)

Finstere Gründe
(thriller 43100)
Ausgezeichnet mit dem Gold Dagger der britischen Crime Writers' Association.

Die Leiche am Fluß
(thriller 43189)
«... ganz vorzüglich.»
Süddeutsche Zeitung

Der Tod ist mein Nachbar
(thriller 43278)
«... ein weiteres listig-verschlungen konstruiertes Kriminalrätsel aus der meisterlichen Hand von Colin Dexter.»
The New York Times Book Review

3005/8